SALZBURGER REQUIEM

Ines Eberl, in Berlin geboren, hat in Salzburg Jura studiert und promoviert. Hier arbeitet sie heute in einer Rechtsanwaltskanzlei und schreibt erfolgreich Kriminalromane. Sie ist Mitglied der International Thriller Writers.
www.ineseberl.com

INES EBERL

SALZBURGER REQUIEM

Kriminalroman

emons:

Lust auf mehr? Laden Sie sich die »LChoice«-App runter, scannen Sie den QR-Code und bestellen Sie weitere Bücher direkt in Ihrer Buchhandlung.

Bibliografische Information der Deutschen Nationalbibliothek
Die Deutsche Nationalbibliothek verzeichnet diese Publikation in der Deutschen Nationalbibliografie; detaillierte bibliografische Daten sind im Internet über http://dnb.d-nb.de abrufbar.

MIX
Papier aus verantwortungsvollen Quellen
FSC® C083411

Umschlagmotiv: Irén Nemess/Pixabay.com
Umschlaggestaltung: Nina Schäfer, nach einem Konzept von Leonardo Magrelli und Nina Schäfer
Umsetzung: Tobias Doetsch
Gestaltung Innenteil: César Satz & Grafik GmbH, Köln
Lektorat: Carlos Westerkamp
Druck und Bindung: CPI – Clausen & Bosse, Leck
Printed in Germany 2020
ISBN 978-3-7408-0910-2
Originalausgabe

Dieser Roman wurde vermittelt durch die AVA international GmbH, Autoren- und Verlagsagentur.

Für Isabelle und Viktor

Oft denk' ich, sie sind nur ausgegangen!
Bald werden sie wieder nach Hause gelangen!
Der Tag ist schön! O sei nicht bang!
Sie machen nur einen weiten Gang

Jawohl, sie sind nur ausgegangen
Und werden jetzt nach Hause gelangen!
O, sei nicht bang, der Tag ist schön!
Sie machen nur den Gang zu jenen Höh'n!

Sie sind uns nur vorausgegangen
Und werden nicht wieder nach Hause gelangen!
Wir holen sie ein auf jenen Höh'n
Im Sonnenschein!
Der Tag ist schön auf jenen Höh'n!

Friedrich Rückert, 1788–1866, »Kindertodtenlieder«

Sie müssen bedenken, dass so ein System nur funktioniert,
wenn man die Institutionen korrumpiert.

Salzburger Journalist

Prolog

Sie war die Prinzessin.

Die Prinzessin wohnte in einem Schloss voller Kostbarkeiten, zusammen mit dem alten König und der schönen jungen Königin. Um das Schloss herum wuchsen hohe Bäume und blühten seltene Rosen, und auf den weiten Wiesen konnte die Prinzessin im Sonnenschein mit ihrem goldenen Ball spielen. Alles Land gehörte dem König und der Königin, denn sie hatten sehr viel Geld. Sie liebten ihre einzige Prinzessin von ganzem Herzen und schenkten ihr wunderschöne Kleider und alles Spielzeug, das sie sich nur wünschen konnte. Die Prinzessin musste ihre Schätze mit niemandem teilen, denn sie hatte keine Freundinnen, und sie vermisste sie auch nicht. Alle in dem Schloss lebten glücklich zusammen bis ans Ende ihrer Tage. Fast bis ans Ende ihrer Tage.

Bis er kam.

Der Froschkönig.

Da wurde die Prinzessin sehr traurig.

Eines Abends, als alle Lichter im Schloss schon brannten, stand die Prinzessin vor dem Spiegel. Sie hatte gebadet und sich die Haare gewaschen und selbst trocken geföhnt. Nun trug die Prinzessin ein rosa Nachthemd und kämmte sich ihr langes, goldenes Haar. Sie war wunderschön.

»Steffi«, plärrte eine Stimme von der Tür. »Ich fliege mit Mama und Papa nach Berlin! Sie nehmen mich mit, juhu!«

Es war der Froschkönig.

Die Prinzessin legte die Haarbürste weg und machte die Augen zu, damit sie den Froschkönig nicht ansehen musste.

»Und dann gehen wir dort in einen großen Zoo!«

Die Prinzessin fing an, sich zu ärgern.

»Und du bleibst über Allerheiligen hier«, sagte der Froschkönig selbstgefällig. »Bei der Leni.«

Die Prinzessin riss die Augen auf und drehte sich um. Der Froschkönig hatte ein nagelneues rotes Spielzeugauto in der Hand. Das kannte die Prinzessin noch gar nicht.

»Wieso bleibe ich bei der Leni?«, fragte sie.

Der Froschkönig hüpfte auf einem Bein. »Berlin, Berlin, Berlin«, trällerte er. »Und keine Steffi, Steffi, Steffi.«

»Warum darf ich nicht mit nach Berlin fliegen?«

»Weil du böse warst«, sagte der Froschkönig. »Weil du den armen Moppi gehauen hast. Niemand hat dich mehr lieb!«

»Der Moppi war nur ein dummer Mops.«

»Aber jetzt ist er tot.« Der Froschkönig schniefte.

»Das verstehst du noch nicht«, sagte die Prinzessin und ging zu ihren Malsachen auf dem kleinen Schreibtisch. Sie hatte den ganzen Nachmittag in Ruhe gemalt, und jetzt nervte sie der Froschkönig. Die Prinzessin bewunderte ihr Bild. Darauf waren die Mutter Maria und das Jesuskind zu sehen. Ihre Heiligenscheine waren aus reinem Gold, und je länger die Prinzessin an dem Bild malte, desto schöner wurde es.

»Steffi!« Der Froschkönig hatte sich angeschlichen, jetzt stand er neben der Prinzessin und starrte auf das Bild. »Steffi – das darfst du nicht. *Das sage ich Papa!*«

Die Prinzessin schaute auf den Froschkönig hinab. Er hatte goldene Locken, wie die Prinzessin. Ja, er sah sogar ein wenig wie das Jesuskind aus. Aber niemals würde er in den Himmel kommen. Der Froschkönig gehörte in die Hölle.

»Musst du nicht auch baden?«, fragte die Prinzessin. Auf einmal ärgerte sie sich nicht mehr. »Und Haare waschen?«

Der Froschkönig kratzte sich am Kopf. »Ja«, sagte er.

Die Prinzessin lächelte milde. »Dann – husch, husch.«

Der Froschkönig breitete die Arme aus, verwandelte sich in ein Flugzeug und düste mit dem roten Spielzeugauto in der Hand aus dem Zimmer. *»Brrrummmmm ...«*, machte er.

Die Prinzessin schaute noch einmal auf das Bild.

Die Mutter Maria hatte riesige schwarze Augen und lange dünne Finger. Das Jesuskind war rund und süß. Hinter den

Heiligenscheinen konnte man auf einem Berg eine Kirche mit vielen Türmen sehen. Ihre Dächer sahen wie bunt gestreifte Zwiebeln aus, und auf ihren Spitzen saßen seltsame Kreuze. Auch die Kreuze waren aus reinem Gold.

Die Prinzessin hörte das Wasserrauschen im Badezimmer und das Trällern des Froschkönigs. Er hatte gute Laune. So wie immer. Denn der alte König und die schöne junge Königin liebten ihn sehr. So sehr, dass sie ihre ganze Liebe für den Froschkönig brauchten und für die Prinzessin keine mehr übrig blieb. Deswegen nahmen sie den ekelhaften Froschkönig auch mit nach Berlin – und ihre einzige Prinzessin nicht.

Das machte die Prinzessin wieder sehr traurig.

Sie ging zum Spiegel und nahm den Föhn. Er war sehr groß und schwer, und sie konnte ihn kaum halten. Aber sie wollte ihn in das Badezimmer bringen, denn der Froschkönig musste auch seine goldenen Locken trocknen, damit er sich nicht erkältete und krank wurde.

Der Froschkönig saß in der Badewanne.

Er spielte mit dem ferngesteuerten Boot, das ihm der alte König von einer seiner vielen Reisen mitgebracht hatte. In der Seifenschale lag die wunderschöne rosa Seife, die wie eine Rose aussah und auch so duftete und die die Prinzessin bekommen hatte.

Die Prinzessin legte den Föhn auf den Waschtisch. Dann nahm sie die rosa Seife. »Ich helfe dir«, sagte sie.

Der Froschkönig schaute sie erstaunt an.

»Dann braucht die Leni dich nicht zu waschen«, sagte die Prinzessin. »Und du bist doch schon ein großer Junge. Deswegen darfst du heute auch mal meine Seife nehmen.«

Der Froschkönig streckte die Hände aus, nahm die Seife und schnupperte daran. »Riecht nach Blume.«

»Du musst damit richtig Schaum machen«, sagte die Prinzessin. »Dann riecht sie noch viel besser.«

Der Froschkönig lachte. »Danke, Steffi.« Er tauchte die Seife in das Badewasser und machte ganz viel Schaum.

»So«, sagte die Prinzessin. »Jetzt gib sie mir wieder.«
Sie nahm dem Froschkönig die Seife aus den glitschigen Händen, spülte sorgfältig den Schaum ab und legte die Seife wieder in die Seifenschale zurück. Es sah aus wie immer.
»Und jetzt«, sagte die Prinzessin, »jetzt trocknen wir deine Haare.« Sie steckte den Stecker des Föhns in die Steckdose. »Wenn du krank wirst, kannst du nicht nach Berlin fahren.« Sie nahm den Föhn und ging zur Badewanne.
»Aber Leni föhnt meine Haare«, sagte der Froschkönig. Er patschte mit den Händen aneinander. »Schau, Steffi, was ich kann – ich mache Seifenblasen.« Er lachte.
»Du sollst deine Haare föhnen«, sagte die Prinzessin.
»Nein, ich will nicht.«
»Bist du noch zu klein dafür?«
Der Froschkönig schob die Unterlippe vor.
Die Prinzessin seufzte. »Dann bist du wohl auch zu klein, um nach Berlin zu fliegen«, sagte sie traurig. »Wie schade. Na gut, macht nichts, ich sage es Papa.«
Der Froschkönig streckte die Hände aus.
Die Prinzessin schaltete den Föhn ein. »Pass auf, dass er nicht ins Wasser fällt«, sagte sie. »Das ist nämlich sehr gefährlich.« In der Schule hatten sie über die Gefahren im Haushalt gesprochen.
»Ich bin schon groß«, sagte der Froschkönig ärgerlich.
»Ach, nein«, sagte die Prinzessin, »lieber nicht.«
»Doch!« Jetzt wurde der Froschkönig richtig böse.
»Du bist mein Baby – mein kleines Baby.«
»Nein! Bitte!«
Nun musste die Prinzessin Gnade zeigen. »Na gut, aber nur, weil du mich so darum bittest«, sagte sie und hielt dem Froschkönig den Föhn hin. »Du musst ganz vorsichtig sein.«
Der Froschkönig packte den Griff mit seinen kleinen Fingern und versuchte, den schweren Föhn, der immer noch laut brummte, festzuhalten. »Nein, Steffi, das geht nicht!«
Die Prinzessin trat einen Schritt zurück.

»Steffi, hilf mir!« Jetzt hatte der Froschkönig Angst.

Die Prinzessin lachte. »Du wolltest doch unbedingt.«

»Bitte! Steffi!«

Die Prinzessin verzog den Mund. »Schrei nicht so.«

Der Föhn rutschte in den Händen des Froschkönigs herum wie ein glitschiger Fisch, wand sich, dröhnte laut und böse und wollte sich nicht festhalten lassen. Endlich schaffte es der Föhn, sich zu befreien. Er schlüpfte dem Froschkönig aus den Händen und stürzte sich kopfüber ins Wasser.

Da gingen im ganzen Schloss die Lichter aus.

Die Prinzessin stand mucksmäuschenstill im Dunkeln. Das Dröhnen des Föhns war verstummt. Aus der Badewanne kamen seltsame Geräusche. Endlich hörten auch sie auf.

Nun war die Prinzessin nicht mehr traurig.

Auf der Schlosstreppe waren polternde Schritte zu hören. Die Leni kam die Stufen heraufgerannt. Bestimmt hatte sie das Gezeter des Froschkönigs gehört. Jetzt wollte sie ihrem Liebling beistehen. Das tat sie immer.

Die Prinzessin ballte die Fäuste.

Die Tür wurde aufgerissen, und der dicke Lichtstrahl einer Taschenlampe huschte durchs Bad, glitt über die Rosenseife, die aussah wie immer, dann über den Badewannenrand und biss sich im Gesicht der Prinzessin fest.

»Im ganzen Haus ist Stromausfall«, sagte die Leni. »Streitet ihr etwa wieder? Was tust du überhaupt hier?« Sie machte ein böses Gesicht. »Und wo ist dein Bruder?«

»Der Gustl brät in der Hölle«, sagte die Prinzessin.

EINS

Hans Boschs Entscheidung, sich in Salzburgs noblem Stadtteil Aigen niederzulassen, kostete mehrere Menschen das Leben.

An einem warmen Tag Anfang Juni, wenige Wochen vor Beginn der Semesterferien, saß Bosch, Professor für Kunstgeschichte in Salzburg, an seinem Schreibtisch im Institut und schob seine Notizen über die barocken Bildstöcke, die sogenannten Geheimnissäulen, die zur Basilika Maria Plain auf dem Plainberg führten, beiseite. Die Vorlesung für das kommende Wintersemester wollte vorbereitet werden, der Schwerpunkt seiner Lehrveranstaltungen lag auf dem Barock in Salzburg. Aber Boschs Gedanken waren ganz woanders. Und so griff er nach seiner Füllfeder, drehte sie unschlüssig zwischen den Fingern, schraubte die Kappe auf und wieder zu und las zum wiederholten Mal das Kaufangebot der Maklerin.

»Das charmante ehemalige Kutscherhaus, sechsundneunzig Quadratmeter, Baujahr 1870, liegt in bester Lage am Fuß des Gaisbergs unweit des Schlosses in Aigen. Es wurde zu einer Maisonette ausgebaut, verfügt über einen offenen Wohnbereich mit separater, voll ausgestatteter Küche sowie zwei Zimmer und Bad in der Mansarde. Der angegliederte ehemalige Pferdestall wurde adaptiert und eignet sich als Wintergarten oder repräsentatives Büro. Ein eigener Gartenanteil von vierhundert Quadratmetern samt neu errichteter Terrasse gehört zur Liegenschaft. Der gepflegte weitläufige Park, einer Villa aus dem 19. Jahrhundert zugehörig, kann vom Käufer bis auf Widerruf mitbenutzt werden.«

Das Bild zeigte ein lang gestrecktes, in Schönbrunner Gelb gestrichenes Bauwerk mit rotem Schindeldach. Eine mit Schieferplatten belegte Terrasse reichte über die ganze Vorderfront. Nachträglich eingebaute Glastüren spendeten dem Inneren Licht.

Das alte Kutscherhaus hatte Bosch gleich gefallen.

Für einen Junggesellen wie ihn war das Gebäude bestens geeignet. Zum einen boten die Wohnräume dem Hund und ihm genügend Platz. Zum anderen hatte man die Holztore des ehemaligen Pferdestalls durch hohe Glastüren ersetzt, durch die ein sanftes Nordlicht einfiel, das zum Malen ideal war. Unzählige Hufeisen hatten Narben auf den glatt geschliffenen Steinfliesen hinterlassen. Doch der Boden war gesäubert und Mauern und Kreuzgewölbe waren weiß gestrichen worden, sodass der Eindruck eines Ateliers entstand. Leider gab es nur einen kleinen Eisenofen, der mit Holz geheizt wurde.

Der Park, der das Kutscherhaus und die Villa umgab, verbreitete mit seinen hohen Bäumen, dichten Büschen und bunten Blumenbeeten einen altmodischen Charme. Dazu trug auch eine steinerne Barockfigur bei, die auf einem moosüberwachsenen Sockel in einem üppigen Rosenrondell thronte. Es war eine Zwergin, die Karikatur einer Schäferin, deren liebliche Darstellung im 18. Jahrhundert in der Malerei so beliebt gewesen war und die in dieser Skulptur ihr grotesk verzerrtes Spiegelbild fand. Ein riesiger, von einer unförmigen Haube bedeckter Kopf saß schief und ohne Hals auf einem gedrungenen Körper. Das flächige Gesicht wirkte alterslos, und die ungleich großen Augen starrten leblos ins Leere, was der Miene einen gleichgültigen, ja, gefühllosen und sogar etwas grausamen Ausdruck verlieh. Mit der linken Hand umfasste die Zwergin einen gebogenen Schäferstab, der sie ein gutes Stück überragte, mit der rechten hielt sie einen Zipfel ihrer Schürze hoch, in der sich Rosenköpfe sammelten. Zu ihren Füßen, die in zerschlissenen Pantoffeln steckten, ruhten zwei steinerne Lämmer.

Es war eine Allegorie des Frühlings und, wie Bosch vermutete, einer der wenigen Salzburger Zwerge, die sich seit dem Verkauf der berühmten Sammlung Anfang des 19. Jahrhunderts noch in Privatbesitz befanden und die man bisher vergebens versucht hatte, zurückzukaufen, um sie in dem barocken Zwergelgarten neben dem Schloss Mirabell wieder zu vereinen. Bosch kannte alle Barockzwerge, diese Figur war ihm jedoch neu gewesen, was ihr in seinen Augen einen zusätzlichen Reiz verlieh.

Das Kutscherhaus selbst hatte etwas Geducktes, so musste er zugeben. Als repräsentierte es immer noch den Dienstbotenstand seiner ehemaligen Bewohner und traute sich nicht, den Kopf zu erheben.

Bosch glaubte an den *genius loci*.

Und genau das war in diesem Fall das Problem.

Vielleicht lag der Eindruck auch nur an dem Eckturm der imposanten Villa, der hinter dem Ziegeldach des Kutscherhauses emporragte und das zweite Bauwerk in einem Park mit Rasen, Rosenbeeten und alten Bäumen krönte. Es war ein malerischer gelber Bau aus dem 19. Jahrhundert, mit Türmchen und Giebeln und einer zweigeschossigen Holzveranda, die noch immer auf vornehme Teegesellschaften zu warten schien.

Oder auf Gäste mit dunkler Vergangenheit, dachte Bosch beim Betrachten des Bildes. Denn die Villa hatte Leopold Max-Trostberg, einem berühmten Kunsthändler und dabei einem Mann mit zweifelhaftem Ruf gehört.

Und auch der zauberhafte Anblick, der an eine alte Postkarte erinnerte, konnte ein flüchtiger sein. Denn noch war das Dach der Villa intakt, zeigten sich keine Frost- und Wasserschäden an den gelb verputzten Mauern. Aber das Haus war unbewohnt und das Grundstück in bester Lage groß. Wenn das Gebäude nicht schon unter Denkmalschutz stand, würde man irgendwann das Dach aufreißen und die Fenster herausbrechen. Regen und Schnee würden ins Innere eindringen, die alten Parkettböden aufquellen und die Holztramdecken vermodern lassen und sich schließlich in die Wände fressen. Bis sich irgendwann die Restaurierung des historischen Gebäudes nicht mehr lohnte. Dann war es nicht mehr erhaltenswert, und alle Diskussionen um Denkmal- oder Ensembleschutz waren vom Tisch. Am Ende kamen die Baufahrzeuge, und Villa und Park waren unwiederbringlich verloren.

Bosch klopfte mit der Füllfeder unschlüssig auf das Kaufangebot. Es war nicht nur die Aussicht, irgendwann zwischen den gesichtslosen Neubauten zu wohnen, unter denen man heutzutage in Salzburg anscheinend Architektur verstand. Der Kunsthistoriker in Bosch litt beim Anblick dieser Bausünden. Salzburg gehörte zum Weltkulturerbe. Ging man mit einem Erbe nicht verantwortungsvoll um?

Nein, es war die Villa, die ihm Unbehagen bereitete. Dieses herrschaftliche Gebäude, seine Geschichte und die Menschen, die wohl einst dort ein- und ausgegangen waren.

Es war der *genius loci*, der ihn störte.

Bosch ließ seinen Blick nachdenklich durch sein Arbeitszimmer wandern. Er liebte diesen stillen Raum in der Salzburger Altstadt, mit der hohen, stuckverzierten Decke, dem altersdunklen Parkett und den vollen Bücherregalen, die alle Wände bedeckten. Der weiße Kachelofen in einer Ecke wurde zwar nie geheizt, verbreitete aber trotzdem eine warme Atmosphäre.

Das schien auch der große braune Hund, der Bosch in den letzten Sommerferien am Wolfgangsee zugelaufen war, so zu sehen, denn er hatte sich die Ecke neben dem Ofen als Platz ausgesucht, auf dem er die Stunden, die sein Herr am Schreibtisch saß oder im Hörsaal stand, zufrieden verdöste. Auch nach fast einem Jahr hatte er noch immer keinen Namen. Bosch hatte zwar darüber nachgedacht, seinem Hund einen Namen zu geben, aber am Ende war es ihm dem Tier gegenüber respektlos vorgekommen. Und so hörte der Hund, wenn er denn hören wollte, einfach auf »Hund«.

»Hund?«, sagte Bosch mit fragendem Unterton.

Der Hund ließ die Augen geschlossen, wedelte nur kurz.

»Hund, willst du nach Aigen ziehen?«

Der Hund knurrte etwas Unverständliches, schien dem Kauf gegenüber jedoch nicht völlig abgeneigt zu sein.

Bosch konnte einen Seufzer nicht unterdrücken.

Die melancholische Stimmung, die über diesem Tag lag, suchte ihn immer heim, wenn er von einem seiner surrealistischen Bilder, als deren Schöpfer er sich in den letzten Jahren einen Namen gemacht hatte, Abschied nehmen musste. So wie von jenem, das gut verpackt neben der Tür zum Vorzimmer lehnte. In wenigen Tagen würde es, hoch versichert, von einem auf Kunsttransporte spezialisierten Unternehmen in eine namhafte Galerie nach Berlin gebracht werden. Von dort sollte es, mit allen nötigen Papieren ausgestattet, zu einem Sammler in St. Petersburg reisen.

Bosch litt schon jetzt unter der Trennung.

Im letzten Sommer hatte er in seinem gemieteten Häuschen am Wolfgangsee E. T. A. Hoffmanns Kriminalnovelle »Das Fräulein von Scuderi« gelesen. Für René Cardillac, den genialen Goldschmied, den der Wunsch, seine Meisterwerke zurückzubekommen, im Paris des 17. Jahrhunderts zum Mord an seinen Kunden getrieben hatte, hatte er Verständnis gehabt.

Eigentlich hatte Bosch, der ja mit seinen Bildern nicht schlecht verdiente – die Weihnachtsausstellung in der Londoner Galerie war ein großer Erfolg gewesen –, sich ein Jahr Auszeit zum Malen nehmen wollen. Das kleine Haus in St. Gilgen, das er dafür als Künstlerdomizil ausgesucht hatte, lag direkt am Wasser und bot einen weiten Blick über den Wolfgangsee bis hinüber nach Abersee und Strobl. Er hatte es mit Bedacht gewählt.

In Abersee hatten in der Zwischenkriegszeit österreichische Künstler verschiedenster Gesinnung und Herkunft ihren Sommerurlaub verbracht, hatten sich zur Zinkenbacher Malerkolonie zusammengefunden und in dem, was sie scherzhaft ihr »Malschiff« nannten, friedlich und über alle ideologischen Gräben hinweg ihre kreative Sommerfrische genossen. Der Anschluss Österreichs an Deutschland im Jahr 1938 hatte der Idylle ein jähes Ende bereitet. Die einen waren zur Auswanderung gezwungen worden, die anderen hatten im Nationalsozialismus Karriere gemacht, an den Wolfgangsee zurückgekehrt war keiner der einstigen Freunde.

Wenn Bosch auf dem Steg seines kleinen Seehäuschens stand, nach Abersee hinübersah und dabei dem leisen Plätschern der Wellen zwischen den hölzernen Pfosten unter sich lauschte, so war ihm, als läge noch immer ein Widerhall der Scherze und des Lachens der Künstler in der Luft. Und auch eine dunkle Spur ihrer Verzweiflung und Angst vor dem Kommenden. Künstlerkarrieren und Lebensläufe hatten hier am Wolfgangsee begonnen und geendet. Und so war vielen nur der Aufbruch in eine ungewisse Zukunft geblieben.

Und jetzt die Villa von Leopold Max-Trostberg. Ausgerechnet. Bosch war, als fänden jene Wochen am Wolfgangsee nun ihre Fortsetzung in Salzburg.

Auch Bosch hatte nicht am Wolfgangsee bleiben können.

Die Ereignisse des letzten Sommers hatten ihn fast das Leben gekostet, und die Schatten, die sie über das kleine Seehaus und seinen Bewohner geworfen hatten, wollten nicht weichen. Der Falkenstein, dessen schroffe Felswände aus dem See ragten, zog seinen Blick geradezu magisch an, und dann drehten sich Boschs Gedanken wie ein Karussell um Freundschaft, Verrat und Mord.

Stundenlang starrte er an solchen Tagen auf die leere Leinwand und wartete vergeblich auf eine kreative Eingebung. Er wusste, dass er sich durch seine Neugier und seinen unbändigen Forscherdrang selbst in Gefahr gebracht hatte. Und manchmal gestand er sich sogar ein, wie sehr ihn das Rätsel und der Nervenkitzel gereizt hatten. Seine größte Motivation war stets, zu wissen und zu verstehen. Er lebte gern in seiner Gedankenwelt und war ständig dabei zu analysieren. Die Mysterien des Lebens faszinierten ihn genauso, wie sie zu hinterfragen.

Die Folgen seines Tuns waren verheerend gewesen.

Der Ruf der Universität am Ende dieses langen, quälenden Sommers war ihm schließlich wie eine Rettung erschienen.

Auch zwei Jahre nach dem überraschenden Tod Professor Salcheneggers, des Vorstands des Kunstgeschichte-Instituts, hatte sich in Salzburg noch kein geeigneter Nachfolger gefunden, und so hatte man kurzerhand beschlossen, Hans Bosch, den interimistischen Leiter, aus seinem Sabbatical zurückzurufen und zum neuen Institutsvorstand zu befördern.

Bosch hatte sein Häuschen vorzeitig winterfest gemacht, seine Zelte im Salzkammergut abgebrochen und war mit Sack und Pack – oder besser gesagt Staffelei und Hund – in die Stadt und die kleine Zwei-Zimmer-Wohnung mit Blick auf den ständig plätschernden Papageno-Brunnen zurückgekehrt.

Doch nach dem Sommer unter dem klaren Himmel des Salzkammerguts und an dem See, über den Morgennebel zogen und in dem sich grüne Berge spiegelten, war ihm die Altstadt mit ihren überfüllten, nach dem Schweiß der Touristen und dem Urin der Fiakerpferde stinkenden Gassen zur Last geworden. In seiner kleinen Wohnung in dem mittelalterlichen Haus am Papagenoplatz hatte er sich beengt gefühlt. In den vorwurfsvollen Augen des Hundes schien zudem die ständige Frage zu liegen, ob er etwa für dieses Gefängnis sein freies Streuner-Leben aufgegeben hatte.

Also war Bosch eines Morgens kurz vor Weihnachten in das Büro einer Maklerin marschiert, hatte ihren diskret abschätzenden Blick auf seine Leibesfülle und sein bescheidenes Äußeres – und den struppigen Köter an seiner Seite – ignoriert und sie mit der Suche nach einem passenden Haus beauftragt. Seine Preisgrenze, die dank seiner guten Bildverkäufe großzügig war, hatte ihre Bedenken schnell ausgeräumt und ihm ein geschäftstüchtiges Lächeln eingebracht. Da ließe sich sogar in Salzburg etwas Schönes finden, hatte sie gemeint, der Herr Professor könne ganz beruhigt sein. Und ob der herzige Hund einen Keks dürfte?

Ein paar Monate später hatte sie Bosch dann nach Aigen zu einem imposanten Schmiedeeisentor geführt, das sich zwischen zwei griechischen Säulen nachempfundenen Sandsteinpfeilern befand, auf denen urnenförmige Steingefäße thronten. Mitten auf dem Tor saß ein eiserner Drache mit gezackten Flügeln, dessen Ringelschwanz in einer Pfeilspitze endete. Hinter den geschmiedeten Ranken, die sich durch die Torstreben wanden, öffnete sich der Blick auf einen tief verschneiten Park, in dem die Stille nur vom Knistern des in der Frühlingssonne schmelzenden Eises im kahlen Geäst alter Bäume gestört wurde. Die Zwergin hatte eine dicke weiße Haube getragen, und die Lämmer waren nur als Umrisse zu erkennen gewesen, gerade als hielten sie Winterschlaf unter der weichen Schneedecke.

Inzwischen war Bosch immer wieder dort gewesen, doch erst jetzt, Anfang Juni und kurz vor den Ferien, lag das Kaufangebot vor ihm. Für einen Augenblick war Bosch, als streifte ihn ein kühler Hauch. *A ghost just walked over my grave.* So hatte ein englischer Kollege eine dunkle Vorahnung genannt. Doch dieses gelb gestrichene Häuschen zwischen blühenden Rosenbüschen hatte nichts von Finsternis.

Soviel Bosch wusste, war das Kutscherhaus bis vor Kurzem an wechselnde Studentenwohngemeinschaften vermietet gewesen. Die Eigentümerin des Ensembles war verstorben, so die Maklerin, die Erbengemeinschaft zerstritten. Nur auf den Verkauf des Nebengebäudes hatte man sich schließlich einigen können. Für Bosch als Käufer hatten seine honorige Position als Universitätsprofessor gesprochen und seine wachsende Prominenz als Maler. Die Erben des zwielichtigen Kunsthändlers und Galeristen, die in Berlin und Hamburg lebten, legten Wert auf Honorigkeit und Kultur.

Aber Bosch mochte nun mal den Stadtteil.

So wie er am Wolfgangsee gemeint hatte, noch immer die Energie des Zinkenbacher Malerschiffs zu fühlen, so spürte er hier, im Süden von Salzburg, noch immer den Geist der ehemaligen Künstlersommerfrische, das »himmlische Aigner Thal«. Eine Gegend, in der die Maler Höfel und Fischbach gewirkt hatten, der Geigenvirtuose Joseph Joachim sich eine Villa hatte erbauen lassen, konnte sich nur inspirierend auf seine eigene Arbeit auswirken. Der Gedanke, die Tradition der Aigner Künstler fortzuführen, beflügelte Bosch geradezu.

Hier gehörte er hin, hier würde er für immer bleiben. Was waren da ein paar Abstriche bei der Bequemlichkeit des neuen Heimes? Er schraubte die Kappe der Füllfeder ab.

Ein energisches Klopfen unterbrach sein Tun.

Bosch hob den Kopf. »Herein?«

Er hätte sich die Einladung sparen können. Frau Happel, die langjährige Institutssekretärin, betrat wie immer fast zeitgleich mit ihrem Anklopfen sein Büro und steuerte auf Bosch zu. In den Händen hielt sie die aufgeschlagene Briefmappe mit der Post des Tages. Dicht vor dem Schreibtisch blieb sie stehen, nahm eine bunte Ansichtskarte aus der Mappe und hielt sie Bosch vor die Augen.

»Was sagen Sie dazu, Herr Professor?«

Bosch musterte das Bild.

Es zeigte den verschneiten Park von Schloss Hellbrunn. Auf einem zugefrorenen Teich, umstanden von verwitterten Marmorskulpturen, lief eine fröhliche Gesellschaft in Biedermeierkostümen Schlittschuh. Die Damen trugen Reifröcke und Muffs, die Herren schwarze Anzüge und Zylinder. Erst auf den zweiten Blick sah man, dass die Schlittschuhläufer keine Menschen waren. Aus den Pelzstolas und gestärkten Kragen sahen Fischköpfe hervor. Ein steinerner Neptun im Schuppenwams, der auf einem Sockel am Rand des Beckens stand, zielte mit seinem Dreizack auf das lustige Volk.

Bosch hatte das Gemälde »Winterwalzer« genannt.

»Die schickt uns die Firma PostArt«, fuhr Frau Happel fort. »Es ist ein Musterexemplar für die Weihnachtskarten, Sie müssen es für den Druck freigeben. Der Art Director hat mehrmals versucht, Sie auf dem Handy zu erreichen.« Ihr Ton war eine Mischung aus Vorwurf und Resignation.

Bosch überblickte schnell seinen Schreibtisch. Er hatte ein Handy, natürlich, vergaß aber leider stets, wo er es hingelegt hatte. Da es auf Vibration geschaltet war – Bosch hasste es, vom Klingelton gestört zu werden –, nützte ein Anruf bei der Suche auch nichts. Wenn er das Ding irgendwann zufällig wiederfand, dann war meist der Akku leer.

»Na ja«, fuhr Frau Happel fort. »Ich rufe gleich selbst dort an.« Sie drehte die bunte Seite der Postkarte zu sich und warf einen anerkennenden Blick darauf. »Sieht jedenfalls noch schöner aus als das Original.«

Bosch verkniff sich die Erwiderung, die diese Worte verdienten und die ihm auf der Zunge lag. »Die Farben sind ziemlich grell«, sagte er stattdessen indigniert.

Frau Happel legte die Postkarte in die Mappe zurück. »Also, dann sage ich, dass Sie die Karte freigeben«, sagte sie ungerührt. »Was ist mit der Sitzung des Akademischen Rats nächste Woche?« Ihr Blick fiel auf den Schreibtisch, wanderte über das Kaufangebot und blieb an dem Schriftzug der Maklerin hängen. »Haben Sie was gefunden?«

»Ein Haus«, sagte Bosch nicht ohne Stolz. »In Aigen.«

Der Erfolg seiner Worte überraschte ihn.

Frau Happel schlug die Mappe zu und stützte sie auf die Schreibtischkante. »In *Aigen*, nein, wirklich?«, rief sie. »Wie schön! Das ist meine alte Heimat.« Sie hob den Blick zur stuckverzierten Decke. »Mein Gott, wenn ich nur daran denke!« Frau Happel schien entschlossen, wie immer jede Gelegenheit für einen Plausch und die Möglichkeit, ihn von der Arbeit abzuhalten, zu nutzen. »In der Pension ziehe ich dahin zurück.« Dass Frau Happel jemals in den Ruhestand treten würde, konnte sich im Institut niemand vorstellen. Am wenigsten wohl sie selbst.

»Ach ja.« Bosch spielte mit seiner Füllfeder.

Die Sekretärin nickte so eifrig, dass bei jeder anderen Frau die Frisur in Unordnung geraten wäre. Doch Frau Happels seit Jahrzehnten gleicher Kurzhaarschnitt saß stets genauso untadelig wie ihre faltenfrei gebügelten und gestärkten Hemdblusenkleider.

»Ich bin doch da aufgewachsen – kennen Sie den Pfarrkindergarten? Nein? Na ja, also gleich dahinter. Wenn ich Sie in Aigen mit irgendwem bekannt machen kann, dann tue ich das herzlich gern.«

»Dafür ist es noch etwas früh«, sagte Bosch schnell.

Zum einen war er nicht sehr gesellig, zum anderen schien Aigen einen gewissen dörflichen Charakter bewahrt zu haben, und die soziale Kontrolle innerhalb einer engen Gemeinschaft kannte er nur zu gut aus seiner Kindheit. Seine Mutter war der ländlichen Scheinidylle in der Salzburger Bergwelt entflohen, hatte einen wohlhabenden Hotelier am Arlberg geheiratet. Bosch war bei seiner Großmutter aufgewachsen, kannte seinen leiblichen Vater nicht, was seine Kindheit nicht einfacher gemacht hatte. Wenigstens, so sagte er sich, hatte ihm sein unbekannter Erzeuger wohl das künstlerische Talent vererbt. Auch wenn das in einer Gesellschaft, in der jeder mit jedem verwandt war und familiäre Beziehungen in jeder Wirtshausrunde das Thema Nummer eins waren, natürlich nichts zählte. Wenn er gelegentlich darüber nachdachte, so war es eine einsame Kindheit gewesen.

Bosch blickte auf seinen neben dem Kachelofen dösenden Hund. »Das Haus scheint jedenfalls perfekt für uns beide«, sagte er. »Ich habe sogar schon eine Haushaltshilfe. Sie hat früher selbst in Aigen gelebt. Der Gärtner, der sich um den Park der Villa kümmert, hat sie der Maklerin empfohlen.«

Die Maklerin hatte ihm diesen Kilian gleich vorgestellt, wohl um darauf hinzuweisen, dass für die Pflege des Gartens gesorgt war. Der Mann, so hatte sie gesagt, gehörte seit Jahrzehnten praktisch zum Inventar der Villa, und wenn der Herr Professor es wünschte, würde er sich gegen ein kleines Entgelt bestimmt auch um die vierhundert Quadratmeter vor dem Kutscherhaus kümmern. Genau wie die Perle, die sich jederzeit des Haushalts annehmen würde. Bosch war so ehrlich, sich einzugestehen, dass die angebotene Hilfe ein starkes Kaufargument war. So hatte er mehr Zeit zum Malen, musste sich nicht mit Stellenanzeigen und Vorstellungsgesprächen plagen. Fremde Menschen bereiteten ihm Stress, er brauchte seine Ruhe und hasste nichts mehr als den Gedanken, dass sich Fremde in sein Leben drängen könnten. Ein diskretes, eingespieltes Team war ideal.

»Putzfrauen bekommt man schwer«, sagte Frau Happel.

»Sie wird sich auch um den Hund kümmern«, sagte Bosch. »Ab jetzt kann er auch mal zu Hause bleiben. Wo wir nun auch einen Garten haben.« Der Hund klopfte, ohne die Augen zu öffnen, mit dem Schwanz auf den Boden. »Ich kann ihn ja nicht immer mit zur Arbeit nehmen.«

Frau Happel stellte sich bequemer hin, richtete sich auf einen Plausch ein. »Wie heißt denn Ihr Haus?«

»Was meinen Sie?«

Bosch wusste, was sie meinte, aber er hatte vor dem Kauf zunächst selbst Zweifel bei der Nennung des Namens bekommen, und versuchte auszuweichen.

»Na, die alten Aigner Villen haben doch einen Namen.«

»Es ist ja nur das ehemalige Kutscherhaus zu einer Villa«, erklärte Bosch. Dann beschloss er, den Stier bei den Hörnern zu packen. »Zur Villa Max-Trostberg.«

Frau Happel starrte ihn an. »Villa *Max-Trostberg*?«

Bosch nickte.

Frau Happel drückte die Briefmappe mit verschränkten Armen vor die Brust, als wollte sie eine Schranke zwischen sich und Bosch errichten. »Die gehörte dem Kunsthändler«, sagte sie endlich etwas zögernd. »Leopold Max-Trostberg.«

»Ja, ich weiß.«

Natürlich war ihm der Name des Galeristen, der schon bald nach dem Krieg einen festen Platz in der kosmopolitischen Gesellschaft, die jeden Sommer zu den Festspielen wie ein Schwarm Krähen in Salzburg einfiel, gehabt hatte, ein Begriff. Leopold Max-Trostbergs Feste und Vernissagen hatten die Seiten der Klatschpresse gefüllt. Es hieß, der Aga Khan sei ein persönlicher Freund gewesen, und Herbert von Karajan habe seine ganze Kunstsammlung von dem Galeristen kuratieren lassen. Und das, obwohl dessen weiße Weste nicht nur ein paar dunkle Flecken aufwies.

Immer wieder war in Fachkreisen offen über nicht gesicherte Provenienzen der von Max-Trostberg gehandelten Kunstwerke gesprochen worden – auch Bosch war bei seiner Arbeit mehrmals auf dieses Thema gestoßen –, doch solche Vorwürfe waren in der damaligen Zeit keine Seltenheit gewesen. Der Krieg und die wirren Zeitläufte hatten viele Kunstschätze und ihre Eigentümer voneinander getrennt. Manches war in aller Eile verkauft, einiges für lange Zeit unauffindbar versteckt, zu vieles von den braunen Machthabern beschlagnahmt worden. Jahrzehnte nach Kriegsende waren die rechtmäßigen Erben in alle Winde verstreut oder lebten überhaupt nicht mehr.

Leopold Max-Trostberg war darüber reich geworden.

Zu Beginn des Ersten Weltkriegs als Sohn eines Postkartenmalers geboren, hatte er sich bereits als junger Mann im Ständestaat einen Namen als Kunsthändler gemacht, der Anschluss Österreichs an Deutschland im Jahr 1938 hatte ihm dann einen kometenhaften Aufstieg beschert.

Leopold Max-Trostberg hatte Kunstschätze zu Billigstpreisen von Menschen, die zur Flucht gezwungen waren, erworben oder aus den besetzten Kriegsgebieten geholt – oft im Privatauftrag der kunstsinnigen neuen Herren – und zu Höchstpreisen weiterverkauft. Darüber hinaus hatte er Weitsicht bewiesen, indem er günstig damals nahezu unverkäufliche sogenannte »entartete Kunst« erworben hatte, in der festen Überzeugung, dass auch das Tausendjährige Reich nicht ewig währen würde. Künstler wie Munch, Liebermann, Klimt, Kubin und vor allen anderen Schiele hatte er keinesfalls verschmäht.

Später hatte sich dieses geheime Lager als Goldgrube erwiesen. Seine Machenschaften hatten ihm dank geschickten Verhandelns nach dem Krieg weder persönlich noch geschäftlich geschadet, im Gegenteil. Zu eng waren wohl die persönlichen Verflechtungen, zu schuldbeladen die gemeinsame Vergangenheit. Zu groß die Gier der Institutionen.

Soweit Bosch wusste, war Leopold Max-Trostberg jedoch bereits in den neunziger Jahren verstorben. Auch seine ehemalige Galerie auf der rechten Salzachseite trug längst einen anderen Namen.

Trotzdem hatte Bosch vor dem möglichen Erwerb seines Hauses dem Salzburger Stadtarchiv sicherheitshalber einen Besuch abgestattet und sich einen Einblick in die alten Besitzverhältnisse verschafft. Eine arisierte Immobilie wäre für ihn als Wohnsitz nicht in Frage gekommen. Seine Bedenken waren zerstreut worden. Erleichtert hatte Bosch festgestellt, dass Leopold Max-Trostberg die Villa zwar 1938, aber bereits knapp vor dem Anschluss Österreichs an Deutschland von einem Ehepaar, Brauereibesitzern in Bayern, gekauft hatte. Die Liegenschaft war seit Ende des 19. Jahrhunderts im Eigentum der bayrischen Familie gewesen.

»Die Villa steht leer«, sagte er zu Frau Happel. »Die Erben sind wohl noch uneins über die Verwertung.«

Sie rümpfte die Nase. »Die Villa kauft sowieso keiner.«

»Könnte schwierig werden, ja.«

»Sie kennen die Geschichte?« Es klang erstaunt.

»Natürlich, ich bin schließlich Kunsthistoriker«, sagte Bosch. »Max-Trostberg war ja bekannt für seine Geschäfte.« Er hatte eine Idee. »Es wäre sicher interessant – vielleicht im Rahmen einer Forschungsarbeit oder einer Dissertation –, diese Zeit am Beispiel von Max-Trostberg aufzuarbeiten. Haben wir da nicht auf unserer Liste einen Doktoranden?«

»Ach was.« Frau Happel winkte ab. »Geredet wird viel.«

»Wie bitte?« So viel Ignoranz ärgerte Bosch. Leopold Max-Trostberg mochte nach dem Krieg eine schillernde Figur in der öffentlichen Wahrnehmung gewesen sein, doch ohne Unterstützung von Wiener und Salzburger Institutionen hätte er seine Geschäfte niemals bis in die Gegenwart fortführen können. »Wir schicken den Doktoranden noch einmal in die Archive.« Die allerdings verschlossen waren. Vielleicht wurde es Zeit, auf einer Öffnung zu bestehen. »Ja, so machen wir das.«

»Das ist doch alles längst vorbei«, sagte Frau Happel. »Schnee von gestern. Irgendwann muss ja mal Schluss sein mit den ganzen Anschuldigungen. Der Herr Max-Trostberg war ein sehr feiner Mann. Meine Mutter hat ja lange als Köchin in der Villa gearbeitet.« Stolz schwang in ihrer Stimme und die Genugtuung, die wahre Expertin in Sachen Max-Trostberg zu sein. Sie beugte sich vor, fixierte Bosch und sagte in konspirativem Ton: »Aber die Tochter, was?«

Bosch durchforschte sein Gedächtnis. »Von einer Tochter ist mir nichts bekannt«, sagte er schließlich.

Frau Happel richtete sich wieder auf und gab einen verächtlichen Laut von sich. »Da können Sie froh sein«, sagte sie. »Glauben Sie mir.«

»War sie an den Geschäften ihres Vaters beteiligt?«

»Nein, die ist ja lange nach dem Krieg geboren.«

Boschs Geduld war erschöpft, Klatsch interessierte ihn nicht. Er schraubte die Füllfeder auf, um zu signalisieren, dass er das Gespräch als beendet erachtete.

Frau Happel ignorierte den Wink. »Die Stefanie war so ein richtiger Tunichtgut«, sagte sie düster und versank, ganz gegen ihre Natur, in Schweigen. Endlich fuhr sie fort: »Vor etwa fünfzehn Jahren sind zwei Kinder, Zwillinge, in Aigen verschwunden«, sagte sie leise. »Sieben Jahre waren sie erst alt.« Sie machte wieder eine Pause. Dann straffte sie ihren Körper und sagte in seltsam sachlichem Ton: »Es hat gleich Gerüchte gegeben, die Steffi, die Tochter der Max-Trostbergs, hätte was mit der Sache zu tun gehabt.«

Das wollte Bosch nun doch hören. Gegen seine Neugier kam er selten an. »Was ist denn mit den Kindern passiert?«

Frau Happel räusperte sich. »Die beiden waren zu Allerheiligen mit ihren Eltern beim Schlosswirt zum Mittagessen«, sagte sie. »Irgendwann sind sie dann wohl aus der Gaststube gelaufen, wie Kinder halt so sind, nicht? Es war so ein richtiger Herbsttag und der Nebel so dick wie Rahmsuppe.«

Sie blickte zum Fenster hinüber. Die Sonne schien auf die barocke Fassade des Nachbarhauses, überzog den hellen Sandstein mit goldenem Glanz. Von der Gasse tönten die Stimmen der Touristen und das Hufgeklapper der Fiakerpferde herauf. Der heiße Junitag war weit entfernt von jenem nebeligen Allerheiligen vor fünfzehn Jahren.

Bosch wartete ab, spielte mit seiner Füllfeder.

»Wahrscheinlich sind die Kleinen in den Wald hinaufgestiegen«, sagte Frau Happel endlich. »Der Gaisberg beginnt ja gleich hinter dem Schloss. Vielleicht wollten sie Eicheln und Kastanien zum Basteln sammeln, wer weiß das schon? Aber im November wird es schon früh dunkel.«

»Ja, und dann?«

»Nichts, dann.« Frau Happel zuckte die Schultern. »Da gibt es jede Menge Höhlen und Schluchten. Bestimmt sind noch gar nicht alle entdeckt worden. Und am Fuß des Berges gibt es eine kurvige Straße, da muss man schon bei Schönwetter aufpassen. Vielleicht war's ja auch ein Autounfall.«

»Fahrerflucht? Dann hat man die Kinder also gefunden?«

Frau Happel wandte ihm wieder das Gesicht zu. In ihrer Miene spiegelte sich Mitgefühl, aber auch Sorge. »Die Kinder sind nie wieder aufgetaucht«, sagte sie. »Das heißt, ein alter Sandler hat in seinem Suff behauptet, er hätte die beiden am nächsten Tag frühmorgens beim Schloss Mirabell im Zwergelgarten auf einer Bank sitzen gesehen.« Sie schüttelte den Kopf. »Die Polizei hat dann wohl auch kurz in Richtung Entführung ermittelt. Die Schützen und verschiedene Hilfskräfte haben jedenfalls damals den Bergwald am Gaisberg abgesucht. Sogar eine Wahrsagerin haben sie eingeschaltet. Aber nichts – als hätte der Nebel die Kinder verschluckt.«

Bosch dachte an das Kutscherhaus, an die verlassene Villa

mit den dunklen Fenstern. Was mochte sich im Inneren dieses herrschaftlichen Hauses abgespielt haben?

Sollte er das Kutscherhaus wirklich kaufen?

Auf einmal befielen ihn wieder Zweifel.

»Und was hat diese Stefanie damit zu tun?«, fragte er.

»Wahrscheinlich gar nichts«, sagte Frau Happel. »Ich selbst bin ihr ja nur ein paarmal begegnet, Gott sei Dank.« Sie warf wieder einen Blick nach oben, als wollte sie dem Allmächtigen tatsächlich ihren Dank senden. »Die Steffi war ja viel jünger als ich.« Sie beugte sich ein wenig vor und raunte: »Meine Mutter hat sie mal erwischt, wie sie mit einer Fackel Spinnen in ihren Netzen am Gartentor der Villa verbrannt hat. ›Spinnen rösten‹ hat sie das genannt. Meine Mutter hat sie natürlich zur Rede gestellt.« Frau Happel verzog den Mund. »Die Steffi ist auf sie zu und hat ihr die brennende Fackel unter das Kinn gehalten. Meine Mutter sagt, es hätten nur wenige Zentimeter gefehlt, und sie wäre in Flammen gestanden. Da war die Steffi keine zehn Jahre alt.«

Bosch war schockiert. Das war tatsächlich ein ungewöhnliches Verhalten für ein kleines Mädchen. Er schaute zu seinem schlafenden Hund hinüber, dessen Pfoten wohl in einer geträumten Hasenjagd zuckten.

»Aber das Schlimmste«, fuhr Frau Happel fort, »war ihr Gesichtsausdruck, sagt meine Mutter. Völlig unbewegt. Nur in Steffis Augen, da lag so ein unheimliches Leuchten, so eine Freude am Quälen. Die Steffi war eine geborene Sadistin.«

Bosch löste seinen Blick von seinem Hund. »Und wo steckt diese Zierde der Menschheit jetzt?«, erkundigte er sich. »Sie müsste doch die Erbin der Villa sein.«

Frau Happel hob die Hand, war mit ihrem Vortrag wohl noch nicht am Ende. »Irgendwann war die Steffi dann für jedes Unglück verantwortlich«, sagte sie. »Sie wissen ja, wie das ist. Man braucht immer einen Sündenbock. Als das mit den Kindern passiert ist, da war die Steffi siebzehn oder knapp achtzehn, glaube ich.« Sie überlegte. »Jedenfalls, der Herr Max-

Trostberg war auch schon verstorben. Die Caroline, also die Mutter, war ja die zweite Frau, müssen Sie wissen. Seine erste Frau ist schon in den dreißiger Jahren ins Ausland. Das war eine Gräfin oder so, die aber leider –«

»Und diese Steffi?«, fragte Bosch schnell, ehe Frau Happel ganz in die Genealogie der Max-Trostbergs eintauchte.

»Ach so, ja, richtig.« Frau Happel räusperte sich. »Die Caroline hat die Stefanie mal in ein Internat in Bayern gesteckt, und in ein zweites, glaube ich, auch noch. Nur – die wollten sie nirgends behalten.«

Bosch nickte. »Nur zu verständlich.«

Auch ein teures Internat war keine Aufbewahrungsanstalt für jugendliche Psychopathen. Die anderen Eltern nahmen sonst die eigenen Sprösslinge von der Schule, und eine exklusive Bildungsanstalt lebte von ihrem guten Ruf.

Frau Happel seufzte. »Nach der Sache mit den Kindern hat die Steffi dann ein Soziales Jahr in Afrika gemacht.« Sie verzog den Mund. »Die Caro hat wohl gehofft, dass durch die Arbeit dort ein besserer Charakterzug zum Vorschein kommt.«

»Mütter glauben immer an das Gute in ihren Kindern«, sagte Bosch. »Ist Stefanie Max-Trostberg noch in Afrika?«

Der schlafende Hund neben dem Kachelofen fiepte.

»Nein, aber ich glaube, keiner hat das so recht mitbekommen, dass sie wieder in Salzburg ist – auf einmal war sie wieder da«, sagte Frau Happel. »Irgendwann hat die Caroline die Steffi dann wohl überhaupt weggeschlossen. Jedenfalls hat sie niemand mehr gesehen, glaube ich.« Sie tippte sich an die Stirn. »Wenn Sie mich fragen, war die Steffi hier nicht ganz dicht.«

»Sie meinen, das Mädchen war geistig behindert?«

Frau Happel zuckte die Schultern. »Jedenfalls hat sie niemand mehr gesehen«, sagte sie. »Und das war gut so.«

Bosch war schockiert. »Was, die Mutter hat die eigene Tochter im Haus eingesperrt?«, fragte er. »Für immer?«

»Die Steffi ist ja dann sowieso bald gestorben«, sagte Frau Happel, als entschuldigte diese Tatsache das Handeln von Caroline Max-Trostberg. »Irgendeine Krankheit. Jedenfalls liegt sie jetzt auf dem Aigner Friedhof. Ich war natürlich bei der Beerdigung, schließlich kannte ich die Familie.« Ihre Miene war nachdenklich. »Na ja, und dann ist die Caroline im letzten Winter auch ums Leben gekommen. Die arme Frau ist auf dem Dachboden gestürzt, heißt es, und war nicht einmal gleich tot. Wer weiß, wie lange sie dort in der Kälte gelegen hat. Der Gärtner, der Moser Kilian, hat dann ihre Leiche gefunden.« Sie seufzte. »Jetzt heißt es natürlich wieder, die Steffi hätte ihre Mutter zu sich geholt. Weil sie keine Ruhe findet in ihrem Grab.«

»Was – als *Gespenst*?«

Bosch glaubte nicht an Geister, wollte ihre Existenz aber auch nicht ausschließen, so wie er grundsätzlich nichts zwischen Himmel und Erde ausschloss. Auch die Phantasiewesen, die seine Bilder bevölkerten und von denen manche wie Ausgeburten der Hölle wirkten, schienen ein seltsames Eigenleben zu führen und über die Gestaltung jedes seiner Werke mitzuentscheiden. Und wer hatte je ein Atom gesehen? Seine tödliche Wirkung stand jedoch außer Zweifel.

Er spürte wieder diese Neugier, ja, dieses Kribbeln, das ihn in St. Gilgen zu seinen Nachforschungen und damit fast ins Grab getrieben hatte. Geheimnisse zogen ihn geradezu magisch an. Wahrscheinlich war er deswegen Wissenschaftler geworden – jemand, der etwas wissen wollte.

Im Vorzimmer läutete das Telefon.

»Das wird der Rückruf aus Berlin sein«, sagte Frau Happel geschäftig wie immer. Der Ausflug in die Chronique scandaleuse von Aigen war damit beendet. »Ich stelle Ihnen den Herrn Meinecke gleich durch, ja?«

»Ja«, sagte Bosch. »Tun Sie das.«

Frau Happel lief ins Vorzimmer.

Gleich darauf hörte Bosch ihre professionell-freundliche Stimme durch die offene Tür. Er blickte auf das Kaufangebot. Ja oder nein? Die letzten Minuten hatten ihn nachdenklich gemacht. Eine psychotische Tochter und eine Mutter, die auf einem kalten Dachboden erfroren war. Aber in welchem alten Haus war noch nie gestorben worden?

Bosch gab nichts auf Dorfklatsch.

Schnell, damit er es sich nicht noch einmal anders überlegen konnte, schraubte er die Füllfeder auf, setzte schwungvoll seine Unterschrift unter das Kaufangebot und legte es in die Ausgangsmappe für den Schriftverkehr. Frau Happel brachte die Briefe auf dem Heimweg von ihrer Arbeit immer am selben Tag noch zur Post.

Dann blinkte auch schon die Telefonanlage auf seinem Schreibtisch, und er nahm den Hörer ab.

Das Gespräch mit Sebastian Meinecke, seinem Berliner Galeristen, über die Modalitäten des bevorstehenden Bildertransports beschäftigte Bosch dann so sehr, dass er das Gespräch mit Frau Happel für die nächsten Stunden vergaß.

Am späten Nachmittag, als auf den Türmen und Kuppeln der barocken Kirchen Salzburgs bereits dieses südliche gründgoldene Licht lag, das den Ruf der Stadt als Rom des Nordens zu rechtfertigen schien, als Bosch seinen Schreibtisch im Kunstgeschichte-Institut wie am Ende jedes Arbeitstages penibel aufgeräumt verließ und sich mit seinem Hund durch die schwitzende Touristenmenge auf dem Residenzplatz in Richtung Papagenoplatz schob, da fiel ihm das Kutscherhaus in Aigen wieder ein. Zunächst freute er sich bei der Aussicht, bald umgeben von schattigen Bäumen inmitten eines stilvollen alten Parks zu wohnen und in der Ruhe der ehemaligen Künstlersommerfrische Inspiration für wunderbare Bilder zu finden. Doch dann drängten sich ungebeten die Worte seiner Sekretärin in seine Gedanken.

Die Steffi war eine geborene Sadistin.

Es heißt, die Steffi hätte ihre Mutter zu sich geholt.

Das war natürlich völliger Unsinn, Dorfklatsch. Wen interessierte schon, was irgendwann einmal in einem alten Haus passiert war? Wer wusste, was sich hinter den prachtvollen barocken Fassaden der Altstadt alles abgespielt hatte?

Eine Gruppe Touristen auf Rollern fuhr vorüber, wirbelte den gelblichen Staub des sandigen Platzes auf. Bosch kniff die Augen zusammen und versuchte, flach zu atmen. Der Geruch nach Pferdeurin stach ihn in die Nase, und er blickte zum Dom hinüber, in dessen Schatten in einer Reihe die Kutschen der Fiaker standen. Die Pferde hatten einzelne Hufe aufgestellt, versuchten, die schmerzenden Beine zu entlasten, und ließen erschöpft die Köpfe hängen. Zahllose Touristen umkreisten sie, stellten sich vor ihnen in Pose, filmten und fotografierten. Abgestumpft ließen die Tiere auch das über sich ergehen.

Auf einmal konnte Bosch es nicht mehr erwarten, der Altstadt den Rücken zu kehren, endlich wegzuziehen. Die Ferien standen vor der Tür und mit ihnen endlose Sommertage, an denen er kein Fenster in seiner kleinen Wohnung öffnen konnte, weil sich die Hitze in den engen Gassen staute und der babylonische Lärm Hunderttausender Menschen ihn bei der Arbeit störte.

Das grüne Aigen war eine andere, verlockende Welt.

Doch wie zur Mahnung wehte jetzt von den wasserüberglänzten Marmorfiguren des Residenzbrunnens eine feuchte Kälte herüber, ähnlich der an einem nebeligen Novembertag. Sie streifte seine Haut, kroch unter sein Hemd, strich sein Rückgrat entlang und ließ ihn erschauern. Was er an einem anderen heißen Tag als willkommene Abkühlung betrachtet hätte, verursachte Bosch auf einmal Unbehagen.

A ghost just walked over my grave.

Hatte er das Kaufangebot für das Kutscherhaus der Villa Max-Trostberg vielleicht doch zu voreilig unterschrieben? Eine Stimme in seinem Kopf warnte ihn. Wie oft streckte eine unselige Vergangenheit ihre Tentakel bis in die Gegenwart, griff nach denen, die in ihren Dunstkreis gerieten? Komplizen, Mitwisser, Nutznießer Leopold Max-Trostbergs und vor allem ihre Erben lebten noch. Die Politik hatte sich mit seinen

Hinterlassenschaften arrangiert. Es ging um sehr viel Geld. Bosch glaubte eigentlich nicht, dass die Geschichte Einfluss auf sein Leben haben würde, aber die Gedanken bedrückten ihn.

Konnte er seine Zusage noch zurückziehen?

Sollte er sie zurückziehen?

Genius loci.

ZWEI

Der Watzmann erhob sich in der Ferne mit seinen Zacken über den Wiesen und Bäumen von Aigen. Anna Bachmann stand am Fuße des Gaisbergs und blickte nach Berchtesgaden hinüber. Wie ein schartiges Messer, dachte sie wie jeden Sonntagmorgen seit nun bald fünfzehn Jahren. So lange ging sie diesen Weg, immer und immer wieder, hoffnungsvoll, verzagt, verzweifelt.

Es war bald Ende August, und sie arbeitete nun schon seit zwei Monaten für Professor Bosch, hielt sein kleines Haus in Ordnung und führte seinen Hund aus. Dabei ließ sie die Villa, die ebenfalls in dem großen Garten stand und, wie sie fand, geradezu überheblich ihr Haupt erhob, so wenig wie möglich aus den Augen. Sie wusste, dass die Antwort auf all ihre Fragen dort drüben lag, dass die Villa ein Geheimnis barg, das sie nicht freiwillig preisgeben würde.

Was war damals passiert?

Hatte Stefanie Max-Trostberg etwas mit dem Verschwinden der Zwillinge zu tun? Wo waren sie? In einer Schlucht am Gaisberg, irgendwo zwischen Hexenloch und Zistelalm? In einem noch unentdeckten Höhlensystem?

In der Villa?

Marlene und Moritz waren an einem nebligen Sonntag zu Allerheiligen, nach dem Mittagessen im Aigner Schlosswirt, verschwunden. Ihre Kinder waren gelangweilt und quengelig gewesen, Anna und Peter hatten noch mit Freunden beim Kaffee gesessen, also hatte sie den beiden erlaubt, ein wenig in den verwaisten Gastgarten zu gehen, um Herbstlaub und herabgefallene Kastanien und Eicheln zu sammeln.

Aber nicht auf die Straße laufen, hört ihr?

Nein, Mami, versprochen.

Fein, dafür basteln wir nachher zusammen, ja?

Da war es halb zwei gewesen. Gegen zwei war sie zur Toilette gegangen, hatte kurz aus dem Fenster im Gang geschaut und ihre Kinder an einem mit Blättern bedeckten Gartentisch sitzen sehen. Marlene hatte gestikuliert und auf ihren Bruder eingeredet. Sie war die Bestimmende gewesen. Hatte sie Moritz gerade in diesem Augenblick überredet, das mütterliche Verbot zu missachten, den Gastgarten zu verlassen und die wenigen Meter zum Gaisberg zu gehen, der sich lockend hinter dem Schloss Aigen erhob? Die Kinder kannten die Gegend, waren hier aufgewachsen.

Anna war zu ihrer Freundesrunde zurückgekehrt.

Um drei viertel drei hatte sich die Tischgesellschaft aufgelöst. Erst da war ihr aufgefallen, dass Marlene und Moritz immer noch im herbstlich kalten Gastgarten beim Spiel die Zeit übersehen haben mussten. Schnell und ärgerlich aus schlechtem Gewissen war sie hinausgelaufen.

Kinder, jetzt wird's aber Zeit!

Niemand hatte geantwortet, der Gastgarten war menschenleer gewesen. Es war kälter geworden, Nebel hatte inzwischen im schwarzen Geäst der kahlen Bäume gehangen. Anna hatte gedacht, Marlene und Moritz erlaubten sich einen Scherz mit ihr, versteckten sich irgendwo im Gebüsch.

Wer bei drei nicht hier ist, muss dableiben! Eins …

Hörte sie leises Lachen hinter einem Busch?

Zwei … drei!

Das Lachen war verstummt, es war totenstill.

Marlene? Moritz?

Wieder hatte sie keine Antwort erhalten.

Auf einmal hatte Anna begriffen, dass die Kinder überhaupt nicht da waren, sie gar nicht hören konnten. Sie waren weg. Nur auf dem Gartentisch, an dem sie vor Kurzem noch gesessen hatten, hatten die gesammelten Kastanien gelegen. Annas Herz hatte angefangen zu rasen, sie hatte das Gefühl gehabt, als müsste sie ersticken. Atemlos war sie in die Gaststube zurückgerannt, um Hilfe zu holen, wo keine Hilfe mehr möglich gewesen war.

Der Fall hatte international Aufmerksamkeit erregt.

Zwei Kinder, die verschwanden, ohne auch nur die kleinste Spur zu hinterlassen – Kriminalbeamte, Journalisten und die örtliche Bevölkerung, die sich an der Suche beteiligt hatte, hatten vor einem Rätsel gestanden.

Dann hatte sich eine bulgarische Seherin gemeldet.

Wohl um sich nicht den Vorwurf machen lassen zu müssen, nicht alles versucht zu haben, hatte die Polizei die Frau nach Salzburg geholt. Baba Ylenia, so ihr Name, hatte bereits mehrmals erfolgreich an Vermisstenfällen mitgearbeitet. Dem Vernehmen nach sogar im Auftrag von Scotland Yard. Im Fall von Marlene und Moritz war sich die alte Frau sofort sicher gewesen. Die Kinder waren unter einem alten Haus begraben worden. Lebendig, möglicherweise. Doch der ewige Schlaf der Kleinen werde gut behütet. Wo die Leichen genau lagen, darauf wollte sich Baba Ylenia nicht festlegen. Sie hatte nur noch etwas von gottgefälligen Tieren gefaselt, die den Weg weisen könnten, dann hatte sie das Honorar eingestrichen und war in ihr Dorf zurückgekehrt. Man hatte das Scheitern der Aktion diskret behandelt.

Wann die Gerüchte, Stefanie Max-Trostberg habe etwas mit dem mysteriösen Verschwinden der Geschwister zu tun, aufgetaucht waren oder wer sie in Umlauf gebracht hatte, ließ sich im Nachhinein nicht mehr bestimmen. Sie summten über dem Stammtisch beim Schlosswirt, lösten Debatten bei den Aigner Schützen aus, wurden hinter vorgehaltener Hand beim Kirchgang weitergetuschelt, wollten nicht verstummen. Es gab keine Indizien, niemand wusste Genaues, aber je öfter die Anschuldigungen wiederholt wurden, desto glaubhafter wurden sie, bis es sich schließlich um eine Tatsache zu handeln schien. Seltsamerweise hatte trotz all des Geredes und der düsteren Vermutungen niemand damals in der Villa Max-Trostberg nach Marlene und Moritz gesucht.

Warum war die Polizei dem Verdacht nicht nachgegangen?

Weil es sich um eine angesehene Familie handelte?

Eigentlich glaubte auch Anna nicht daran, dass Stefanie etwas mit dem Verschwinden ihrer Kinder zu tun hatte. Sie wäre nur gern sicher gewesen, was die Villa betraf. War sie vielleicht das alte Haus, das die Seherin erwähnt hatte?

Deshalb hatte sie, als Kilian Moser, der alte Gärtner der Max-Trostbergs, den sie seit Kindertagen kannte, ihr die Stelle bei Professor Bosch angeboten hatte, sofort zugesagt. Es war ihr wie ein Wink des Schicksals erschienen, ja, wie Hilfe zur Selbsthilfe. Als wollte ein gnädiger Gott ihre gemarterte Seele endlich erlösen.

Denn an manchen Tagen wusste Anna, dass ihre Kinder nicht mehr am Leben waren. An anderen Tagen dagegen war sie fest davon überzeugt, dass Marlene und Moritz irgendwo auf der Welt ein glückliches Leben führten. Schließlich hatte man ihre Körper nie gefunden.

Tot oder lebendig?

Lebendig oder tot?

Tag und Nacht drehten sich ihre Gedanken wie in einem höllischen Karussell. Nun wollte Anna nur noch Gewissheit.

Und jetzt stand sie hier, an diesem heißen Sonntag, an dem Familien mit ihren Kindern und Hunden Aigen bevölkerten, ganz allein und starrte auf ein Bergmassiv in der Ferne.

Watzmannblick.

So hieß dieser Aussichtspunkt, es war einer von vielen. Sie hatte Marlene und Moritz die Sage vom König Watze erzählt, dessen Grausamkeit seine Kinder mit dem Tod bezahlt hatten. Als seine Hunde eine Schäferfamilie töteten, verwandelte ein erboster Gott ihn und seine Familie zu Stein. Nun bildeten sie die Zacken eines gewaltigen Bergmassivs – den Watzmann. Marlene war entsetzt gewesen.

Die Kinder konnten doch nichts dafür.

Es ist nur ein Märchen, niemand tut Kindern etwas.

Anna spürte, wie ihre Augen anfingen zu brennen. Warum, zum Teufel, fiel ihr diese Sage immer wieder ein? Manchmal dachte sie, ihr Unterbewusstsein wollte ihr etwas mitteilen.

Etwas, das mit dem Verschwinden ihrer Kinder zu tun hatte. Etwas, das sie seit so vielen Jahren übersah.

Kinder, die zu Stein werden.

Verschwunden und doch sichtbar.

Sie wandte sich von dem gewaltigen Panorama ab und setzte ihren Weg zum Kutscherhaus fort. Es war zwar Sonntag, aber sie hatte am Freitag Weißwäsche gewaschen und wollte am Abend bei sich zu Hause ein paar Hemden bügeln, während im Fernsehen ihre Lieblingsserie lief. So hatte sie etwas zu tun und konnte sich einreden, dass sie gebraucht wurde. Und musste sich nicht eingestehen, dass es niemanden gab, der mit ihr einen freien Tag oder das Wochenende verbringen wollte.

Aber sie durfte sich nicht beschweren. Der neue Job lenkte sie ab, gab ihrem Tag Struktur und ein wenig von der Normalität, die sie in ihrem ersten Leben, dem, in dem sie noch von einer Familie umgeben gewesen war, nicht genug geschätzt hatte. Und das neue Gehalt konnte sie ohnehin gut gebrauchen, denn solange sie arbeitsunfähig geschrieben war, hatte das Geld gerade für das Nötigste gereicht. Die Summe, die sie bei ihrer Scheidung erhalten hatte, war für eine Zwei-Zimmer-Wohnung mit einem kleinen Balkon an der Hellbrunner Straße draufgegangen.

Eine Abschlagszahlung, kein Unterhalt.

Nicht einmal ein monatlicher Posten auf Peters Kontoauszügen sollte Anna mehr sein. Sie hatte nicht die Kraft gehabt, zu widersprechen. Er hatte sich für eine andere Frau von ihr getrennt, eine, die jünger war, unbelastet und lebensbejahend. Und nicht in psychologischer Behandlung, so wie Anna. Peter hatte sich lange um ihre Beziehung bemüht, das musste sie ihm zugestehen. Er hatte abschließen wollen und von vorne anfangen. Mit ihr, mit Anna. Mit einem neuen Kind, einer neuen Familie.

Die Kinder kommen nicht mehr zurück, Anna.

Sie leben, das weiß ich.

Nein, wir leben! Ich liebe dich.

Aber sie hatte keinen Neuanfang, keine neuen Kinder gewollt. Sie hatte ja schon welche. Marlene und Moritz. Schließlich hatte man keine Leichen gefunden. Ihre Kinder konnten noch leben. Peter war zunehmend genervt gewesen.

Anna, du machst dich verrückt – und mich auch.

Und wenn sie nun entführt worden sind?

Wie oft haben wir das besprochen? Ich kann nicht mehr.

Ein paar Monate später, zwei Jahre nach dem Verschwinden der Kinder, hatten sie sich getrennt. In Freundschaft, wie das bei berühmten Leuten immer hieß.

An warmen Abenden saß Anna auf dem Balkon, trank ein oder zwei Gläser Rotwein und starrte auf die träge und grün dahinfließende Salzach. Wenn sie den Blick hob, dann drängte sich hinter dem Volksgartenpark der Gaisberg breit und mächtig ins Bild. Mit seinen grünen Hängen und den sich Jahr für Jahr weiter ausbreitenden Flanken aus zerklüftetem Fels. Wie das Fell eines räudigen Wolfes, dachte sie, ekelhaft.

Räudige Bestie, gib mir meine Kinder zurück.

Ihre Freunde, die sie damals noch hatte, waren entsetzt gewesen, hatten ihr vom Kauf der Wohnung abgeraten.

Nach Osten? Da hast du doch keine Sonne.

Ausgerechnet mit Blick auf den Gaisberg?

Schließ endlich ab.

Doch das konnte sie nicht. Dort drüben, irgendwo im Bergwald, konnten ihre Kinder liegen. Mit der Möglichkeit ihres Todes musste sie natürlich rechnen.

Nein, Marlene und Moritz lebten. Anna wusste es einfach. Mit der Gewissheit einer Mutter, die über ihre Kinder wacht, auch wenn sie ihr fern sind. Manchmal sprach sie mit den Kleinen, hörte ihre Stimmen, ihr Lachen.

Die Psychologin, die sie gegen ihre Depressionen aufgesucht hatte, hatte etwas von »Phasen des Trauerprozesses« gesprochen, von »loslassen« und »verarbeiten«.

Aber wie sollte sie, Anna, trauern, wenn es keinen Platz für sie zum Trauern gab? Kein Grab, dessen weiche, warme

Erde ihre Lieblinge barg und an das sie ihre Liebe und ihren Schmerz tragen konnte?

Nein, sie konnte ihre Kinder nicht loslassen.

Und von Tag zu Tag, von Monat zu Monat und von Jahr zu Jahr wurden ihre Phantasien, was mit Marlene und Moritz geschehen sein konnte, schlimmer. Wie sehr mussten sie in ihren letzten Stunden, in denen sie ohne den Schutz ihrer Mutter gewesen waren, gelitten haben. Was hatte eine Psychopathin und Sadistin wie Stefanie Max-Trostberg ihnen angetan? Die Kinder hatten Stefanie gekannt, hätten sich bestimmt ohne Argwohn von ihr irgendwo hinlocken lassen. Steffi hatte sich gern mit Kleineren abgegeben. In ihrem erwachsenen Körper hatte ein kindlicher Geist gewohnt. Unberechenbar war sie gewesen und mutwillig wie ein Kobold. Und gefährlich. Angeblich hatte sie sogar als Kind den geliebten Familienhund, einen kleinen Mops, erschlagen.

Was war mit ihren Zwillingen passiert?

Mit jedem Tag, der verstrich, wurden Annas Schreckensvisionen größer und furchtbarer. Sie hatte gelesen, dass die Ungewissheit über das Schicksal verschwundener Angehöriger das Grausamste war. Hatte sie am Anfang gefürchtet, die Leichen ihrer Kinder könnten gefunden werden, so verstand sie jetzt die Familien, die einfach nur Gewissheit wollten. Je mehr Zeit verging, desto präsenter wurden ihre verlorenen Lieblinge in Annas Leben. Ja, sie wurden zur fixen Idee, zur Besessenheit. Inzwischen umschwirrten Marlene und Moritz, diese Kinder, die vielleicht niemals erwachsen werden würden, sie wie kleine Gespenster. Fast erwartete sie, dass die Tür aufging und die beiden aus der Schule kamen.

Sie trank zu viel, ja, klar.

Aber nur in den langen, einsamen Stunden am Abend. Oder am Wochenende. Dann wartete sie wider besseres Wissen darauf, dass das Telefon läutete und eine junge Frauenstimme sich meldete, vielleicht mit englischem Akzent. Dass Marlene ihre Muttersprache ganz vergessen haben könnte, glaubte Anna eigentlich nicht. Ihre erwachsene Tochter würde von einer Entführung berichten und von dem, was aus ihrem Leben geworden war. Ihrem erfolgreichen Leben. Welchen Beruf hatten Marlene und Moritz wohl ergriffen? Studierten sie? Es waren so kluge Kinder gewesen.

Irgendwann begriff Anna, dass sie dabei war, den Verstand zu verlieren. Und dass sie zu ihrer eigenen Rettung selbst etwas unternehmen musste. Ohne Gewissheit würde sie niemals Ruhe haben. Und vielleicht, so ihre geheime Hoffnung, fand sie ihre lebenden Kinder.

Zunächst hatte sie bei der Polizei nachgefragt, mehrmals sogar, doch das hatte nichts gebracht. Waren die Beamten am Anfang noch mitfühlend und freundlich gewesen, so waren sie mit jedem Telefonat kürzer angebunden geworden, bis Anna sich als Nervensäge gefühlt hatte. Schließlich hatte man ihr nahegelegt, professionelle Hilfe in Anspruch zu nehmen, und ihr versichert, dass kein Fall bis zur Lösung abgeschlossen sei. Anna hatte nicht mehr angerufen.

Dann hatte sie den Wink des Schicksals bekommen.

Vor ein paar Wochen war Anna wieder einmal die halbe Stunde von ihrer Wohnung über die Nonntaler Brücke und den Kai entlang hinüber nach Aigen gegangen. Sie war die Allee zur Kirche hinaufspaziert, hatte die roten Grablichter auf dem Friedhof brennen und die teuren Autos vor dem Schlosswirt parken sehen. Wie an jenem unseligen Sonntag damals. Nur dass diesmal die Sonne geschienen hatte.

Eine Theorie hatte von einem Unfall gesprochen, von dichtem Nebel und Fahrerflucht. Eine Spaziergängerin war trotz des Wetters mit ihrem Hund unterwegs gewesen und wäre fast von einem Geländewagen erfasst worden, der aus dem kleinen Weg geschossen war, der auf den Gaisberg führt. Sie war noch ganz aufgebracht gewesen.

Ein englisches Auto.

So eines, wie die Queen im Fernsehen fährt.

Ein Land Rover Defender? Sehen Sie sich das Bild an.
Ja, genau, so ein eckiges Auto war das, bloß in Grün.
Oder ein eckiges Auto wie dieses hier – ein Mercedes G?
Oder so eins, ja, genau.
Oder das hier – ein Suzuki Jimny?
Ja, ich glaube, der war's.

Geländewagen waren im Voralpenland keine Seltenheit, und grüne Land Rover oder Mercedes standen in Aigen vor vielen Villen. Auch wenn diese Autos niemals in die Verlegenheit kamen, steile Forstwege oder verschneite Bergstraßen bewältigen zu müssen. Zu dem Zeitpunkt, als der Spaziergängerin der Geländewagen aufgefallen war, hatte jedoch noch niemand nach den Kindern gesucht. Und natürlich musste der Wagen auch gar nichts mit dem Verschwinden der beiden zu tun haben. Vielleicht hatte ein Aigner Bürger nach dem Besuch des Friedhofs einfach dem Alkohol zu sehr zugesprochen, dann versucht, über einen Seitenweg nach Hause zu fahren und dabei im Nebel die Frau und ihren Hund übersehen. Wäre Marlene und Moritz nichts passiert, wenn es ein sonniges Allerheiligen gewesen wäre?

Solche und andere düstere Gedanken hatten sich an jenem Tag Anfang Juli in Annas Kopf wie ein Karussell gedreht, als plötzlich ein altes Waffenrad quietschend neben ihr zum Stehen gekommen war. Kilian war mit frischem Grabschmuck auf dem Weg zum Aigner Friedhof gewesen. So hatte sie erfahren, dass Caroline Max-Trostberg im letzten Winter verstorben war und nun im Familiengrab bei ihrem Mann, ihrer Tochter und ihrem Sohn August ruhte. Und dass die Villa seit Monaten leer stand, aber ein Universitätsprofessor das Kutscherhaus gekauft hatte.

Kilian hatte sie forschend angesehen, sie kannten sich seit ihrer Kindheit, hatten sich lange nicht mehr getroffen.

Siehst nicht gut aus, Anna. Was machst du hier?
Ich suche meine Kinder.
Gib auf, Anna, und komm endlich zur Ruhe.

Wenn ich meine Kinder gefunden habe.

Kilian hatte den Kopf geschüttelt und den Mund zusammengekniffen und geschwiegen. Sie hatte sich gerade von ihm verabschieden wollen, da hatte er weitergesprochen.

Die Caroline ist tot.

Meine Trauer hält sich in Grenzen.

Ich wollte dich schon anrufen. Das Kutscherhaus ist verkauft worden. An einen Kunstprofessor. Ich hab der Maklerin gesagt, ich wüsste vielleicht wen für den Haushalt.

Und nun arbeitete sie schon seit zwei Monaten dort.

Anna hatte die Villa erreicht.

Das große schmiedeeiserne Tor mit dem geflügelten Drachen, das zum Park führte, war wie immer nur angelehnt. Anna ging ein paar Meter zwischen gepflegten Rasenflächen die asphaltierte Zufahrt hinauf, die einen Bogen um ein Rosenrondell mit einem hässlichen Steinzwerg machte und dann in einer eleganten, für Kutschen geeigneten Auffahrt vor den Eingangsstufen der Villa endete.

Anna warf wie immer einen Blick zu dem imposanten Bauwerk hinüber. Auch wenn Kilian den Garten weiter penibel pflegte – die Villa, die nun seit fast einem Dreivierteljahr leer stand, wies erste Zeichen der Verwahrlosung auf. Auf der Veranda welkten die Kübelpflanzen vom letzten Sommer, Palmen, deren verdorrte Wedel wie braune Speere in die Luft ragten. Die hohen Fenster waren so blind, als wären sie mit Milchglas gefüllt, ein Fensterladen hatte sich gelöst, stand je nach Witterung in einem anderen Winkel ab und warf seinen Schatten wie eine Sonnenuhr auf die gelbe Mauer.

Neben der doppelflügeligen Eingangstür, doch geschützt unter dem schmiedeeisernen Vordach, standen blaue Plastiksäcke, prall gefüllt mit alten Kleidern und Schuhen. In mehreren Kisten stapelten sich zerlesene Bücher, Zeitschriften und anderes Altpapier. Der Müllberg wuchs täglich. Kilian hatte den Auftrag, das Haus von allen persönlichen Dingen der verstorbenen Eigentümerin zu befreien. Anscheinend entrümpelte er gerade den Dachboden, dort, wo sich früher die Dienstbotenzimmer befunden hatten, denn eine Fensterluke stand offen. Wenn Kilians Arbeit getan war, dachte Anna, würde man die restlichen Antiquitäten und Bilder wohl bestmöglich versteigern, ehe das Haus selbst dem Verfall preisgegeben und die Liegenschaft schließlich an einen Bauträger verkauft wurde. Der Gedanke schoss ihr durch den Kopf, dass die Bagger mitsamt der Villa auch die letzten Spuren ihrer Kinder tilgen würden.

Wenn es jemals welche gegeben hat.

Es wurde jedenfalls Zeit, dass sie etwas unternahm.

Gerade als Anna nach rechts auf den mit Platten belegten Weg abbog, der zwischen Blumenrabatten zum Kutscherhaus führte, hörte sie hinter sich ein Klappen.

Schnell drehte sie sich um.

Aber außer ihr war an diesem Sonntag niemand im Park zu sehen. Sie ließ ihren Blick zur Villa zurückwandern.

Zunächst schien alles unverändert.

Doch dann bemerkte sie, dass das kleine Dachfenster nun geschlossen war. Auf einmal war sie sich nicht mehr sicher, ob es überhaupt offen gestanden hatte. Vielleicht hatte Kilian vergessen, es am Freitag zu verriegeln, ehe er gegangen war. Und der Wind hatte es zugestoßen.

Welcher Wind?

In der heißen Sommerluft regte sich kein Blatt. Anna schüttelte den Kopf. Diese Geistergeschichten konnten einen wirklich verrückt machen. Denn auch nach dem Unfalltod der Hausherrin – ausgerechnet auf dem Dachboden hatte sie sich die Stirn an einem Balken gestoßen – hatte es natürlich wieder Gemunkel gegeben.

Jetzt hat die Steffi ihre Mutter zu sich geholt.

Anna sah das Mondgesicht des dicklichen Mädchens vor sich. Die kalten porzellanblauen Augen, in denen niemals eine Gefühlsregung oder gar Mitleid zu erkennen gewesen war, und die langen, dünnen blonden Haarsträhnen. War Stefanie

Max-Trostberg wirklich geistig behindert gewesen und hatte keine Einsicht in ihr Tun gehabt? Annas Mutter hatte das immer für eine Schutzbehauptung gehalten. Steffi war einfach eine Psychopathin und Sadistin gewesen, der nur das eigene Wohl am kalten Herzen gelegen hatte. Und die Vergnügen und Lust am Quälen anderer Lebewesen empfunden hatte.

Am liebsten hätte Anna sich geschüttelt wie ein Hund, um die Gedanken loszuwerden. Steffi lag gut aufgehoben in ihrem Grab auf dem Aigner Friedhof, dort, wo sie hingehörte.

Und da oben in der Villa?

Vielleicht hatten sich Sandler eingenistet?

Nein, eher arbeitete Kilian auch am Wochenende.

Anna holte ihren Schlüssel aus der Tasche und ging die letzten Meter zum Kutscherhaus weiter. Auf einmal fiel ihr auf, was sie irritiert hatte. Etwas Wichtiges fehlte.

Sie drehte sich noch einmal um.

Das alte Waffenrad war nicht da.

Wenn Kilian auf dem Grundstück zu tun hatte, lehnte sein Fahrrad immer gut sichtbar an einer Hausecke, zum Zeichen dafür, dass er irgendwo im Garten unterwegs war.

Aber das Fahrrad war nicht da.

Wer oder was war auf dem Dachboden?

Anna spürte, wie sich ihre Nackenmuskeln verspannten.

Sie fasste den Schlüssel fester.

Schon im Vorgarten konnte sie die Musik hören. Beethoven. Wenn der Professor gute Laune hatte, hörte er klassische Musik in Überlautstärke. Besonders liebte er Beethoven. Anna verstand nichts von Klassik. Aber irgendwie war es typisch für den Professor. Auch seine unheimlichen Bilder passten ja zu seinem düsteren Musikgeschmack.

Auf dem Fußabstreifer vor der grün gestrichenen Tür mit den vor Alter schlierigen Glasfenstern lag ein Kuvert.

Anna bückte sich, hob es auf und drehte es hin und her. Der Briefumschlag war gepolstert, sehr leicht und hatte weder Anschrift noch Absender. Er war sicher für den Professor bestimmt. Warum sonst hätte jemand das große Gartentor zur Straße öffnen und über ein fremdes Grundstück bis zu seinem Haus gehen sollen, um das Kuvert auf seiner Schwelle abzulegen? Die Dachluke fiel ihr wieder ein, doch sie widerstand der Versuchung, sich noch einmal umzudrehen.

Sie schloss die Tür auf und betrat den kleinen Vorraum mit der Garderobe. Es roch nach Essen, der Professor kochte gern selbst. Die Musik war ohrenbetäubend.

»Herr Professor?«, schrie Anna.

Sofort ertönte freudiges Gebell, und der Hund kam ihr aus der Küche entgegengesprungen. Sie tätschelte ihn kurz.

»Herr Professor?«

Die Musik wurde leise gedreht, und Professor Bosch steckte den Kopf zur Küchentür heraus. Er trug eine weiße Schürze, auf der Tomatensoße rote Schlieren hinterlassen hatte. Es konnte auch Ölfarbe sein.

»Anna, was verschafft mir die Ehre?«

»Ich war in der Gegend und wollte nur schnell etwas Bügelwäsche holen«, sagte sie und hielt ihm den Umschlag hin. »Hier, der lag vor der Tür.«

Der Professor wischte sich die Hände an der Schürze ab, hinterließ neue blutrote Schlieren. »Ach so?«, fragte er erstaunt. »Ich mache Bolognese.«

Also doch Tomatensoße, dachte Anna, die geht leichter raus als Ölfarbe. »Ist jetzt doch noch ein Erbe der Villa aufgetaucht?«, fragte sie möglichst beiläufig.

»Nicht dass ich wüsste, warum?«

»Ich dachte, es wäre jemand im Haus.«

Der Professor schüttelte den Kopf. »Soweit ich weiß, war von den Erben seit Monaten niemand hier«, sagte er. »Wahrscheinlich ist Kilian noch mal zurückgekommen.« Er griff nach dem Umschlag und drehte ihn, genau wie Anna, hin und her. »Seltsam – heute ist doch Sonntag.«

»Wie – zurückgekommen?«, fragte Anna.

Der Professor hob den Blick von dem Kuvert. »Kilian? Der

war heute Morgen hier und hat ein paar Blumen abgeschnitten«, sagte er. »Als Grabschmuck. Das macht er jeden Sonntag. Er kümmert sich doch um das Familiengrab.« Er riss das Kuvert auf. »Vielleicht entrümpelt er noch ein paar Stunden, ich glaube, die Erben setzen ihn ziemlich unter Druck wegen des Verkaufs. Und was ist nun hier drin?« Die durchsichtige Polsterfolie knisterte geheimnisvoll.

»Aber sein Fahrrad ist nicht da.« Anna hörte selbst, wie gepresst ihre Stimme klang, und spürte wachsende Verzweiflung. »Jemand ist in der Villa, auf dem Dachboden.«

»Mir ist nichts aufgefallen«, sagte der Professor.

Anna verkniff sich die Bemerkung, dass er bei der Lautstärke, mit der er seinen verdammten Beethoven hörte, auch die Fanfaren des Jüngsten Gerichts überhört hätte. Aber sie hatte zu ihrem schnellen Mittagessen ein Viertel Rotwein getrunken. Vielleicht auch ein wenig mehr. Was, wenn das Fenster bei ihrer Ankunft doch nicht offen gestanden hatte? Sie verdrängte die verstörenden Gedanken der letzten Minuten und sah zu, wie der Professor in den Umschlag spähte.

Auf den ersten Blick konnte er wohl nichts entdecken, denn in seiner Miene spiegelte sich Zweifel. Erst als er mit der Hand hineinfuhr, lächelte er Anna zu.

»Kalt, glatt, beweglich«, sagte er. »Fühlt sich an wie Würfel. Aus Elfenbein oder Knochen. Na, da bin ich jetzt aber gespannt.« Er zog eine bunte Schnur heraus und musterte sie. »Was ist das? Da steht etwas drauf – schauen Sie mal.«

Anna erstarrte, doch ihr Herz schlug schneller.

Es war eine Kette.

So kurz wie für einen Kinderhals geknüpft.

Annas Herz fing an zu rasen.

Die Kette bestand aus einst bunt lackierten Holzperlen, deren Farbe jedoch bereits an vielen Stellen abblätterte. Vorne, in der Mitte, waren naturfarbene Würfel aufgefädelt.

Anna spürte, wie eine brennende Flüssigkeit ihre Kehle hinaufstieg. Sie griff nach ihrem Hals, würgte.

Der Professor hielt ihr die Kette hin.

Anna starrte sie an, hatte das Gefühl, als baumelte da vor ihren Augen eine Schlange, die im Begriff war, nach ihr zu schnappen, ihre Giftzähne in das Fleisch einer verzweifelten Mutter zu schlagen. Langsam, Schritt für Schritt wich sie zurück, dann drehte sie sich abrupt um und rannte los, schaffte es gerade noch zu dem Rosenrondell, ehe sie sich erbrach.

Gebückt und mit geschlossenen Augen stand sie da, unfähig, sich zu rühren. Sie hörte eilige Schritte hinter sich, spürte eine Hand auf ihrem Rücken.

»Anna?«, fragte der Professor leise. »Was ist denn?«

Anna schnappte nach Luft, konnte nicht sprechen. Mühsam wie eine alte Frau richtete sie sich auf und öffnete wieder die Augen. Vor ihren Füßen lag eine Pfütze Erbrochenes – dunkelrote Salatschlieren und Rotwein.

Wie eine Blutlache.

Dahinter ruhten makellos die beiden Lämmer, und darüber thronte mit mitleidlos leerem Blick die ekelhafte Zwergin.

Anna schüttelte die Hand des Professors ab, zog ein Taschentuch aus ihrer Rocktasche und wischte sich den Mund ab. Sie hatte die Holzwürfel in der Mitte der Kette sofort erkannt, hatte sie selbst voller Liebe aufgefädelt. Jeder der sieben Würfel trug einen Buchstaben, alle Würfel zusammen ergaben einen Mädchennamen.

MARLENE.

DREI

Bosch versuchte zu malen.

Die Sonne brannte von einem wolkenlosen blauen Himmel herab, kein Windhauch regte sich, und die Luft flirrte. Der Lärm der Stadt drang nicht nach Aigen vor, und abgesehen vom Summen der Insekten und dem gelegentlichen Brummen eines Flugzeugs war kein Laut zu hören. Sogar die ständig zwitschernden Vögel hatten sich im Laub der alten Baumriesen verkrochen. Nur die barocke Zwergin, die ewige Hirtin zweier Steinlämmer, stand ungerührt auf ihrem Sockel in der prallen Sonne und glotzte mit leeren Augen mitleidlos auf die Rosen, die zu ihren Füßen in der Hitze kraftlos die schweren Köpfe hängen ließen. Eine zähe Stille, die an die Ruhe vor dem Sturm erinnerte, lag über dem alten Garten der ehemaligen Villa von Leopold Max-Trostberg.

Bosch hatte seine Staffelei aus seinem Atelier, wie er den ehemaligen Pferdestall bei sich nannte, in den Schatten unter einer alten Blutbuche gestellt und entwarf nun mit kühnen Kreidestrichen das Bild, das er später im sanften Licht des Innenraums mit Farbe zum Leben erwecken würde.

Jetzt saß er auf seinem Malhocker vor der Leinwand, wog ein Stück Kreide in der Hand und betrachtete sein Werk.

Auf der Leinwand verschwammen die Kirchtürme, die Kuppeln und Dächer von Salzburg miteinander zu einer neuen Ansicht, streckten kahle Bäume zwischen den barocken Hausfassaden ihre Äste in alle Richtungen, wurden zu Fabelwesen, und wenn man genau hinsah, konnte man in den Fenstern und Türen der Häuser Gesichter entdecken. Alte, junge, lachende, weinende, feixende und – Totenköpfe.

Memento moriendum esse.

Denk daran, dass du sterben musst.

Der Tod gehörte für Bosch zu Salzburg, der Stadt mit den

vielen Kirchen und verwunschenen Friedhöfen, doch hier hatte er etwas Alltägliches, Vertrautes, ja, sogar Heiteres. Der »Jedermann«, das Spiel vom Leben und Sterben des reichen Mannes, das jeden Sommer auf dem Domplatz aufgeführt wurde, zog seit Jahrzehnten Festspielbesucher an. Wenn der »Jedermann«-Ruf von der Festung auf die Stadt herabschallte, wenn der Tod aus dem Dunkel des Domes auf die Bühne heraustrat, dann hielten die Zuschauer mit wohligem Schauer den Atem an. Und war nicht sogar ein Requiem die letzte Komposition von Salzburgs berühmtestem Sohn, Wolfgang Amadeus Mozart, gewesen?

Bosch fasste die Kreide fester und gab einem nackten Schädel auf der Leinwand mehr Kontur, verstärkte die Linien der kahlen Äste, bis sie an tanzende Skelette erinnerten.

Salzburger Totentanz.

Nein, so hießen die Bildtafeln beim Aufgang zu den Katakomben auf dem Friedhof von St. Peter, die ein unbekannter Künstler in der frühen Barockzeit geschaffen hatte. Verse in lateinischer und deutscher Sprache.

Memento mori.

Bosch warf die Kreide in die Luft, fing sie wieder.

Irgendwie fühlte er sich uninspiriert. Das Summen einer Wespe an seinem Ohr störte ihn seit ein paar Minuten, und die Hitze ließ seine Gedanken träge fließen.

Bosch blickte zu seinem Hund hinüber.

Der ehemalige Streuner verdöste den heißen Sommermorgen im kühlen Gras und zuckte nur hin und wieder mit dem Ohr, wenn Kilian, der anscheinend die undankbare Aufgabe hatte, die Villa im Alleingang auszuräumen, wieder einen Karton vor der Eingangstür auf den Boden fallen ließ. Seit den frühen Morgenstunden arbeitete er bereits wie ein Berserker, und der Berg alten Trödels vor der Villa wuchs und wuchs.

Anna war an diesem Montag nicht zum Dienst erschienen, Bosch hatte ihr freigegeben. Wann seine Haushälterin wieder kommen würde, wusste er nicht. Nachdem er ihr die Kette, die ein Unbekannter vor seiner Haustür abgelegt hatte, gegeben hatte, war sie nicht mehr ansprechbar, ihre Seele anderswo gewesen. Sie hatte noch geflüstert, dass die bunten Holzperlen das Eigentum ihrer kleinen Tochter gewesen seien, die vor Jahren, nur wenige hundert Meter von Boschs Kutscherhaus entfernt, zusammen mit ihrem Zwillingsbruder spurlos verschwunden war. Dann hatte Anna mit leichenblassem Gesicht in seiner Küche gesessen, schluckweise ein Glas kaltes Wasser getrunken und nichts mehr gesagt.

Bosch hatte sie in ein Taxi gesetzt, dem Fahrer die Adresse und einen Geldschein gegeben und mit Anna vereinbart, dass sie erst zu ihrem Dienst zurückkehren würde, wenn sie sich von dem Schock erholt hatte. Am Abend war ihm dann das Gespräch mit seiner Sekretärin wieder eingefallen, in dem von den vermissten Kindern die Rede gewesen war.

Vor etwa fünfzehn Jahren sind zwei Kinder, Zwillinge, in Aigen verschwunden. Sieben Jahre waren sie erst alt.

Es waren also Annas Kinder gewesen.

Frau Happel hatte überraschend verhalten reagiert, als sie erfahren hatte, um welches Haus es sich bei seinem Kauf handelte. Die Villa war verrufen.

Es hat gleich Gerüchte gegeben, die Steffi, die Tochter der Max-Trostbergs, hätte was mit der Sache zu tun gehabt.

Bosch drehte die stumpf gewordene Kreide um und zog ein paar Striche mit der noch scharfen Seite. Jetzt trat ein neues Gesicht aus der barocken Architektur hervor, das seinen Schöpfer aus angstvollen Augen anstarrte. Es war ein verzerrtes Kindergesicht. Mit schnellen Strichen nahm Bosch ihm das Pausbäckige, Weiche. Wo war die Fratze hergekommen?

Hinter Bosch krachte es wieder.

Er drehte sich um.

Kilian hatte einen Karton mit Altpapier aus der Villa geschleppt und auf den Stapel der vielen anderen Kisten fallen lassen. Jetzt stand er, eine Hand in die Seite gestützt, die andere gegen das Sonnenlicht schützend über die Augen haltend, da und starrte zu Bosch herüber.

Bosch hob die Hand mit der Kreide. »Guten Morgen!«

Kilian nickte, drehte sich um und verschwand wieder.

Bosch strichelte weiter, aber irgendwie wollte die Komposition des Gemäldes keine Fortschritte machen. Warum hatte Anna ausgerechnet eine Stelle angenommen, die sie an jedem Arbeitstag an ihre verlorenen Kinder erinnern musste?

Weil sie noch immer nach ihren Kindern sucht.

Weil sie so Zugang zu der verrufenen Villa hat.

Weil sie Stefanie Max-Trostberg verdächtigt.

Bosch ließ die Hand mit der Kreide auf seinen Oberschenkel sinken. Das Malen hatte heute keinen Sinn. Er blickte zu seinem Hund hinunter. Ein kleiner grüner Grashüpfer hatte es sich auf seiner Flanke gemütlich gemacht. Der Hund hatte es nicht bemerkt, oder es war ihm egal. Warum hatte er nicht gebellt, als jemand den Umschlag vor die Tür gelegt hatte? Weil die Musik zu laut gewesen war? Oder weil er den heimlichen Besucher kannte?

»Fauler Hund«, sagte Bosch. »Du taugst zu nichts.«

Der Hund wedelte und schlief weiter.

»Auf keinen Fall zum Wachhund«, setzte Bosch hinzu.

Diese Beleidigung war dem Hund keinen Kommentar wert.

Bosch legte die Kreide auf die Staffelei, stand auf und streckte seinen vom langen Sitzen verspannten Rücken. Sollte er mit dem Hund trotz der Hitze ein paar Schritte gehen?

An einer Seite schloss der Park an ein ziemlich verwahrlostes Grundstück an. Darauf stand ein kleines Einfamilienhaus, das, so wie es aussah, seit längerer Zeit nicht mehr bewohnt wurde. Bosch zumindest hatte noch nie jemanden dort gesehen. Der ehemals weiße Mauerputz war über die Jahrzehnte grau geworden, nur das Dach hatte neue Ziegel bekommen, und die Regenrinnen leuchteten kupferrot. Die Holzläden vor den Fenstern waren Tag und Nacht geschlossen, und nicht einmal Werbebroschüren sammelten sich in der Zeitungsrolle, die neben dem kleinen Gartentor hing.

Bosch erlaubte seinem Hund – wenn auch mit schlechtem Gewissen – hin und wieder, sich in dem verwilderten Garten nach Herzenslust auszutoben. Im Park, daran hatte Kilian von Anfang an keinen Zweifel gelassen, war ein frei laufender Hund nur bei tadellosem Benehmen gestattet.

Nein, es war einfach zu heiß für wilde Spiele. Also beschloss Bosch, Kilian ein wenig Gesellschaft zu leisten. Wenn er eine Weile auf andere Gedanken kam, würde ihm auch die Arbeit an der Staffelei wieder leichter von der Hand gehen. Er machte sich auf den kurzen Weg zur Villa.

Als Bosch an der Zwergin vorbeigehen wollte, fiel ihm etwas auf, und er blieb stehen. Der ganze Park war so gepflegt, als stünde die Villa nicht leer, als erfreuten sich ihre Bewohner täglich an seiner blühenden Pracht. Kilian legte seine ganze Liebe und Fachkenntnis in die Pflege der Gartenanlage. Nur die Zwergin, die so sichtbar an prominenter Stelle zwischen den englischen Rosen thronte, wirkte vernachlässigt. Die schwarzen Ablagerungen von Jahrzehnten bedeckten die ganze Figur, auf den Schultern und dem Kopf, wo der Regen sie traf, wucherten grüne Flechten. Nur der Stein der zerrissenen Pantoffeln schimmerte hell und sauber, als hätte sich die Zwergin die Schuhe abgeputzt. Wenigstens reinigte Kilian bei der Pflege des Rosenbeets auch den Steinsockel, dachte Bosch und beschloss, ein paar ernste Worte zur Pflege der wertvollen Barockfigur zu sagen.

Bosch wandte sich ab und wollte seinen Weg fortsetzen, doch nach ein paar Metern hatte er das Gefühl, als starrte ihm die Zwergin hinterher. Er drehte sich um und begegnete dem hämischen Blick ihrer moosigen Augen.

Tatsächlich – die barocke Hirtin sah ihm nach.

Bosch zwinkerte irritiert, doch dann erkannte er, dass der

Bildhauer anscheinend denselben Trick benutzt hatte wie viele Maler aus der Zeit, deren Porträts den Betrachter aus jeder Perspektive anschauten. Ein Lächeln schlich sich auf sein Gesicht. Das war für einen Kunsthistoriker ja hochinteressant. War dieser Effekt bereits dokumentiert? Er würde der Sache später nachgehen.

Als Bosch vor der Villa ankam, stand Kilian gerade neben einem blauen Plastiksack, in dem sich Kleiderbündel abzeichneten, und trank aus einer Wasserflasche. Als er Bosch bemerkte, setzte er die Flasche ab und fuhr sich mit dem Handrücken über die schweißnasse Stirn.

»Morgen, Professor«, sagte er.

»Guten Morgen«, sagte Bosch. Er hatte immer noch das Gefühl, als wenn die Zwergin ihm nachsah. Also drehte er sich noch einmal um, aber von dieser Stelle aus war die Figur von einem Rosenbusch verdeckt. »Ich frage mich, ob die Skulptur im Rosenbeet einer der verschollenen Salzburger Barock-Zwerge ist«, fuhr er fort. »Ich glaube, es fehlen immer noch drei aus der ursprünglichen Sammlung.«

»Da fragen Sie mich zu viel«, antwortete Kilian. »Ich weiß nur, dass es zwei sind – die Schäferin und ein Jäger.«

»Ein Jäger? Sie meinen den *Jägerzwerg*?«

»Einer mit einer Armbrust und einem Hund jedenfalls.«

Bosch starrte ihn an. »*Hier* steht der *Jägerzwerg*?«

Zwölf Figuren waren der Überlieferung nach den zwölf Monaten zugeordnet. Der November, verkörpert durch einen Zwerg mit einer Martini-Gans, befand sich in Privatbesitz im bayrischen Traunstein. Der Oktober, so die Fachmeinung, wurde vermutlich durch einen Jäger dargestellt. Doch von der Skulptur fehlte jede Spur, niemand hatte sie je gesehen.

»Das wäre eine Sensation – der Jägerzwerg!«

»Ich nenne ihn den Steffi-Zwerg«, sagte Kilian. »Ist eine eigene Geschichte. Die beiden Figuren standen jedenfalls jahrelang bei mir herum. Ich hab so eine kleine Gärtnerei, nicht weit von hier.« Er deutete mit der Hand in Richtung

Alpenpanorama. »Der Herr Leopold hat das Zwergen-Paar gekauft, aber der Frau Caroline hat es nie gefallen. Irgendwann wurde dann doch noch die Schäferin aufgestellt.« Er nahm einen Schluck aus der Wasserflasche. »Muss so um die Geburt der Steffi herum gewesen sein.«

»Und der Jägerzwerg?«, fragte Bosch. »Wo ist der jetzt?«

Kilian hob die Brauen. »Tja, der ist kaputt.«

»Mikroben oder Hefen?«, fragte Bosch. Der Zahn der Zeit war ein biologischer Zahn. Allein der Kölner Dom war von schätzungsweise bis zu tausend Tonnen Biomasse besiedelt. »Steinfraß ist überall, aber da kann man was machen.«

Kilian grinste. »Das war kein Steinfraß«, sagte er. »Das war die Stefanie. Ich hab sie erwischt, wie sie mit dem Vorschlaghammer auf die Statue eingedroschen hat. Ist einfach auf den Sockel geklettert, das verrückte Mädel, und hat den Stein zertrümmert. Deshalb ja der Name – Steffi-Zwerg.« Er zuckte die Schultern. »Das Ding steht immer noch bei mir. Die Frau Caroline hat gesagt, der Zwerg wäre sowieso hässlich gewesen. Sie hatte, glaub ich, auch was gegen die Jagd. Und schließlich kann ja jeder mit seinen Sachen machen, was er will, nicht?«

Bosch war fassungslos, sein Kunstliebhaberherz blutete.

»Darf ich mir den Zwerg bei Gelegenheit mal ansehen?«, fragte er. »Vielleicht kann man ihn ja doch restaurieren.«

»Ich fass den nicht an, bin ja nicht verrückt«, sagte Kilian. »Der ist verhext.«

Bosch unterdrückte einen Seufzer. »Kann ich ihn sehen?«

»Können Sie machen, Professor«, sagte Kilian. »Können Sie machen. Kommen Sie einfach vorbei, würde mich freuen. Gegen Ende der Woche hab ich wieder Zeit. Dann setzen wir uns vor die Hütte, lassen uns die Abendsonne ins Gesicht scheinen und reden in Ruhe. Ich hab immer ein paar Dosen Bier auf Eis. Bis dahin ist der Keller auch ausgeräumt.«

»Danke«, sagte Bosch. »Nach so langer Zeit kommt es auf ein paar Tage mehr oder weniger wohl auch nicht mehr an. Das mit dem Bier klingt gut.«

Kilian lachte. »Abgemacht«, sagte er. »Wär mir recht, wenn der Zwerg da endlich wegkäme. Nimmt eine Menge Platz ein, und schön ist er ja auch nicht. Ich habe den Herrn Leopold sowieso nicht verstanden, wieso er die beiden Figuren gekauft hat. So was Schiaches.«

Bosch verkniff sich die Belehrung, dass Schönheit eben immer im Auge des Betrachters lag, und warf stattdessen einen Blick auf die Kisten, Kartons und Säcke neben dem Eingang. Da waren zerdrückte Hüte, bunte Seidenkleider und Abendgarderobe in durchsichtigen Hüllen, wie sie chemische Reinigungen verwendeten. In eine große Kiste hatte Kilian einen dicken, schwarzglänzenden Pelzmantel gestopft. Es sah aus, als duckte sich ein aus dem Winterschlaf gerissener Bär vor dem grellen Sonnenlicht.

»Kann das nicht gestohlen werden?«, fragte Bosch.

»Würde ich nicht drauf hoffen, bei dem alten Zeug.«

Ein alter Säbel steckte, die Spitze voran, in einer der Kisten. Von seinem Griff hing schlaff eine verblichene rote Quaste herab, deren seidige Schnüre nun teils ausgefranst und teils miteinander verfilzt waren.

Bosch bückte sich, fasste vorsichtig den Griff, zog den Säbel heraus und wendete ihn in dem gleißenden Sonnenlicht hin und her. Runde Schleifspuren zeigten, dass sein ehemaliger Besitzer es mit seiner Pflege ernst genommen hatte. Es war ein militärischer Säbel, eine echte Waffe, keine Zierde einer Galauniform. Die gebogene Klinge war wie üblich an einer Seite durchgehend geschliffen, aber hier war auch der Klingenrücken auf den ersten etwa dreißig Zentimetern geschärft. Wohl um die Stoßeigenschaften zu verbessern und auch beim Rückhandschlag Wirkung zu erzielen. Mit diesem Säbel auf dem Schlachtfeld geschlagene Wunden mussten verheerend gewesen sein.

Mit leichtem Schaudern legte Bosch den Säbel zurück und wandte sich einem fleckigen Pappkarton zu, dessen Wände sich wellten. Hier lagerten vergilbte Alben und sepiafarbene

Fotos, die noch in ihren verschnörkelten Rahmen steckten. Eine andere Kiste enthielt auf einer mechanischen Schreibmaschine geschriebene Seiten, an deren Rändern mit Füllfeder unleserlich Notizen angebracht waren. Das Papier war stockfleckig, die Tinte an manchen Stellen verlaufen.

»Da haben Sie ja was zu tun«, sagte Bosch.

Kilian grinste. »Die Weiber hatten einigen Besitz«, sagte er. »Aber Sie wissen ja, wie die Frauen sind.«

»Was passiert mit den Sachen?«

Kilian deutete mit der Wasserflasche auf die Plastiksäcke. »Altkleidersammlung«, sagte er und schwenkte die Flasche zu den Kisten hinüber. »Altpapier. Für den Rest kommt ein Baucontainer. Und im Herbst werden die Möbel und die Teppiche und so verkauft oder zu den Erben gebracht. Bis das Haus leer ist.«

»Alte Kleider und altes Papier«, sagte Bosch. »Und ein Container. Alles, was von einem Leben übrig bleibt.« Sein Blick fiel wieder auf den Säbel. »Wem hat der gehört?«

»Den hat die erste Gnädige mitgebracht«, sagte Kilian. »Ein Erbstück, der Opa soll bei den Husaren gewesen sein.«

Die erste Frau ist schon in den dreißiger Jahren ins Ausland …

»Ich habe gehört, die erste Frau von Leopold Max-Trostberg ist ins Ausland gezogen«, sagte Bosch.

Er schämte sich ein wenig, es war nicht seine Art, über andere Leute zu klatschen. Aber er spürte wieder dieses Kribbeln, diesen Forscherdrang. Zu gern hätte er einen Blick in die alten Kartons geworfen.

»Die erste Gnädige war so eine russische Gräfin, eine ganz Vornehme, heißt es«, sagte Kilian und zeigte auf den Pelzmantel. »Der Mantel hat ihr auch gehört. Aber Salzburg war ihr wohl nicht nobel genug. Der Herr Leopold hat gesagt, seine Frau hätte immer nach Paris gewollt.«

Bosch nickte, Paris war das Zentrum des geflüchteten russischen Adels gewesen. Warum hatte sie den Säbel ihres

Vorfahren durch halb Europa bis nach Österreich mitgenommen – und dann in Salzburg zurückgelassen?

»Na ja«, sagte Kilian. »Die Gnädige hat den Herrn Leopold jedenfalls sitzen lassen. Ist hier auch nie wieder aufgetaucht. Er hat dann später eine andere geheiratet.« Er nahm wieder einen Schluck aus der Wasserflasche. »Die Dollinger Caroline, eine ganz Flotte. Und ziemlich aufgeschlossen, wenn Sie verstehen, was ich meine.« Er zwinkerte Bosch zu. »Die hat genau gewusst, was sie wollte. War dem Herrn Leopold seine Sekretärin in der Galerie. Nach der Heirat hat sie dann natürlich nichts mehr gearbeitet.«

Bosch vergaß den Säbel und ließ seinen Blick über die gewellten Kartons mit den Wasserflecken wandern. Ihr Inhalt kam ihm weit älter als fünfzig oder sechzig Jahre vor.

»Das Zeug liegt schon ewig da unten im Keller«, sagte Kilian, der Boschs Gedanken gelesen zu haben schien. »Die Caroline hat bei ihrem Einzug den ganzen alten Krempel wegwerfen wollen. Das hat eine Menge Ärger gegeben, weil – der Herr Leopold wollte nichts davon wissen.« Kilian versank in kurzes Schweigen. »Wissen Sie, erzählt hat er nie von seiner Ersten. Aber gehangen hat er wohl immer noch an ihr. Die ganzen Sachen und die Bilder und die Kisten im Keller – es war immer, als wenn sie nicht ganz weg gewesen wäre.«

Bosch nickte. »Und sie hat sich nie mehr gemeldet?«

»Soweit ich weiß, nicht«, sagte Kilian. »Vielleicht ist sie ja auch schon gestorben, und der Herr Leopold hat die Sachen ganz umsonst aufgehoben. Na ja, und die Leni hat sowieso gern alles liegen lassen, mit der Arbeit hat's die nicht so gehabt.«

Bosch ging zu einer Kiste, nahm ein kleines Fotoalbum, dessen Straußenledereinband vom vielen Gebrauch wie eingefettet aussah, heraus und schlug es auf.

»Leni?«, fragte er.

»Die Wazlawik Helene«, sagte Kilian. »Hat als Kindermädchen bei der Familie angefangen und ist dann später noch lange als Haushälterin geblieben.« Er zeigte in Richtung des verwahrlosten Grundstücks am unteren Ende des Parks. »Hat sogar viele Jahre im Nachbarhaus gewohnt, damit sie immer in der Villa verfügbar war. Aber mit dem Alter ist ihr das alles zu viel geworden mit ihrem Gemüsegarten und dem Schneeschaufeln und so. Jetzt lebt sie irgendwo in der Stadt in einer Wohnung.« Nachdenklich betrachtete er die Villa. »Manchmal denke ich, das ist ein rechtes Totenhaus, und die Pflanzen im Park sind das einzig Lebendige hier.« Er blickte Bosch an. »Danke, dass Sie die Anna aufgenommen haben, das ist eine gute Tat.«

»Hoffen wir's«, sagte Bosch und blätterte in dem Album.

Von Schwarz-Weiß-Fotos auf dunkelgrauem Karton, getrennt von zerknittertem Seidenpapier, blickten ihn Frauen in langen weißen Kleidern und bärtige Männer mit Hüten und Spazierstöcken an. Eine Jagdgesellschaft in bodenlangen Pelzmänteln, Gewehre über dem Arm, machte eine Rauchpause auf einem verschneiten Acker, ein Mann in einem langen Kaftan stand etwas abseits und hielt zwei riesige russische Windhunde an der Leine, im Hintergrund leuchteten die weißen Stämme eines Birkenwaldes.

Bosch blätterte weiter.

Eine junge, schwarzhaarige Frau in einem hochgeschlossenen Spitzenkleid beugte sich über einen Säugling auf einem bestickten Kissen, ihre großen, dunklen Augen lachten in die Kamera, eine kostbare Brillantbrosche glitzerte an ihrem hohen Kragen.

Die nächste Seite zeigte einen geflochtenen Wäschekorb, darin ein Wurf wolliger Welpen. Die Aufnahme war verwackelt, als der Fotograf auf den Auslöser drückte, hatten die jungen Hunde nicht still gehalten. Aber ihr Anblick hatte jemandem so viel bedeutet, dass er das unscharfe Foto trotzdem zu seinen Erinnerungen hinzugefügt hatte. Es war das Bild der kleinen Hunde, das Bosch besonders rührte und das eine gefühlte Verbindung zur ehemaligen Eigentümerin dieses Albums herstellte.

Unter allen Bildern standen ein paar Worte.

Die Schrift war kyrillisch und unter den Jagdfotos fast verblichen und unlesbar. Nur die Buchstaben unter dem Babyfoto waren noch gut zu erkennen.

наша даша

Bosch, der sich während seines Studiums mit den Inschriften unter Ikonen geplagt hatte, verstand zwar kein Russisch, konnte die Buchstaben jedoch entziffern.

Nascha Dascha – unsere Dascha?

Bosch blickte auf. »Darf ich das hier behalten?«

»Alles, was Sie wollen«, sagte Kilian. »Das Zeug muss sowieso weg, und ich hab weniger Arbeit. Ach was, nehmen Sie den ganzen Kram, und wenn Sie was davon gebrauchen können, behalten Sie es einfach.« Er bückte sich, stapelte ein paar Alben aufeinander und drückte sie Bosch in die Hände. Dann zeigte er auf einen neueren Karton. »Da sind auch noch Fotos«, fuhr er hoffnungsvoll fort. »Was ist damit?«

Bosch klemmte sich die Alben unter den Arm, nahm ein paar Farbfotos aus der Kiste und blätterte sie schnell durch. Die Aufnahmen waren neueren Datums, es waren die üblichen Familienschnappschüsse. Eine attraktive junge Frau in Jeans und Polohemd spielte mit zwei kleinen Kindern, einem etwa sechsjährigen Jungen und einem dicklichen, ein paar Jahre älteren Mädchen, Ball. Das Foto war vom Gartentor aus aufgenommen worden, im Hintergrund waren das Kutscherhaus und die Villa zu sehen. Das Dachfenster stand offen, eine weiße Spitzengardine hing heraus. Eine Erinnerung regte sich in ihm.

Jemand ist in der Villa, auf dem Dachboden.

Bosch hob den Blick. »Haben Sie gestern auch hier gearbeitet?«, fragte er. »Ich meine, nachdem Sie die Blumen geholt hatten?«

»Am Sonntag?«, fragte Kilian. »Ich hab auch mal frei.«

»Hat dann noch jemand Zutritt zur Villa?«

Kilian zeigte auf die mächtige Eingangstür, an der statt eines modernen Knopfes, mit dem man die Tür einfach ins Schloss ziehen konnte, wie früher üblich eine Klinke befestigt war. »Sehen Sie die Klinke und das Schloss?«, fragte er. »Die Dinger sind hundert Jahre alt, aber massiv. Da gibt's, seit ich denken kann, nur drei Schlüssel. Ich hab einen, einen hat die Maklerin und einen wohl die Erben.«

Jemand ist in der Villa, auf dem Dachboden.

Anna hatte so überzeugt geklungen. Bosch versuchte es diplomatisch: »Sieht nicht nach Sicherheitsschloss aus.«

»Hören Sie, Professor«, sagte Kilian, »das Ding hat ziemlich unruhige Zeiten überstanden, das ist todsicher. Wenn ein Unbefugter ins Haus will, muss er das Schloss schon aufbrechen. Sind da irgendwelche Einbruchsspuren? Kratzer?«

Bosch schüttelte den Kopf. Wahrscheinlich hatte Anna sich doch geirrt. Er widmete seine Aufmerksamkeit wieder dem Foto, betrachtete die Gartenmöbel und den Sonnenschirm, die an jenem fernen Tag auf dem Rasen gestanden hatten. Bosch wollte schon weiterblättern, als er merkte, dass ihn schon wieder etwas störte. Was stimmte an der Ansicht nicht?

»Und? Was dabei?«, fragte Kilian.

»Ich weiß nicht«, sagte Bosch.

Kilians Frage hatte seinen Gedankenfluss unterbrochen, er wusste nicht mehr, was ihn an dem Bild irritiert hatte. Schnell blätterte er weiter. Urlaube am Meer, Geburtstage, eine Veranstaltung in der Galerie. Bosch erkannte Leopold Max-Trostberg im Gespräch mit einem zierlichen weißhaarigen Mann, der der Kamera den Rücken zuwandte. Vielleicht Herbert von Karajan. Er warf erneut einen Blick auf das Foto der Frau mit den Kindern. War das die verstorbene Eigentümerin der Villa, aus deren Erbmasse sein Kutscherhaus stammte?

»Das ist die Frau Caroline.« Kilian war zu ihm getreten. »Und das sind die Kinder – August und Stefanie.«

Die böse Steffi also. Aber wer war August? Bosch spürte einen Anflug von Erleichterung. Wahrscheinlich war ihm nur das zweite Kind aufgefallen, hatte ihn irritiert.

»Die Max-Trostbergs haben einen Sohn?«, fragte er.

»Hatten«, antwortete Kilian. »*Hatten.* Der August ist ein paar Monate nach der Aufnahme bei einem Unfall ums Leben gekommen. Muss so um Allerheiligen gewesen sein.«

Bosch spürte ein Kribbeln im Nacken und ließ das Bild sinken. Nach den verschwundenen Zwillingen seiner Haushälterin war dies das dritte Kind, von dessen traurigem Schicksal er innerhalb von zwei Tagen erfuhr. Von der eingeschlossenen Stefanie mal ganz abgesehen. Das Umfeld der Villa Max-Trostberg war kein Platz für Kinder.

»Was für ein Unfall?«, fragte er.

Kilian zuckte die Schultern. »Der August hat in der Badewanne mit dem Föhn gespielt«, sagte er. »Wie es genau passiert ist, weiß ich nicht. Die Eltern haben sich immer gegenseitig beschuldigt, den Föhn im Bad gelassen zu haben. Am Ende will es ja nie wer gewesen sein. Aber mit fast sechs Jahren hätte der Junge auch gescheiter sein sollen.« Er hob die Wasserflasche an den Mund und trank durstig. »Die Leni hat den toten Jungen gefunden – furchtbar war das.« Er runzelte die Stirn. »Sie hat dann eine ordentliche Summe erhalten, nur damit sie im Haushalt bleibt. So fertig war sie von dem Anblick.«

Der August ist bei einem Unfall ums Leben gekommen. Muss so um Allerheiligen gewesen sein.

Trotz der Hitze des Sommertages war Bosch kalt.

Kilians Blick wanderte über die gelbe Fassade der Villa, blieb schließlich an einem Fenster unter dem Dach hängen. Dahinter leuchtete eine grobe Spitzengardine, deren Zacken so steif und gerade herabhingen wie Eiszapfen. Trotz des heißen Sommertags hatte Bosch das Gefühl, als wäre das Glas mit Eisblumen überzogen.

»Was ist mit dem Dachboden?«, fragte Bosch.

»Die Caroline ist da oben gestorben«, sagte Kilian. »Ist irgendwann letzte Weihnachten raufgestiegen – kein Mensch weiß, was sie da wollte – und mit dem Kopf gegen einen Dachbalken gestoßen. Hat sich das Genick gebrochen.« Er kniff den Mund zusammen. »Der Arzt sagt, sie war noch nicht gleich tot, sondern hat Stunden dort oben in der Kälte gelegen, ehe sie gestorben ist. Ist anscheinend erfroren. Ich hab die Tote ja erst nach Neujahr gefunden.« Er schüttelte den Kopf. »Den Anblick wünsch ich niemandem.«

»Erst nach Tagen?« Bosch war schockiert. Es hätte ihn zwar interessiert, was ein Gärtner an seinen freien Tagen auf dem Dachboden seiner Dienstgeberin zu suchen hatte, aber Kilian wirkte so bekümmert, dass er sich die Frage verkniff.

»Ich glaub ja, die Steffi hat sie zu sich gerufen«, sagte Kilian. »Die war ein richtiges Miststück. Die Kinder von der Anna hat sie sicher auch auf dem Gewissen, da können Sie jeden hier in Aigen fragen. Und letzten Winter hat sie sich dann auch ihre Mutter geholt. Die hat sie gehasst.«

»Aber Stefanie Max-Trostberg war noch ein junges Mädchen«, wandte Bosch ein. »Hätte sie gleich zwei Kinder überwältigen können? Was hat sie mit den Körpern gemacht?« Die Steffi-Theorie betrachtete er als wenig stichhaltig.

»Die Leichen stecken bestimmt in einem Felsloch am Gaisberg«, sagte Kilian. »Da gibt's jede Menge Möglichkeiten. Und was die Sache mit dem jungen Mädchen angeht – die Steffi war stark. Ist ja allgemein bekannt, dass Wahnsinnige geradezu übermenschliche Kräfte haben.« Sein Ton war abschließend. Und wie um zu bekräftigen, dass die Diskussion für ihn beendet war, deutete er auf das Bild in Boschs Hand, auf dem Caroline und ihre Kinder Ball spielten. »Wollen Sie das Foto nun haben?«

Vom Kutscherhaus her war lautes Gebell zu hören.

Bosch drehte sich um und sah einen Mann in heller Leinenkleidung, die wie ein Tropenanzug geschnitten war. Er betrachtete, die Hände in den aufgesetzten Jackentaschen und mit zur Seite geneigtem Kopf, aufmerksam den Bildentwurf auf der Staffelei. Der Hund stand daneben und blickte hechelnd zu Bosch herüber. Entweder er hatte sich doch noch auf seine Aufgabe als Wachhund besonnen, oder er erwartete angesichts des Fremden Unterstützung durch seinen Herrn.

»Sieht aus, als hätte ich Besuch«, sagte Bosch.

»Das ist ja der Herr Kuhn«, sagte Kilian überrascht.

»Nikolaus Kuhn?«, fragte Bosch. »Der Galerist?« Er musterte den auffallenden Anzug. »Sieht irgendwie aus, als wollte er hier bei uns auf Safari gehen.«

Kilian grinste. »Das war der Geschäftspartner vom Herrn Max-Trostberg«, sagte er. »Führt jetzt die Galerie weiter. Der war früher oft hier, hat die Frau Caroline auch noch nach dem Tod ihres Mannes besucht, sich ein wenig um sie gekümmert. Netter Typ, und so was ist gelebte Nächstenliebe, das hat man ja heute fast nicht mehr.« Er zeigte mit der Wasserflasche auf Herrn Kuhn, der jetzt zu ihnen herübersah. »Und er hat tatsächlich ein Haus in Afrika, eine Lodge, in Namibia. *Großwildjäger.* War übrigens gestern hier in der Kirche.«

»Gestern?« Bosch fiel der Umschlag ein. Die Aigner Kirche war nur wenige hundert Meter entfernt. Der Gedanke, ein bekannter Galerist könnte etwas mit einer anonymen Botschaft zu tun haben, war natürlich absurd. Trotzdem erkundigte er sich: »Hat er nach mir gefragt?«

»Nein, wieso?«, antwortete Kilian. »Am Sonntagvormittag geh ich immer auf den Friedhof. Laub rechen, ausputzen – so was. Ich betreue ein paar Gräber. Wenn die Leute aus der Kirche kommen, dann wollen sie eine saubere Grabstelle vorfinden. Hat ja keiner mehr Zeit für die Grabpflege.« Obwohl seine Tätigkeit ihm ein Einkommen bescherte, schwang Missbilligung in seiner Stimme. »Ich bin durch die Allee geradelt. Da hab ich den Herrn Kuhn vor dem Kirchenportal mit dem Herrn Pfarrer reden sehen. Wie gesagt, ist ein frommer Mensch.« Kilian zuckte die Schultern. »Hier war er seit dem Tod der Gnädigen nicht mehr.« In seiner Stimme war neben der Verwunderung auch eine Spur Beunruhigung zu hören.

Bosch steckte das Foto von Caroline Max-Trostberg und ihren Kindern in eines der Alben und sagte: »Na, dann werde ich mal feststellen, was der Herr Kuhn von uns will. Und wegen des Jägerzwerges melde ich mich bei Ihnen.«

»Das Bier liegt auf Eis, das läuft nicht weg.«

Bosch lachte und schritt eilig den Weg zu seinem Kutscherhaus entlang, vorbei an der bizarren Schäferin im Rosenbeet, und erreichte etwas kurzatmig seinen Vorgarten.

»Guten Morgen«, rief er. »Herr Kuhn?«

Nikolaus Kuhn wandte sich von der Staffelei ab und sah Bosch entgegen. »Professor Bosch?«, rief er zurück. »Wie schön, dass ich Sie antreffe! Das wurde aber auch Zeit, dass wir uns kennenlernen.«

Kuhn kam Bosch mit ausgestreckter Hand entgegen. Er war schlank, sein Gesicht schmal und von durch zu viel Sonne wie gegerbt wirkender brauner Haut überzogen. Der Ausdruck seiner hellblauen Augen war wachsam und geschäftsmäßig. Er begrüßte Bosch mit festem Händedruck und deutete dann auf die Skizze auf der Staffelei.

»Beeindruckend!«, sagte er, obwohl auf der Leinwand noch wenig zu sehen war. *»Phä-no-me-nal.«*

Bosch legte die Fotoalben auf den Tisch mit den Malutensilien. Kuhn warf einen schnellen Blick auf den Stapel, dann blickte er zu der Villa hinüber, wo Kilian gerade Akten in eine Kiste packte. Für einen kurzen Moment erlosch sein Lächeln, und er wirkte unschlüssig, doch dann schien er sich auf den Zweck seines Besuches zu besinnen, denn seine Miene spiegelte wieder die Freude über die neue Bekanntschaft.

»Was verschafft mir die Ehre?«, fragte Bosch.

Der Galerist breitete die Arme aus. »Ich bitte Sie, Herr Professor«, sagte er. »Ich war letzten Winter in London auf Ihrer Vernissage. Bei Lexington's – großartige Galerie, meinen Glückwunsch. Sie müssen mich doch gesehen haben.«

Bosch konnte sich nicht erinnern. »Ja, natürlich.«

Das Lächeln des Besuchers vertiefte sich. Kuhn schien zufrieden, dass er im Gedächtnis geblieben war.

Bosch stellte sich neben die Staffelei und verschränkte die Arme vor der Brust. Vor ein paar Jahren war sein Studienfreund, der berühmte Salzburger Galerist Matteo Tappeiner, mitten in der Festspielzeit tot im Karpfenteich von Schloss Hellbrunn treibend gefunden worden. Bosch war aus persönlichen Gründen in die Suche nach seinem Mörder hineingezogen worden, hatte schmerzlich viel über Freundschaft und Verrat gelernt und am Ende seine Nachforschungen beinahe mit dem Leben bezahlt. Die Begegnung mit Nikolaus Kuhn löste ein Déjà-vu in ihm aus.

»Phänomenal, Ihre Ausstellung«, sagte Kuhn gerade.

»Es war ein schöner Erfolg, ja«, antwortete Bosch bescheiden.

Kuhn nickte. »Seit damals frage ich mich beständig, ob wir nicht einmal über eine Zusammenarbeit sprechen sollten«, sagte er. »Nachdem wir beide noch dazu Salzburger sind, nicht wahr? Leider hat mir bisher die Zeit gefehlt …«

»Ich werde von Lexington's gut vertreten«, sagte Bosch.

»Und was ist mit dem österreichischen Markt?«, fragte Kuhn. »Für einen Künstler Ihres Ranges wäre es von Vorteil, vor Ort vertreten zu sein. Wir haben ausgezeichnete Kontakte nach Wien. Und Sie wissen ja – die Wiener Sammler …« Er machte eine bedeutungsvolle Pause. »Auch das kunstinteressierte und – wenn Sie mir die Bemerkung gestatten – äußerst zahlungskräftige russische Publikum ist in Wien stark vertreten. Nicht nur die Sammler. Auch die repräsentativen Immobilien wollen von den neuen russischen Eigentümern gern mit österreichischer Kunst eingerichtet werden.« Der Blick, den er Bosch schenkte, schien mit einem stummen Seufzer »Ach, ihr weltfremden Künstler« zu sagen.

»Ich werde darüber nachdenken«, sagte Bosch. Der Mann hatte recherchiert, sein Interesse schien echt zu sein.

»Wir haben auch sehr gute Kontakte zum asiatischen Markt«, sagte Kuhn. »Da liegt die Zukunft im Kunstgeschäft.«

»Wie gesagt, ich denke darüber nach.«

Kuhn fasste in die rechte Jackentasche, zog eine Visitenkarte heraus und reichte sie Bosch. »Unsere Galerie«, sagte er. »Auf der rechten Salzachseite, in der unteren Linzer Gasse. Wenn Sie sich die Zeit nehmen und vorbeischauen wollen, dann stelle ich Ihnen ein paar Sammler vor, die für Sie in Frage kommen.« Sein Lächeln war professionell.

Bosch betrachtete die Karte. Fester Karton, klare Schrift, nicht auffällig oder gewollt kunstsinnig.

»Galerie Nikolaus Kuhn«.

Und was ist mit Leopold Max-Trostberg?

Bosch hob den Blick. »Ich rufe vorher an«, sagte er und legte die Karte auf das oberste Album. »Ach, übrigens, waren Sie gestern schon einmal hier?«

»Gestern?« Kuhn wirkte verwirrt. »Warum sollte ich Sie am Sonntag stören?« Doch dann schien er sich zu erinnern. »Ach so – doch, war ich. Ich habe am Gottesdienst in der Aigner Kirche teilgenommen.« Sein Blick wanderte wieder zur Villa hinüber. Offenbar war ihm bei seinen Worten die Begegnung mit Kilian eingefallen. Seine Miene umwölkte sich. »Ich hoffe, dieses Faktotum weiß, was es da tut. Es sind schon Millionenwerte aus Unverstand auf dem Müll gelandet.«

Im Haus begann das Telefon zu läuten.

»Entschuldigung«, sagte Bosch. »Das ist sicher mein Institut. Wahrscheinlich hat man schon versucht, mich auf dem Handy zu erreichen.« Wo war das verdammte Ding wieder?

»Gehen Sie nur«, sagte Kuhn schnell. »Ich werde mir inzwischen die Sachen da drüben mal anschauen – nur zur Sicherheit.« Er ließ Bosch stehen, lief in Richtung Villa.

Bosch ging ins Haus. Das Telefon stand auf einer Kommode neben dem Eingang. Beim vierten Läuten hob Bosch ab.

»Bosch? Hallo?«

Am anderen Ende der Leitung blieb es still.

»Hallo? Hier ist Bosch – wer ist denn da?«

Jetzt meinte er, leises Atmen zu hören.

Bosch hatte noch nie einen anonymen Anruf erhalten, solche Spielchen machten Kinder. Normalerweise hätte er wohl einfach den Hörer aufgelegt und wäre in den Garten zurückgekehrt. Doch diesmal hatte er ein ungutes Gefühl. Der Anrufer hatte nicht nur seine Telefonnummer herausgefunden, er schien auch zu wissen, dass er an einem Montagmorgen zu Hause arbeitete.

Das weiß jeder, es sind Semesterferien.

Trotzdem fühlte Bosch sich auf einmal beobachtet.

»Was wollen Sie von mir?«, blaffte er in den Hörer.

Etwas raschelte, doch niemand meldete sich.

Bosch spürte wieder das Kribbeln im Nacken. »Waren *Sie* gestern hier?« Seine Stimme war scharf geworden. »Haben *Sie* mir etwa den Umschlag vor die Tür gelegt?«

Zwei tiefe Atemzüge, dann wurde aufgelegt.

Bosch stand wie eingefroren, den Hörer am Ohr, und lauschte dem Freizeichen. Erst nach einer Weile legte er den Hörer auf die Gabel. Etwas war passiert. Er war doch nur in ein idyllisches kleines Haus gezogen, wollte in Frieden hier leben. Doch irgendwer schien andere Pläne mit ihm zu haben. Beobachtete ihn, hatte ihn vielleicht sogar mit Nikolaus Kuhn im Vorgarten bei der Blutbuche gesehen. Der oder die Unbekannte hatte ihn im Visier. Und auf einmal war sich Bosch dessen sicher.

Der Anrufer war gestern hier.

Will wissen, ob ich die Kette bekommen habe.

Langsam ging Bosch in den Garten hinaus. Die Sonne hatte ihren höchsten Stand erreicht, brannte auf die Rasenflächen und wob einen flirrenden Heiligenschein um den Kopf der Steinzwergin. Bosch kniff die Augen gegen das gleißende Licht zusammen, blickte sich suchend um.

Der Hund war wach, schnupperte zur Villa hinüber.

Nikolaus Kuhn stand im Schatten des Villenvordachs, sein heller Safari-Anzug schimmerte im Halbdunkel. Er hatte die Hände in die Hüften gestützt und redete eindringlich auf Kilian ein. Entweder er mahnte den alten Gärtner zur Vorsicht, oder er hatte tatsächlich ein Kunstwerk von unschätzbarem Wert auf dem Müll entdeckt. Doch Kilian ließ sich anscheinend von dem bekannten Galeristen nicht einschüchtern. Er reckte seinen Körper, hielt Kuhn den gekrümmten Zeigefinger unter die Nase und sagte ein paar Worte. Kuhn wich zurück. Er schien ein paar Augenblicke nachzudenken, dann nickte er wortlos und verließ das schattenspendende Vordach. Als er Bosch bemerkte, hob er kurz die Hand zum Gruß, kam jedoch nicht mehr zum Kutscherhaus herüber, sondern ging die Auffahrt hinunter zum großen Tor. Kurz darauf hörte Bosch das Starten eines starken Motors.

Bosch spürte eine kalte Schnauze, die sich von hinten in seine Hand schob, und beutelte sie zärtlich.

»Ich habe kein gutes Gefühl«, sagte er zu seinem Hund. »Jemand schickt uns eine Botschaft. Erst die Kette, jetzt der Anruf. Ich glaube, man will uns hier weghaben.«

Was war mit dem Kutscherhaus los?

Was schon – das ist ein Ort mit dunkler Vergangenheit. Genius loci.

Verdammt, wenn er das Haus nicht gerade erst gekauft hätte, hätte Bosch seine Sachen gepackt und das Feld geräumt. Er dachte an die Kette aus Holzperlen. Anna glaubte, dass ihre vermissten Kinder noch lebten. Aber wie wahrscheinlich war das nach so vielen Jahren? Was hatte diese Stefanie mit dem Verschwinden der Zwillinge zu tun? Der Gedanke schoss Bosch durch den Kopf, dass Caroline Max-Trostberg gewusst hatte, dass ihre Tochter gefährlich, vielleicht sogar eine Mörderin gewesen war.

Deswegen hat sie Stefanie eingesperrt.

Um das Mädchen zu schützen – und die Allgemeinheit.

Blieb die neu aufgetauchte Kette.

Wollte jemand von den Max-Trostbergs ablenken? Oder hatte der Besitzer der Kette mit der Familie gar nichts zu tun, und das Ganze war nur eine fixe Idee von Anna?

Marlene – wer hatte all die Jahre ihre Kette besessen?

Der Mörder natürlich, wer sonst?

Und warum kroch er gerade jetzt aus seinem Versteck?

Trotz der flirrenden Hitze fröstelte Bosch.

VIER

In der Tasche ihrer weißen Jeans trug Anna Marlenes abgegriffene Perlenschnur. Sie hatte sie mit einer Schlüsselkette an einer Schlaufe des Hosenbundes gesichert, damit sie nie wieder verloren gehen konnte. Es war ein wenig, als trüge sie ein Stück ihrer Tochter bei sich.

Immer wieder spielte sie mit den glatten, kalten Perlen, berührte das Holz, das die Haut ihres Kindes berührt hatte. Dann durchlief sie jedes Mal eine warme Welle des Glücks. Sie wusste mit absoluter Sicherheit, dass es nun nicht mehr lange dauerte, bis sie ihre Kinder wieder in die Arme schließen konnte. In ihre freudige Zuversicht mischte sich jedoch auch eine wilde Entschlossenheit, eine unbarmherzige Gewissheit. Niemals würde sie verzeihen, was man Marlene und Moritz, ihrer ganzen Familie und ihrer Ehe angetan hatte. Wenn sie den Entführer gefunden hatte – und am Erfolg ihrer Suche zweifelte sie keinen Augenblick –, würde sie tödliche Rache nehmen. Und auch dieser Gedanke löste eine, wenn auch eiskalte, Welle des Glücks in ihr aus.

Der Schock hatte tief gesessen.

Ein Gruß aus dem Grab.

Nein! Nicht aus dem Grab!

Zwei Tage lang hatte Anna in ihrer Wohnung eingerollt im Bett gelegen, in einer Zwischenwelt aus Wachen und Alptraum, zusammengekauert wie ein Embryo im Mutterleib. Stundenlang hatte sie auf das graue Schilfmuster der Schlafzimmertapete gestarrt, während ihre Finger die Kette so fest umklammerten, dass sich die Kanten der Holzwürfel tief in ihr Fleisch gegraben hatten. Draußen war es dunkel geworden und wieder hell und wieder dunkel. Ihr Körper hatte nicht die Kraft gehabt, aufzustehen, sich anzuziehen oder etwas zu essen. Aber ihr Geist war wach gewesen, als wenn er nicht zu ihr, zu Anna, gehörte, hatte messerscharf jede Möglichkeit geprüft und ihre nächsten Schritte geplant.

Zunächst musste sie herausfinden, wer die Kette vor die Tür gelegt hatte. Wer die Kette über so viele Jahre aufbewahrt hatte, wusste etwas über das Schicksal ihrer Kinder. Oder hatte sogar damit zu tun, und nun plagte ihn die Reue. Oder die Kette war unerwartet aufgetaucht. Vielleicht hatte Stefanie das hübsche Schmuckstück behalten und in der Villa versteckt. Und nun war es wieder ans Tageslicht gekommen. Denn jetzt wurde entrümpelt.

Kilian hat die Kette gefunden.

Er kannte Marlene und Moritz.

Warum die Heimlichkeit?

Weil Kilian ein Mitwisser war? Weil er wusste, dass Stefanie den Kindern etwas angetan hatte? Aber er hatte geschwiegen, der verdammt treue Diener seiner Herren. Dies war nun sein Geständnis.

Kilian weiß, was passiert ist.

Er weiß, wo Marlene und Moritz sind.

Und die Lösung liegt – in der Villa.

Auf einmal war Anna davon überzeugt, dass der Fund der Kette ein gutes Omen war. Als wollte Marlene ihr ein Zeichen geben. Sie würde ihre Kinder wiederfinden, ja, die Kinder waren geradezu auf dem Weg zu ihrer Mutter. Marlene hatte sozusagen den ersten Schritt gemacht.

Mit diesen berauschenden Gedanken war Anna endlich aufgestanden, hatte zwei oder drei Gläser Rotwein auf ihren leeren Magen hinuntergestürzt und war anschließend in einen todesähnlichen Schlaf gefallen. Sie hatte zwölf Stunden durchgeschlafen und war erfrischt aufgewacht. Sie hatte lange geduscht, weiße Turnschuhe, eine saubere weiße Jeans und ein blaues Polohemd angezogen und die Holzperlenkette in die Hosentasche gesteckt. Anschließend hatte sie einen großen Espresso zubereitet und ihn zur Feier des Tages mit einem ordentlichen Schuss Grappa verfeinert.

Caffè corretto, warum nicht?
Andere trinken Cappuccino.

Dann hatte sie zwei Brote mit der Marillenmarmelade bestrichen, die sie für den Professor eingekocht hatte, und hungrig verschlungen. So gestärkt, war sie direkt zu Kilians Gärtnerei gefahren. Es galt, keine Minute mehr zu verlieren.

Der Zeitpunkt für ihre Nachforschungen war perfekt. An diesem Morgen war Professor Bosch sicher ins Institut gegangen, so wie jeden Mittwoch, an dem er Büroarbeiten erledigte und auch in den Sommerferien für seine Studenten zu sprechen war. Den Hund hatte er bestimmt mitgenommen. Das Tier blieb nicht ohne seinen Herrn mit Anna zu Hause, winselte und tigerte durch die kleinen Räume wie ein Raubtier hinter Gittern. Bis der Professor wieder zurück war. Die sogenannten Spaziergänge, wenn sie den Hund pflichtbewusst an der Leine hinter sich herzerrte, waren eine reine Qual.

Das undankbare Verhalten beleidigte Annas Gutmütigkeit.

Sie mochte keine Tiere und hatte bereits überlegt, dem Hund jedes Mal ein – natürlich ganz harmloses – Schlafmittel zu verabreichen. Der Plan war bisher nur daran gescheitert, dass sie sich über die Dosierung nicht klar war. Der Hund musste schließlich wieder froh und munter sein, wenn sein Herr zurückkehrte, damit dieser keinen Verdacht schöpfte. Doch anscheinend konnte sich auch der Professor nicht von seinem hündischen Schatten trennen, sodass beide meist weiterhin zu Fuß an der Salzach entlang in die Altstadt und ins Institut marschierten und Anna wenig zu tun hatte.

Immerhin war ihr Arbeitgeber so fair, nicht über eine Reduktion von Arbeitsstunden oder Entgelt zu verhandeln. Jetzt, wo sie der Villa endlich so nah war, durfte nichts mehr schieflaufen.

Gegen halb elf trat Anna durch das Tor der Gärtnerei.

Sie war als Kind des Öfteren hier gewesen, hatte Balkonblumen für die kleine Wohnung ihrer Mutter abgeholt. Als die noch in der Villa arbeitete. Als Büglerin für die Familie. Für die elende Stefanie. Anna verdrängte den Gedanken an das dicke Mädchen, an seine ausdruckslose Miene und die unergründlichen Augen, und blickte sich um.

In Kilian Mosers Reich hatte sich wenig geändert. Links und rechts des Weges, der zu einem kleinen Gartenhaus führte, wuchsen nach wie vor in ordentlichen Reihen Blumen, Büsche und Bäume, der Größe nach sortiert, sodass sie einander kein Sonnenlicht nahmen und die Kunden einen guten Blick auf die Pflanzen hatten. Ein üppiges Hochbeet beherbergte büschelweise Küchenkräuter. Dicke Rosmarin- und Thymiansträucher ließen Anna den Duft nach Süden in die Nase steigen. Eine Thujen-Hecke verbarg ein Rasenstück, auf dem, soweit sie sich erinnerte, lange Zeit zwei Barockzwerge gestanden hatten, ein Jäger mit Pfeil und Bogen und einem Hund – und die Schäferin, die man irgendwann in den Park der Villa Max-Trostberg gebracht hatte.

Anna fand beide Zwerge hässlich.

Erst beim Antritt ihrer Stelle im Kutscherhaus war ihr aufgefallen, dass man die Schäferin aufgestellt hatte. Noch dazu an prominenter Stelle und umgeben von teuren englischen Rosensorten. Anscheinend war Caroline Max-Trostberg am Ende doch noch der Wert der Figur aufgegangen.

»Kilian?«, rief Anna.

Sie erhielt keine Antwort.

Am Beginn der Thujen-Hecke stand eine Schubkarre. Darauf türmten sich alte Kleider, Bilderrahmen und verschiedene andere Dinge, die Kilian aus der Villa mitgebracht haben musste. Nichts Wertvolles, soweit Anna beurteilen konnte, es sah nach Trödelware und Flohmarkt aus.

Aber wo war Kilian?

Er musste bei der Arbeit sein, denn sein Waffenrad lehnte an den vom Alter verwitterten Holzwänden des Gartenhauses. Über dem mit grauer Pappe gedeckten Dach erhob sich der Gaisberg. Anna schauderte unwillkürlich. Direkt hinter der Gärtnerei verlief die Straße, endete der Weg, auf dem die Zeugin damals den Geländewagen gesehen haben wollte.

Auch Marlene und Moritz mussten an jenem Tag an der Gärtnerei vorbeigekommen sein. Wenn sie wirklich auf den Gaisberg geklettert waren. Schon damals hatte die Gärtnerei Kilian gehört. Und Kilian war einer der Ersten gewesen, die sich an der Suche nach den Kindern beteiligt hatten.

Wie hat er von den vermissten Kindern erfahren?

Was macht man am 1. November in einer Gärtnerei?

Anna spürte, wie sich eine kalte Hand auf ihr Herz legte. Mit einem Schlag war ihr Verdacht wieder da. Sie hatte sich also nicht getäuscht. Kilian hatte Marlenes Kette aufbewahrt oder gefunden. Ihr war, als könnte sie die Perlen in ihrer Hosentasche wie zur Zustimmung klappern hören. Hatte Kilian ihr jetzt aus schlechtem Gewissen die Stelle bei Professor Bosch verschafft? Um etwas wiedergutzumachen? Gegen Ende ihres Lebens sorgten ja viele Menschen für einen reinen Tisch. Oder wollte Kilian ihr einfach Gelegenheit zu eigenen Nachforschungen geben – weil er ihr nicht helfen konnte, ohne sich selbst zu belasten?

Unsinn, du bist ja verrückt.

Nicht der gute, alte Kilian.

Anna schloss schnell die Augen, versuchte, die verstörenden Gedanken abzuschütteln. Natürlich war Kilian am Allerheiligentag in der Gärtnerei gewesen. Schließlich kauften manche Leute vor dem Gang auf den Friedhof noch Grabschmuck. Und natürlich hatte er die Auffahrt der Einsatzfahrzeuge, die Rufe der Mannschaften mitbekommen, war die paar Schritte zur Straße gerannt, hatte sich aus Sorge um die Kinder an der Suche beteiligt.

Ganz Aigen war auf den Beinen gewesen.

In ihrer Verzweiflung war Anna an jenem Tag zu jedem Haus gelaufen, in jeden Garten, hatte an allen Türen geklingelt. Überall war sie auf Mitgefühl gestoßen, doch niemand hatte etwas gesehen oder gehört. Auch bei der Villa Max-Trostberg war sie gewesen. Doch es war niemand zu Hause gewesen. Oder hatte Caroline einfach nicht geöffnet?

Anna ließ die lang zurückliegenden Minuten, die sich unauslöschlich in ihr Gedächtnis gebrannt hatten, Revue passieren, rannte wieder durch den herbstlichen Park, roch die feuchten Nebel zwischen den alten Bäumen, hörte den Sand auf dem Weg unter ihren Sohlen knirschen. Das Kutscherhaus hatte leer gestanden, war seit Jahren unbewohnt, der gelbe Putz verblichen und an manchen Stellen abgeblättert gewesen.

Doch halt, was war das?

Das Bild vor ihrem inneren Auge stimmte nicht mit dem von heute überein. Auf einmal hatte Anna das Gefühl, als hätte sie damals etwas übersehen. Sie versuchte krampfhaft, sich zu konzentrieren. Was war an jenem Allerheiligentag anders gewesen als jetzt?

Das Poltern schwerer Arbeitsschuhe hinter ihrem Rücken riss sie aus ihren Gedanken.

Anna fuhr herum.

Kilian stand vor ihr.

Mit seinem Strohhut und der grünen Schürze war er die Verkörperung des Gärtners. Er trug rote Arbeitshandschuhe und hielt eine große Heckenschere in der Hand. Sein Gesicht war schweißbedeckt, der Sommertag war heiß.

»Ja, Anna«, sagte er. »Was machst du hier?«

»Grüß dich, ich …«

Anna suchte nach Worten, ärgerte sich über sich selbst. Warum hatte sie sich keine Ausrede einfallen lassen? Sie konnte kaum mit der Tür ins Haus fallen, ihm ihren Verdacht an den Kopf werfen, brauchte einen Gesprächseinstieg. Jetzt, unter seinem wachsamen Blick, war ihr Hirn wie leer gefegt.

»Brauchst du Kräuter?« Kilian zeigte auf ein dickes Büschel glatter Petersilie. »Ich stell dir was zusammen.«

»Ja, bitte, der Professor kocht gern selbst«, sagte Anna schnell. Wirkte Kilian etwa erleichtert? Dann fiel ihr doch noch ein Vorwand ein. »Er meint, du würdest dich unter Umständen um seinen Vorgarten kümmern?«

Kilian zuckte die Schultern. »Freilich, warum nicht?«

»Im Augenblick wächst da nur Gestrüpp«, sagte Anna. »Ich dachte, wir besprechen vielleicht kurz die Bepflanzung.« Sie bemühte sich um ein harmloses Lächeln, denn Kilian wirkte überrascht, wenn nicht misstrauisch – oder schuldbewusst? Oder bildete sie sich das nur ein?

»Es ist schon Ende August«, sagte Kilian. »Da bieten sich jetzt Herbstzeitlose, Herbstkrokusse, Lilien, Taglilien und Iris an. Und natürlich müssen die Spätwinter- und Frühlingsblüher ins Beet.« Ein breites Lächeln erhellte seine Miene. »Für nächstes Jahr könnte ich dann einen Pflanzplan machen.« Kilian schöpfte keinen Verdacht.

»Du hast freie Hand«, sagte Anna, die ihre zentralen Fragen noch nicht gestellt hatte. Also sah sie sich suchend um. »Im Kutscherhaus sieht es so freudlos aus. Dieser Junggesellenhaushalt könnte ein paar Blumen gebrauchen.«

Kilian nickte. »Gern«, sagte er. »Ich binde dir einen Strauß zusammen.« Nach einem prüfenden Blick über sein blühendes Reich verschwand er hinter der Thujen-Hecke.

Anna sah ihm hinterher und fasste sich in Geduld. Die Sonne schien ihr warm ins Gesicht, der Caffè corretto mit dem guten Schuss Grappa hatte ihre vom langen Liegen verkrampften Glieder entspannt. Sie fühlte sich leicht und zuversichtlich, wusste, dass sie auf dem richtigen Weg war.

Ihr Blick streifte die Schubkarre mit den Trödelsachen. In durchsichtigen Plastikhüllen konnte sie jetzt bei genauerem Hinsehen Seidenkleider erkennen, in Schwarz und Braun, in Blau mit weißen Punkten und mit Spitzenkrägen, altmodisch, aber sicher einst sehr teuer gewesen. Eine grüne Filzkappe, der eine lange Feder etwas Verwegenes gab, ein Strohhut mit zerdrückten Seidenrosen. Unter einer Pelzmütze aus Marderfell ragte ein mit langen roten Fransen verzierter Griff hervor. Ein ganzer Fuchs, wie ihn die Diven in alten Schwarz-Weiß-

Filmen trugen, lag eingerollt auf dem Kleiderberg, biss sich mit der vertrockneten Schnauze in den Schwanz und starrte aus schwarzen Knopfaugen in den Himmel.

Und auf einmal hatte Anna eine Idee.

»So, da schau her, Anna!« Kilian tauchte mit einem prächtigen Bund Dahlien, einem Feuerwerk aus Rot, Lila und Orange wieder auf. »Was sagst du dazu?«

»Sehr schön«, sagte Anna. Die Blumen hatten etwas Aggressives. Oder Deprimierendes. *Etwas Blutiges.* »Danke.«

Kilian band routiniert einen Strauß, klappte die Heckenschere auf und schnitt die Stielenden ab. »Welche Kräuter willst du mitnehmen?«, erkundigte er sich.

»Ach«, sagte Anna. »Einmal querbeet, der Professor ist ein Hobbykoch.« Dann packte sie den Stier bei den Hörnern. »Wie kommst du eigentlich mit dem Ausräumen der Villa voran?«, fragte sie scheinheilig, zeigte auf die Schubkarre. »Ist das etwa alles für den Pfarrflohmarkt?«

Kilian nickte. »Die Sachen sind doch zu schade zum Wegwerfen«, sagte er. »Willst du mal drüberschauen? Da kann man einiges als Faschingskostüm verwenden.«

Anna schüttelte den Kopf. »Lieb von dir«, sagte sie. »Aber ich gehe nicht mehr auf Faschingsbälle.« Sie tat, als müsste sie überlegen. »Vielleicht gibt es in der Villa ja andere Sachen, die sonst niemand mehr braucht?«

»Jede Menge«, sagte Kilian. »Was suchst du denn?«

»Ach, ich weiß nicht«, sagte Anna und schenkte ihm ein harmloses Lächeln. »Das ist wohl wie auf dem Flohmarkt, erst wenn man etwas sieht, weiß man, dass man es haben möchte.«

Kilian lachte. »Dann komm einfach mal rüber.«

»Ich könnte mich ja nach der Arbeit ein wenig umsehen«, schlug sie vor. »Gib mir einfach den Schlüssel, wenn du gehst. Am nächsten Morgen kriegst du ihn dann gleich zurück.« Sie kannte einen Schlüsselschnelldienst, der bis zwanzig Uhr arbeitete und problemlos ein Duplikat anfertigen würde. Immerhin gehörte das alte Ding nicht zu einer zentralen Schließanlage, und sie brauchte keine Genehmigung der Hausverwaltung. »Dann halte ich dich auch gar nicht bei der Arbeit auf.«

Kilian schwieg, zwischen seinen Brauen bildete sich eine steile Falte, und er sah Anna scharf an.

»Natürlich nur, wenn du keine Angst hast, dass ich etwas stehle«, setzte sie rasch hinzu und lachte ein wenig, so eine absurde Idee war das. »Einen Perserteppich oder so.«

Kilian steckte die Gartenschere in die Schürzentasche und hielt Anna den fertigen Blumenstrauß hin. »Den Schlüssel gebe ich nicht aus der Hand«, sagte er. »Der Professor kann ja erst mal einen Blick in meine Gartenbücher werfen.«

»Was?« Anna war geistig noch immer bei ihrem Plan, hatte nicht mit dieser klaren Abfuhr gerechnet. »Welche Gartenbücher?« Sollte sie noch einmal nachhaken?

Kilians Miene war abweisend, sein Blick kalt. »Ich denke, du bist wegen der Beetbepflanzung hier«, sagte er.

Den Schlüssel gebe ich nicht aus der Hand.

Also doch.

Auf einmal hatte Anna das Gefühl, als legte sich eine Schlinge um ihren Hals. Sie bekam kaum noch Luft. Ihre Ahnung hatte sie nicht getrogen, etwas verbarg sich in der Villa. Ein Geheimnis, das mit Marlene und Moritz zu tun hatte. Dieser elende Kilian wusste tatsächlich Bescheid. Unter anderen Umständen hätte sie jetzt den Rückzug angetreten und ihre nächsten Schritte überdacht. Aber der Caffè corretto und der Grappa verliehen ihr Mut.

Gib mir den Schlüssel, und ich finde meine Kinder.

»Ach so, die Gartenbücher, ja«, sagte sie. »Dann komme ich gleich heute Abend mit dem Professor vorbei.« Ein paar Stunden machten nun auch nichts mehr aus.

Wenn die Männer abgelenkt waren, würde sie den Schlüssel suchen. Dann hatte der schusselige Alte ihn eben irgendwo verloren. Natürlich würde Kilian Anna sofort im Verdacht haben, aber was sollte er schon machen? Sollte der Schlüsselbund in seiner Hosentasche stecken, musste sie sich eben etwas einfallen lassen. Sie brauchte Zutritt zur Villa.

»Heute Abend geht nicht«, sagte Kilian. »Da bekomme ich schon Besuch.« Er wollte das Gespräch hörbar beenden.

Doch jetzt machte der Caffè corretto Anna leichtsinnig. »Du warst doch damals auch bei der Suchmannschaft«, sagte sie, brauchte nicht zu erwähnen, welche sie meinte.

Kilian nickte, in seiner Miene war nicht zu lesen.

»Was, glaubst du, ist mit meinen Kindern passiert?«

Er zuckte die Schultern. »Das weiß keiner.«

Anna packte die Wut. »Eine Meinung hast du ja wohl!«

»Lass die alten Geschichten ruhen«, sagte Kilian. »Du tust keinem einen Gefallen, und dir selbst auch nicht.«

Anna versuchte, sich zu fassen. Es nützte niemandem, wenn sie jetzt die Nerven verlor. Am wenigsten ihren Kindern. Kilian wusste etwas, davon war sie nun überzeugt.

»Glaubst du, ich finde meine Kinder jemals wieder?«, fragte sie.

Kilian schien mit sich zu kämpfen, dann wurde sein Gesichtsausdruck mitleidig. »Ja, ich denke schon, Anna.«

»Ja?« Annas Herz machte einen Sprung. »Wann? Wo?«

Kilian seufzte und fuhr sich mit dem Rücken seines roten Arbeitshandschuhs über das schweißnasse Gesicht. Anna fiel auf, wie alt er eigentlich war. Und sie fühlte, dass er nachgiebig wurde. Sie trat dicht vor ihn hin.

»Was weißt du?«, flüsterte sie. »Sag's mir – *bitte.*«

Aber Kilian hatte sich wieder im Griff, der Augenblick der Schwäche war vorbei. »Noch mal: Mach endlich deinen Frieden, Anna«, sagte er.

Eine heiße Welle der Enttäuschung und der Frustration überlief Anna. »Erst wenn Marlene und Moritz wieder bei mir sind«, zischte sie. »Und keinen Tag eher.«

Die Glocken der Aigner Kirche fingen an zu läuten.

»Ach, Anna«, sagte Kilian müde. »Es ist noch zu früh.«

»Was soll das heißen? Wo sind meine Kinder?« Annas Stimme überschlug sich. Sie packte seinen Arm und krallte ihre Finger in den groben Stoff der Jacke. »Nein, jetzt, jetzt! Du weißt was, das spüre ich. Jetzt sag schon!« Sie hätte ihn umbringen können. Mit der freien Hand fasste sie in die Hosentasche, zog mit fahrigen Fingern die abgeschabte Holzkette heraus und hielt sie ihm unter die Nase. »Hast *du* die vor die Tür gelegt?«

Kilian zog den Kopf zurück, zwinkerte, schien nicht zu verstehen. »Was soll das sein?«, fragte er verwirrt.

Sie fingerte die Holzwürfel auseinander. »Lies das«, sagte sie. »*Marlene* – die Kette hat meiner Tochter gehört.«

Kilians Augen weiteten sich. Er starrte auf die Perlenschnur wie auf eine giftige Schlange. »Ich weiß nicht, wovon du redest«, flüsterte er. »Ich habe das Ding da noch nie gesehen.« Er sah aus, als hätte ihn ein Geist berührt.

Anna spürte, dass er die Wahrheit sagte. Langsam nahm sie die Hand herunter, ihre Finger umschlossen die Kette wieder wie eine kostbare Reliquie.

»Sie lag vor dem Kutscherhaus«, sagte sie ruhig.

»Was?«, fragte er.

»Jemand hat sie dort hingelegt.« Anna war erschöpft.

Kilians Gesicht war unter der Sonnenbräune blass geworden. »Mit so was treibt man keine Scherze«, sagte er. Dann setzte er schnell hinzu: »Die Kette kann auch einem anderen Mädchen gehören.« Es klang hilflos.

»Wenn ich den erwische, der meinen Kindern was angetan hat«, sagte Anna, »dann bringe ich ihn um.« Es war ihr vollkommener Ernst.

Kilian starrte sie an. »Du bist ja irre«, sagte er.

»Wer war's?«, schrie Anna.

»Ich rede mit dem Professor –«

»Sag jetzt nicht, die Steffi!«, brüllte Anna.

»Lass mich in Ruhe.«

»Ich zeig dich bei der Polizei an«, sagte Anna, nun wieder ruhiger. »Was verheimlichst du?«

»Mach, dass du hier wegkommst!«

»Täterwissen – nennt man das nicht so?«

Doch nun hatte sie den Bogen überspannt. Kilian beugte sein Gesicht zu ihr hinunter. Seine Augen funkelten vor Wut, er hatte endgültig genug von ihrem Auftritt. Anna konnte seinen Schweiß und seine Bierfahne riechen. Ihr wurde übel.

»Du wirst deine Kinder schon noch finden«, zischte Kilian und versuchte, ihr seinen Ärmel zu entreißen. »Lass los, du Hexe! Das wird dir noch leidtun!«

Doch Anna verstärkte ihren Klammergriff. »Ich habe mit dem Professor gesprochen«, sagte sie drohend. »Er kennt die ganze Geschichte. Und er will mir helfen.« Das war eine Lüge, aber Kilian schien Respekt vor Professor Bosch zu haben. »Du weißt doch was! Wenn du irgendwas mit der Sache zu tun hast, dann bist du dran.«

Kilian gab einen verächtlichen Laut von sich. »Dann kannst du deinem Professor was ausrichten«, sagte er. Sein Ton war so hart, wie sie ihn noch nie von ihm gehört hatte. Er wollte das Thema ein für alle Mal abschließen. »Solange der Zwerg die Kinder hat, wird er sie nie finden. Verstehst du? *Der Zwerg.*« Er drehte den Kopf zur Seite und spuckte aus. »So, nun habt ihr was zum Grübeln, und ich will nie wieder was hören. Ich lebe sowieso nicht mehr lange.«

Anna ließ Kilians Arm los. »Der Zwerg?«, fragte sie verwirrt. »Welcher Zwerg?« Wenn der Alte dement war, dann hatte sie mit ihrem Auftritt hier nur Zeit verschwendet.

»Mehr sage ich nicht.«

Kilian drehte sich um, ließ sie einfach stehen.

Fassungslos starrte Anna ihm hinterher, wie er den Weg entlangstapfte, in seiner Gartenhütte verschwand und die Tür hinter sich zuknallte. Das Letzte, was sie von ihm hörte, war das Vorschieben eines schweren Riegels.

Solange der Zwerg die Kinder hat.

Kilian verarschte sie.

Aber er wusste Bescheid.

Anna wollte gehen, doch sie war unfähig, sich zu rühren. Die Anstrengung der letzten Minuten forderte ihren Tribut. Sie konnte einfach nicht mehr klar denken. Ein Schluck Grappa würde ihr helfen. Ihre Gedanken wirbelten herum.

In alter Zeit lebte der grausame König Watze.

Niemand tut Kindern etwas.

Anna kniff die Augen zusammen, presste die Hände auf die Ohren, um das böse Märchen nicht mehr zu hören.

Eines Tages ging der König zur Jagd.

Jetzt sprach Baba Ylenia, die Seherin, zu ihr.

Der Schlaf der Kinder wird bewacht.

Gottgefällige Tiere weisen den Weg.

Anna spürte, wie ein Gurgeln ihre Kehle hinaufstieg. Zwerge waren kleine Menschen und keine gottgefälligen Tiere, und außerdem gab es sie nur im Märchen. So wie böse Hexen.

Hänsel und Gretel verliefen sich im Wald.

Marlene, Moritz, wo seid ihr?

Ein schier unbändiger Drang, laut zu lachen, erfasste Anna, doch sie traute sich nicht, dem Drang nachzugeben, aus Angst, endgültig den Verstand zu verlieren.

Eine Weile stand sie auf dem Gartenweg zwischen Blumenbeeten und Kübelpflanzen, unfähig, sich zu bewegen, und hörte dem Lied der Vögel in den alten Bäumen zu. Sie blickte in den wolkenlosen blauen Himmel über dem Watzmann und zur Festung auf dem Mönchsberg hinüber, deren weiß getünchte Mauern matt in der Mittagssonne schimmerten, als wären sie aus gebleichten Knochen geschnitzt.

Eine heiße Welle der Wut durchlief sie.

Kilian machte Ausflüchte, hielt sie hin, wollte sie von der richtigen Spur abbringen, führte sie in die Irre.

Kilian wusste etwas.

Dessen war Anna sich jetzt sicher.

Solange der Zwerg die Kinder hat.

Der Zwerg?

Kilian machte sich über sie und das Schicksal ihrer Kinder lustig. Das war der Gedanke, der den Ausschlag gab, sie rasend werden und einen Entschluss in ihr reifen ließ. Nein, Anna würde Kilian nicht davonkommen lassen. Hatte er Marlene und Moritz getötet? Nun musste er ihr die Wahrheit sagen.

Einen Hinweis geben.

Gestehen!

Jetzt!

Der Dahlienstrauß entglitt ihrer Hand, prallte vor ihren Füßen auf die Erde. Ein paar rubinrote Blätter sprenkelten die Erde. Es sah aus, als schimmerten Blutstropfen vor Annas Schuhspitzen. Und sie wiesen den Weg zu Kilians Hütte.

Anna kniff den Mund zusammen.

Den Blick starr geradeaus gerichtet, trat sie auf die unschuldigen Blumen und ging wie von Schnüren gezogen auf die Gartenhütte zu, in der Kilian sich verschanzt hatte.

FÜNF

Hans Bosch war an diesem Vormittag so mit der Vorbereitung des neuen Wintersemesters beschäftigt, dass die Vorgänge um die Villa Max-Trostberg und sein kleines Kutscherhaus nur insofern seine Gedanken bestimmten, als er beschlossen hatte, seine Barockvorlesungen um ein Seminar über die Salzburger Zwerge und einen gemeinsamen Ausgang mit seinen Studenten in den Zwergelgarten, in dem man etwas lieblos die noch vorhandenen Skulpturen hinter dem Schloss Mirabell versammelt hatte, zu erweitern. Außerdem wollte er, dass sich die jungen Leute nicht nur mit der künstlerischen Umsetzung der Zwerge auseinandersetzten, sondern auch mit den Schicksalen und der Bedeutung ihrer menschlichen Vorbilder. Denn Zwerge tauchten in Mythen und Märchen quer durch die Geschichte auf, in der Nibelungensage hütete der Zwergenkönig Alberich einen unermesslichen Schatz, Herrscher hatten sich zu allen Zeiten mit kleinwüchsigen oder missgestalteten Menschen umgeben, um ihre eigene Größe zu unterstreichen. Oft hatten die Hofzwerge Berühmtheit, Einfluss und Macht erlangt.

Aber wer waren die Menschen dahinter gewesen?

Nachdenklich blätterte Bosch durch einen Bildband mit Karikaturen von Jacques Callot, dem Hofmaler von Cosimo II., dem zwischen 1612 und 1621 am Hof von Florenz die Theateraufführungen einer Zwergentruppe gefallen hatten. Vierundzwanzig groteske Gestalten aus dem Umfeld der Commedia dell'arte, die »varie figure gobbi«, zeigten Bettler und Musikanten.

Damals waren sie ein europaweiter Erfolg gewesen.

Bosch fragte sich, was ihn an den Bildern so faszinierte. Er hatte den Verdacht, dass es nicht nur ein leicht voyeuristischer Blick auf die Spielarten der Natur war, sondern dass er sich den Zwergen irgendwie verbunden fühlte. War er nicht selbst manchmal überfordert von den Spielregeln der menschlichen Gesellschaft? Ein Außenseiter von Geburt an? In jedem Fall würden seine Studenten das ungewöhnliche Thema lieben.

Bosch spürte, wie sich ein Lächeln auf seinem Gesicht breitmachte. Auf einmal kam es ihm geradezu wie eine Fügung vor, dass er durch den Kauf des Kutscherhauses auf lange verschollen geglaubte Barockzwerge gestoßen war.

Ich weiß nur, dass es zwei sind.

Die Schäferin und ein Jäger.

Bosch hob den Kopf.

Der Jägerzwerg!

Kilian hatte ihn eingeladen, sich den Zwerg anzusehen.

Kommen Sie einfach vorbei.

Ich hab immer ein paar Dosen Bier auf Eis.

Bosch blickte zum Fenster hinüber. Die Sonne brannte unbarmherzig auf die verzierte Fassade des Nachbarhauses. Heute war ein guter Tag, Kilians Einladung Folge zu leisten und bei einem kühlen Bier etwas Recherche zu betreiben. Er würde Kilian nicht lange aufhalten. Wozu also bis Ende der Woche warten? Das Wiederauftauchen des lang verschollen geglaubten Jägerzwergs konnte der Höhepunkt seines Seminars und eine Belohnung für die interessierten Kunstgeschichtestudenten werden. Bosch widmete seine Aufmerksamkeit noch einmal einem von Callots kleinen Bettlern mit Buckel und dickem Bauch. Den Jägerzwerg würde er sich ansehen, das mit dem Bier aber noch einmal überdenken. Er musste wirklich endlich abnehmen.

Das Glockenläuten des nahen Domes unterbrach seine Gedanken. Es war Mittagszeit, und so pünktlich wie das Läuten der Glocken meldete sich Boschs Hunger. Eine Kleinigkeit im Pavillon des »Café Tomaselli« zu essen würde seine Diätpläne nun auch nicht über den Haufen werfen.

Bosch schlug den Bildband zu und erhob sich.

In diesem Augenblick öffnete sich die Tür. Frau Happel stand im Rahmen und schräg hinter ihr ein Mann.

»Besuch für Sie«, sagte sie. »Ein Herr Green.« Sie sprach den Namen englisch aus.

»Jetzt?« Bosch hatte das Gefühl, als müsste man das Knurren seines Magens im ganzen Institut hören können.

»Herr Green hat erfahren, dass Sie das Kutscherhaus zur Villa Max-Trostberg gekauft haben«, fuhr Frau Happel fort. »Er würde Ihnen gern ein paar Fragen stellen.« Sie schenkte dem Mann ein charmantes Lächeln. »Professor Bosch steht Ihnen zur Verfügung.« Sie trat beiseite und gab die Tür frei. Der eindringliche Blick, mit dem sie Bosch dabei bedachte, duldete keine Widerrede.

»Natürlich, gern«, sagte Bosch automatisch. »Bitte kommen Sie herein.« Doch dann besann er sich auf seine Autorität und seinen Status als Institutsvorstand. »Ich wollte allerdings gerade auf Mittag gehen«, fügte er, mehr an seine Sekretärin als an Herrn Green gewandt, hinzu.

»Sehr schön, dann lass ich Sie mal«, sagte Frau Happel, schob den Besucher ins Zimmer und schloss die Tür.

Der Mann war um die fünfzig. Seine Haut war eher von Natur aus dunkel als sonnengebräunt, denn er hatte dicke dunkle Locken und schwarze Augen. Er trug eine sandfarbene Hose und ein weißes Hemd, dessen Ärmel er aufgekrempelt hatte. In der linken Hand hielt er einen breitkrempigen hellen Strohhut mit einem schwarzen Seidenband, einen Panamahut. Die rechte streckte er Bosch entgegen.

»Mein Name ist Green«, sagte er mit hörbar englischem Akzent. Der Blick über den hohen Wangenknochen war forschend, ja, geradezu abschätzend, und stand in krassem Gegensatz zu seiner angenehm weichen Stimme. »Benjamin Green. Ich war bei Ihnen zu Hause, und Ihre Haushälterin war so freundlich, mir zu sagen, wo ich Sie finden kann.«

Bosch schüttelte Benjamin Greens Hand und setzte ein Lächeln auf, hatte jedoch selbst das Gefühl, dass es etwas bemüht wirkte. Er hatte das Kutscherhaus erworben, um in Ruhe malen und lesen zu können. Aber in den letzten Tagen hatte ihm sein Kauf mehr Besuch beschert, als er im ganzen letzten Jahr in seiner Wohnung am Papagenoplatz gehabt hatte. Doch dann meldete sich sein schlechtes Gewissen. Herr Green konnte ja nichts für seinen nagenden Hunger oder die Sekretärin.

»Ich wollte gerade eine Kleinigkeit essen gehen«, sagte Bosch. »Begleiten Sie mich? Es sind nur ein paar Schritte.«

»Oh, ja – gern.« Green wirkte erfreut.

Sie verließen das Institut, stiegen über die durch Jahrhunderte glatt geschliffene rote Marmortreppe, deren breite, flache Stufen einst für Pferdehufe geschaffen worden waren, hinunter und traten auf die Gasse hinaus. Der Unterschied von den hohen, kühlen Räumen des ehemaligen Stadtpalais zur stickigen Hitze zwischen den eng stehenden Häusern der Altstadt war erdrückend. Bosch spürte, wie ihm der Schweiß ausbrach, sich zwischen seinen Schulterblättern sammelte und sein Rückgrat hinunterlief. Er zog sein Taschentuch hervor und wischte sich damit über die Stirn.

»Wo gehen wir hin?«, fragte Green und setzte seinen breitkrempigen weißen Strohhut auf, was ihm das Aussehen eines südamerikanischen Plantagenbesitzers gab. Die Hitze schien ihm jedenfalls nichts auszumachen.

Bosch zeigte in Richtung Alter Markt. »Da vorne ist ein schattiges Kaffeehaus«, sagte er. »Mit etwas Glück ergattern wir noch einen Platz im hinteren Teil des Gastgartens. Da können wir uns in Ruhe unterhalten.«

Ungeachtet der Touristenmenge marschierte Bosch los, kämpfte sich seinen Weg durch eine Reisegruppe, ignorierte mehrere fotografierende Japaner, ließ zwei im Schritttempo fahrende Fiaker passieren und steuerte unbeirrt auf den Pavillon zu, wobei er erneut feststellte, dass ihm seine ausladende Figur einen eindeutigen Wettbewerbsvorteil verschaffte. Herr Green hielt sich an seiner Seite, setzte jedoch auf eine andere Taktik, indem er sich elegant und ohne die Besucher der Stadt zu behindern durchschlängelte.

»Sie waren bei mir zu Hause?«, rief Bosch ihm zu. »Interessieren Sie sich für ein Bild?« Er nahm an, dass der Engländer seine Ausstellung in London gesehen hatte.

»Ich bin wegen der Villa gekommen«, antwortete Green.

Bosch dachte an das historische Bauwerk und den alten Park, an Bauträger und dröhnende Bagger. »Sie möchten die Villa kaufen?«, fragte er hoffnungsvoll. Dieser Engländer machte den Eindruck, als hätte er Sinn für Kultur und Tradition und als würde er die Villa Max-Trostberg nicht den schnöden Bauspekulanten opfern. »Ich gebe Ihnen die Nummer der Maklerin. Ich habe sie …« Bosch blieb stehen, klopfte auf die Taschen seiner leichten Leinenjacke. Er hatte die Nummer in sein Handy eingespeichert. Und wo war das schon wieder? Mit mehr Zuversicht, als er empfand, fügte er hinzu: »Ich habe die Nummer zu Hause, aber ich gebe Ihnen den Namen des Maklerbüros.«

Sie setzten ihren Weg fort und hatten knapp zehn Minuten später den Pavillon des Cafés erreicht.

Hinter dem schmiedeeisernen Geländer, das den Gastgarten zum Alten Markt abgrenzte, waren alle Tische besetzt. Kellner eilten durch den vollen Gastgarten, ein Kuchenfräulein beugte sich mit ihrem vollen Tablett zu einem älteren Ehepaar hinunter und zeigte mit der Kuchenschaufel auf ihr Angebot. Als sie den Kopf kurz hob und Boschs Blick begegnete, erschien ein Lächeln auf ihrem Gesicht. Sie hatte ihren Stammgast erkannt. Mit der Spitze der Kuchenschaufel deutete sie schnell über ihre Schulter, ehe sie sich wieder ihren Gästen widmete.

»Los, kommen Sie«, sagte Bosch und lief los.

Sie drängten sich zwischen den Tischen hindurch in den hinteren Teil des Gastgartens, fanden zwei Plätze unter den schattigen Bäumen an der kühlen alten Mauer der Residenz.

Bosch ließ sich auf einen der kleinen Stühle fallen. »Das wäre geschafft«, sagte er. »Es ist immer ein Kampf.«

Green lachte, nahm gegenüber Platz und legte seinen Strohhut auf den Stuhl neben sich. Dann lehnte er sich zurück, schlug ein Bein über das andere und verschränkte die Hände vor dem Bauch. Er wirkte selbstsicher, aber nicht aufdringlich. »Salzburg ist eine der schönsten Städte der Welt«, sagte er. »Ich bin gestern erst angekommen, aber diese Architektur hat mich bereits überwältigt.«

»Sind Sie zum ersten Mal hier?«, fragte Bosch höflich.

Darüber musste Green erst nachdenken. »Nein«, sagte er schließlich. »Ich bin erst einmal in Salzburg gewesen. Aber das ist schon sehr lange her.«

Der Kellner kam, und Bosch bestellte Schinkenfleckerl und ein Mineralwasser. Green nahm ein alkoholfreies Bier.

»Sie sind also wegen der Villa Max-Trostberg hier?«, fragte Bosch, der nun, mit der Aussicht auf sein Essen, deutlich entspannter und entgegenkommender war. »Die Villa steht derzeit leer, ist aber noch zu verkaufen, soweit ich weiß. Es gibt eine Erbengemeinschaft. Ich wohne im Kutscherhaus gleich daneben.«

Green winkte ab. »Sorry – ich suche kein Haus.«

Bosch hob die Brauen. »Wie kann ich Ihnen sonst helfen?«

»Ich lebe zwar in England«, sagte Green mit einem entschuldigenden Unterton, »aber meine Wurzeln sind – unter anderem – in Salzburg.« Jetzt fiel Bosch auf, dass Benjamin Greens Deutsch einen leichten Wiener Anklang hatte. »Ich bin Journalist und ein Verehrer des großen Stefan Zweig. Er hat ja auch in Salzburg gelebt, nicht? Natürlich liebe ich auch Mozart«, fügte er schnell hinzu. Jeder, der nach Salzburg kam, liebte schließlich Mozart. »Nur verstehe ich nicht viel von Musik. Ich bin ein Mann des geschriebenen Wortes.«

»Ach, wirklich«, sagte Bosch, der die in langen Sitzungen des Akademischen Rates erworbene Fähigkeit besaß, Gespräche, die ihn nicht interessierten, einfach auszublenden und dabei weiter aufmerksam zu wirken. Seine Gedanken waren wieder zu Kilian und dem Jägerzwerg zurückgekehrt.

Dem Steffi-Zwerg.

Der Kellner kam und stellte Bier, Mineralwasser und eine Gratin-Form mit den Schinkenfleckerln auf den Tisch. Der aromatische Geruch nach Muskatnuss verbreitete sich. Bosch häufte Nudeln, Schinken und Eiersahne auf seinen Teller. Mit der Diät konnte er schließlich auch ein andermal anfangen. Wahrscheinlich brauchte man da ohnehin einen Plan.

Green schenkte sich Bier ein. »Meine Großmutter hat eine Weile hier gelebt«, erzählte er in lockerem Plauderton. Boschs Desinteresse schien ihm gar nicht aufzufallen. »Sie hat so oft von Salzburg erzählt. Früher ist sie immer in die Festspiele gegangen. Sie hat übrigens sogar als junge Frau Hugo von Hofmannsthal kennengelernt.« Er machte eine Pause. »Ich glaube, ihretwegen wohne ich nun auch im Schloss Leopoldskron. Dort hat sie ihn und all die anderen getroffen.« Green schenkte Bosch ein kleines Lächeln, als wollte er sich für den Umstand entschuldigen, dass er in dem Luxushotel residierte, das nun das Schloss am Leopoldskroner Weiher beherbergte.

Bosch, der bereits ein paarmal an Lesungen in der alten, von Kerzenleuchtern erhellten Schlossbibliothek teilgenommen hatte, unterbrach seine Mahlzeit. Er liebte diesen Ort, hatte immer wieder Inspiration für seine Arbeit dort gefunden. Wenn er auf der Terrasse durch die Buchsbaumrabatten schlenderte und durch das von steinernen Pferdeköpfen mit Fischschwänzen eingerahmte Tor über das stille Wasser zu der Bergkette hinüberschaute, war ihm jedes Mal, als hörte er die feiernden Stimmen der Vergangenheit.

»Ihre Großmutter kannte Hofmannsthal noch persönlich?«

Hugo von Hofmannsthal war der Schöpfer des berühmten »Jedermann«. War er nicht Teil der Künstlergesellschaft gewesen, die sich in den dreißiger Jahren des 20. Jahrhunderts zur Festspielzeit bei dem Eigentümer von Schloss Leopoldskron, dem Regisseur Max Reinhardt, getroffen hatte?

»Und Max Reinhardt?«, setzte Bosch hinzu.

»Goldmann«, sagte Green. »Eigentlich hieß er Goldmann.« Seine Augen bekamen einen kalten Glanz. »Wussten Sie übrigens, dass Carl Zuckmayer bei einem seiner Besuche im Schloss seinen ›Hauptmann von Köpenick‹ extemporierte?«

»Nein, das war mir nicht bekannt«, sagte Bosch und leerte seinen Teller. »Kommt Ihre Großmutter noch gelegentlich nach Salzburg?« Er hatte das Gefühl, als steuerte die Unterhaltung auf einen Punkt zu, den Green von Anfang an im Auge gehabt hatte.

»Sie ist bereits vor ein paar Jahren verstorben.«

»Das tut mir leid zu hören«, sagte Bosch. »Wie kann ich Ihnen denn nun helfen?« Er legte die Serviette neben den Teller und lehnte sich zurück.

»Wie gesagt«, sagte Green. »Es geht um die Villa neben Ihrem Haus. Stefan Zweig lebte zwar in den dreißiger Jahren auf dem Kapuzinerberg. Von dort, so schreibt er, hatte er einen guten Blick auf das Bürgertum von Salzburg und, wie er es nennt, die ›vieltürmige Stadt‹.« Ein seltsames Lächeln spielte um seinen Mund. »Vor seiner Emigration war er des Öfteren in der Villa in Aigen zu Gast.«

»Die Villa hat einem bekannten Galeristen gehört.«

Green nickte. »Ich weiß, deswegen bin ich ja hier.«

»Sie kannten Leopold Max-Trostberg?«, fragte Bosch.

»Ich habe einiges von ihm gehört«, sagte Green etwas ausweichend, griff nach seinem Hut und drehte ihn eine Weile in den Händen. Er schien seine nächsten Worte abwägen zu wollen. »Ich schreibe gerade an einem Buch über Zweigs Jahre in Salzburg«, fuhr er schließlich fort und strich mit dem Zeigefinger über das schwarzseidene Hutband. »Und derzeit besuche ich die Schauplätze seines Lebens.«

Bosch bemerkte, dass sein Gast Linkshänder war. An seinem Handgelenk blinkte eine schwere goldene Armbanduhr, ein antikes Stück, wie man es fast nur noch bei Versteigerungen in den großen Auktionshäusern sah. Jetzt fiel ihm auch auf, dass Greens weißes Hemd genauso perfekt saß wie seine sandfarbene Hose. Zweifellos Maßarbeit und für einen Journalisten erstaunlich teuer.

»Sie suchen also den *genius loci*«, sagte Bosch.

»Den Geist des Ortes?« Green stutzte, dann lachte er.

»Könnte man so sagen, ja.« Etwas schien ihn bei dem Gedanken zu amüsieren. »Viele Künstler haben sich damals in Salzburg getroffen. Auch Thomas Mann und James Joyce haben Zweig in seinem Schloss am Kapuzinerberg besucht.« Er wedelte mit seinem Hut. »Wussten Sie übrigens, dass Nannerl Mozart früher dort oben als Klavierlehrerin gearbeitet hat?«

»Nein«, sagte Bosch. »Sie sprechen sehr gut Deutsch.«

»Ich habe in Wien Germanistik studiert«, sagte Green.

Der Kellner kam und räumte das Geschirr ab. Sie bestellten Kaffee und Apfelstrudel mit Schlagobers.

Benjamin Green wartete, bis der Kellner außer Hörweite war, dann fuhr er fort: »Ich möchte die Villa besichtigen.«

»Die Villa steht leer«, sagte Bosch. »Max-Trostbergs Witwe ist im Winter gestorben, das Haus soll verkauft werden.«

»Seine Witwe«, sagte Green nachdenklich.

»Es war seine zweite Frau. In erster Ehe war Max-Trostberg, so heißt es, mit einer Russin verheiratet.«

»Ja, ich weiß«, sagte Green.

»Die Ehe wurde jedoch geschieden«, sagte Bosch.

Green runzelte die Stirn. »Allerdings«, sagte er.

»Mit seiner zweiten Frau hatte Leopold Max-Trostberg zwei Kinder, doch die leben auch nicht mehr«, sagte Bosch.

Green zog die Brauen zusammen, wollte wohl etwas erwidern, doch der Kellner brachte den Kaffee und den Strudel. Eine Weile aßen sie schweigend.

»Ich war heute Morgen im Park der Villa, wollte mir das ganze Ensemble mal ansehen«, sagte Green schließlich. »Ich fürchte, Ihre Haushälterin hat mich dabei erwischt, wie ich um das Haus herumgeschlichen bin und Fotos gemacht habe.« Er griff nach seiner Kaffeetasse und schwenkte sie ein wenig im Kreis. »Das Haus hat eine einzigartige Aura. Als wäre es einst der Schauplatz einer interessanten Story gewesen. Man könnte dort William Shakespeare spielen. Vielleicht im Park eine Komödie – ›Ein Sommernachtstraum‹. Nein, ein Drama. Oder eine Tragödie.« In seinem Ton schien eine unausgesprochene Frage zu liegen. Green nahm einen Schluck Kaffee, beobachtete Bosch über den Tassenrand hinweg, als erwartete er eine Antwort von ihm.

»Alle alten Häuser haben ihre Geschichte«, sagte Bosch. »Hoffen wir, dass die Villa noch länger steht.« Er konnte einen Seufzer nicht unterdrücken.

»Warum?« Die Frage kam wie aus der Pistole geschossen.

Bosch zuckte die Schultern. »Wenn sich kein Käufer findet«, sagte er, »kommt wohl ein Wohnblock an ihre Stelle. Es ist eine der letzten historischen Villen in Aigen. Aber vielleicht ist das auch gut so. Dieses Haus scheint seinen Bewohnern kein Glück gebracht zu haben.«

»Ich freue mich, dass wir uns kennengelernt haben, Professor«, sagte Green und setzte die Kaffeetasse vorsichtig ab. Seine Miene war nachdenklich. Endlich räusperte er sich und fragte: »Glauben Sie, ich könnte mir die Villa einmal von innen ansehen?«

»Der Gärtner hat einen Schlüssel«, sagte Bosch.

Green blickte zu den Touristen hinüber, die sich am Gitter des Gastgartens vorüberschoben. Bosch betrachtete sein scharfes Profil mit der markanten Nase, die hohen Wangenknochen, die schwarzen Augen, die jetzt vor Konzentration halb zusammengekniffen waren. Er konnte geradezu sehen, wie es in Greens Kopf arbeitete. Und auf einmal hatte Bosch das Gefühl, als wären sie sich schon einmal begegnet. Ihm kam es sogar vor, als läge ihr Zusammentreffen noch gar nicht so lange zurück.

»Vielleicht sehen Sie sich die Villa doch unverbindlich einmal an?«, fragte Bosch. Die Aussicht auf einen kulturaffinen Nachbarn und interessante Gespräche im Park beflügelte ihn. »Es ist eine wunderbare Liegenschaft in einer traumhaften Lage.« Jetzt klang er schon wie seine Maklerin.

Green wandte ihm das Gesicht zu. »Nein.«

»Warum nicht?« Wenn dieser Mann im Schloss Leopoldskron residierte, war die Frage zumindest nicht abwegig.

»Sie gehört bereits meiner Familie«, sagte Green.

Bosch vernahm die Worte, doch es brauchte ein paar Sekunden, bis er ihren Inhalt begriff. »Die Villa gehört Ihnen? Aber die Erben –«

Green hob die Hand, unterbrach Boschs Einwand. »Von *Rechts wegen* gehört sie uns«, sagte er. »Leopold Max-Trostberg hat die Liegenschaft in den dreißiger Jahren erworben«, sagte er. »Mit dem Geld meiner Großmutter.«

»Ihrer …?«

»Darja Leonidowna Abramowa war seine erste Frau«, sagte Green. »Und sie ist meine Großmutter.«

Die junge schwarzhaarige Frau auf dem alten Foto.

Nascha Dascha, unsere Dascha.

»Dascha«, sagte Bosch.

Auf Greens Gesicht erschien ein warmes Lächeln, und auf einmal wusste Bosch, weshalb er ihm so bekannt vorgekommen war. Benjamin Green war seiner Großmutter wie aus dem Gesicht geschnitten. »Dascha«, sagte er. »Ja, so wurde unsere Babuschka in der Familie genannt.«

Bosch versuchte, seine Gedanken zu ordnen. Wenn Greens Familie die Liegenschaft in Aigen gehörte – von wem hatte er dann sein Kutscherhaus gekauft? Hatte er es überhaupt rechtmäßig erworben? »Max-Trostbergs Erben wohnen in Berlin.«

Greens Gesicht wurde hart. »Ich weiß«, sagte er.

»Dann verstehe ich nicht …?«

Green verschränkte die Hände wieder auf dem Bauch, eine Geste, die ihm eigen zu sein schien. »Die Familie meiner Großmutter lebte in Sankt Petersburg«, sagte er. »Mein Urgroßvater war Bankier. Während der Russischen Revolution versuchte die Familie zu flüchten. Dascha war da noch ein Kleinkind und wurde kurzerhand mit ihrer russischen Amme in die Schweiz vorausgeschickt. Auch ein großer Teil des Vermögens konnte zu einem Schweizer Bankhaus, zu dem Geschäftsbeziehungen bestanden, transferiert werden. Darunter Schmuck und eine Ikone. Ich weiß, das ist ungewöhnlich für eine jüdische

Familie, aber die Ikone war angeblich ein Geschenk der Zarenfamilie.« Seine schwarzen Augen verengten sich. »Daschas Eltern jedoch warteten mit dem Aufbruch zu lange, sie und die älteren Kinder starben bei einem Pogrom.« Green machte eine Pause. Als er weitersprach, war sein Ton voller Bitterkeit. »Leider hatte Dascha mit achtzehn Jahren die schlechte Idee, Leopold Max-Trostberg zu heiraten. Sie war sehr hübsch, und sie hatte viel Geld. Ich nehme an, das half ihm, über ihre Abstammung hinwegzusehen.«

Darja Leonidowna Abramowa.

»Ich verstehe«, sagte Bosch.

»Die Ehe ging so weit ganz gut«, sagte Green. »Bis zum Anschluss Österreichs an Deutschland. Dascha musste wieder flüchten. Die Schweiz schien ihr nicht sicher genug – ihr Vermögen war inzwischen auch in Österreich –, deshalb versuchte sie es diesmal mit England. Sie war der festen Überzeugung, Leopold würde ihr Vermögen aus Österreich nach England transferieren und nachkommen. So war jedenfalls die Abmachung.« Green leerte seine Kaffeetasse auf einen Zug. »Damit ihr Mann die Rechtsgeschäfte durchführen konnte, überschrieb sie ihm vor der Abreise ihren ganzen Besitz. Auf die Flucht nahm sie nur etwas Bargeld und Schmuck mit.«

Bosch nickte. Ein Jude musste damals größere Vermögen bei der »Devisenstelle« anmelden, eine »Reichsfluchtsteuer« und eine »Judenvermögensabgabe« bezahlen. Soweit Bosch sich erinnerte, war das jedes Mal ein Viertel des Vermögens. Waren die »Steuerschulden« nicht einzutreiben, wurde das Vermögen beschlagnahmt. Einschließlich aller Kunstwerke und ganzer Sammlungen. Und so nahm der Kunstraub Fahrt auf.

Bosch hatte allerdings vor dem Kauf seines Kutscherhauses im Stadtarchiv recherchiert. »Leopold Max-Trostberg hat die Villa in Aigen bereits vor dem Anschluss gekauft«, sagte er. »Knapp, aber doch.«

»Ja, natürlich – aber mit Daschas Geld«, sagte Green. »Und

dann ließ er sich in ihrer Abwesenheit scheiden. Das taten damals viele, die in einer sogenannten Mischehe lebten. Die Nürnberger Gesetze machten es möglich.«

»Und Max-Trostberg behielt das Vermögen«, sagte Bosch.

»Natürlich, das ganze.« Green gab einen verächtlichen Laut von sich. »Das war das Startkapital für seine erste Galerie in Wien. Die er für einen Spottpreis von einer Kunsthändlerin übernahm, die auf gepackten Koffern saß.«

»Und er hat nicht einmal den Warenwert bezahlt?«

»Natürlich nicht.« Green verzog den Mund. »Außerdem hätte eine jüdische Ehefrau Max-Trostbergs Geschäften geschadet, er war schließlich auf dem Weg nach ganz oben in der braunen Gesellschaft, hat später sogar im Privatauftrag der neuen Herren Kunstschätze in den besetzten Kriegsgebieten zusammengerafft und selbst arisiertes Vermögen gehortet.« Er gab einen verächtlichen Laut von sich. »Nach 1945, als die Preise für Kunst durch die Decke gegangen sind, hat er behauptet, die Sachen aus jüdischem Besitz während des Krieges zum damals eben niedrigeren Marktpreis gekauft zu haben.«

»Das haben alle Kunsträuber behauptet«, sagte Bosch.

»Allerdings«, sagte Green. »Nach dem Krieg, so Max-Trostberg, sind die Preise exorbitant gestiegen, weil Sammler in der unsicheren Währungssituation in Kunst investiert haben.« Er kniff den Mund zusammen.

»Unsinn«, sagte Bosch, der Kunsthistoriker. »Man brauchte das Raubgut später nur zum wahren Wert zu verkaufen. Die Differenz war dann der Gewinn.« Er machte eine Pause. »Und was geschah mit Ihrer Großmutter?«

»Dascha hat sich mit ihren Sprachkenntnissen über Wasser gehalten«, sagte Green und lachte. »Welche geheime Tätigkeit sie während des Krieges für die Engländer ausgeübt hat – darüber hat sie bis zuletzt geschwiegen. Aber sie sprach neben Englisch auch perfekt Deutsch und Russisch.« Er zuckte die Schultern. »In jenen Zeiten war das Gold wert.«

»Und sie hatte ein Motiv für ihre Arbeit.«

»In der Tat.« Green nickte. »Später hat sie auch wieder geheiratet.« Ein schmales Lächeln spielte um seinen Mund. »Nur nach Österreich ist sie nie wieder gefahren.«

»Die Galerie wird von Max-Trostbergs Partner weitergeführt«, sagte Bosch. »Von Nikolaus Kuhn. Kennen Sie ihn?«

»Nein, tut mir leid«, sagte Green. »Der Name sagt mir überhaupt nichts.« Er warf einen schnellen Blick auf die Uhr. »Oh, nein, schon halb drei – sorry, Professor, ich habe Sie wirklich lange genug aufgehalten. Und in einer halben Stunde beginnt mein Termin auf dem Mönchsberg.«

»Im Stefan-Zweig-Zentrum, nehme ich an?«

»Richtig«, sagte Green. »In der Edmundsburg.« Er machte dem Kellner ein Zeichen. »Sie sind natürlich mein Gast.«

»Ich werde sehen, was ich für Sie tun kann«, sagte Bosch, noch immer unter dem Eindruck der letzten Stunde. »Der Gärtner hat einen Schlüssel zur Villa. Er hat bestimmt nichts dagegen, wenn Sie einen Blick in das Innere werfen. Wenn Sie mir Ihre Nummer geben, rufe ich Sie an.«

»Ich melde mich bei Ihnen«, sagte Green.

Der Kellner trat an den Tisch, die Rechnung in der Hand. Green zog ein Portemonnaie aus Straußenleder aus der Tasche und zahlte. Das Trinkgeld schien großzügig bemessen zu sein, denn der Kellner verbeugte sich, ehe er ging.

Green steckte das Portemonnaie ein. »Ich melde mich«, wiederholte er. »Und jetzt brauche ich ein Taxi.«

Seite an Seite spazierten sie über den Residenzplatz, wo eine Horde Jugendlicher den großen Barockbrunnen belagerte und kreischend unter dem Wasserstrahl, der sich aus den Nüstern der Marmorpferde ergoss, planschte. Zwei Hunde jagten um einen fahrenden Fiaker herum, der Kutscher wedelte mit der Peitsche und schimpfte, doch seine Worte gingen in dem babylonischen Geschnatter der Touristen unter. Vor dem »Café Glockenspiel« standen mehrere Reisegruppen aus Japan Schlange. Es war Hochsommer und die Stadt am Überkochen.

Bosch zeigte Benjamin Green den Taxistand neben dem Museum Carolino Augusteum, schlug jedoch das gut gemeinte Angebot einer Mitfahrt aus und machte sich stattdessen auf den Weg in Richtung Mozartsteg.

Er hatte beschlossen, für heute nicht mehr ins Institut zurückzukehren, sondern stattdessen einen Spaziergang nach Aigen zu unternehmen. Das Gespräch mit Green hatte ihn aufgewühlt, er musste in Ruhe darüber nachdenken.

Während er über den Mozartsteg und die Salzach entlang nach Süden wanderte, ging er im Kopf noch einmal durch, was er über Leopold Max-Trostberg und seine Geschäfte nach dem Krieg wusste. Bosch hatte sich nie beruflich mit Raubkunst befasst, war aber immer wieder als Gutachter hinzugezogen worden, wenn es sich um ein Werk handelte, dessen Provenienz nicht mehr geklärt werden konnte, dessen Echtheit aber zertifiziert werden sollte.

Auch für diverse Museen hatte er schon gearbeitet.

Als Fachmann hatte er natürlich gewusst, dass viele Bilder eine gefälschte Herkunftsbezeichnung hatten, dass Zwischenhändler unterschlagen worden waren – ja, bestimmt auch Leopold Max-Trostberg –, um zweifelhafte Rechtsgeschäfte zu verschleiern, und dass Kunstwerke in den Inventarlisten berühmter Museen und staatlicher Sammlungen zwar vermerkt, aber in Bestandskataloge nicht aufgenommen worden waren. Obwohl alle Kunstwerke nach 1945, ob gekauft oder beschlagnahmt, restituiert und den rechtmäßigen Eigentümern oder ihren Rechtsnachfolgern zurückgegeben werden mussten.

Man hatte sie versteckt.

Nein, unterschlagen.

Offiziell hatte man die Kunstwerke so vor dem schnellen, unbefugten Zugriff nach dem Krieg retten wollen, ihre Provenienz klären und sie – *selbstverständlich* – irgendwann und irgendwo irgendwelchen rechtmäßigen Eigentümern zurückgeben wollen. Wenn die sich denn gemeldet hätten und ihre Ansprüche hätten nachweisen können.

Aber die Gier war größer gewesen.

Es war Kunstwäsche, nichts anderes.

Als die Jahrzehnte ins Land gingen, man sich an den Anblick der teuren Werke gewöhnt hatte, sie gedanklich schon ins Eigentum übergegangen waren, wurden sie sang- und klanglos in den Bestand integriert und ausgestellt.

Wer von den rechtmäßigen Eigentümern wusste davon?

Wo kein Kläger, da kein Richter.

Die Archive, die eine Zeit lang für Recherchen offen gestanden hatten, wurden noch fünfzig Jahre nach Kriegsende unzugänglich gemacht. Die Zeit arbeitete für die Täter.

Bosch biss die Zähne zusammen, ging schneller.

Kunstwäsche!

Verdammt, du hast davon gewusst!

Ja, er hatte davon gewusst. Und es einfach hingenommen. Erst jetzt, nach dem Gespräch mit Green, nach der Geschichte von Darja Max-Trostberg, die in der Villa neben seinem Kutscherhaus gewohnt und die man um ihr Familienvermögen gebracht hatte, bekam das Verbrechen ein Gesicht.

Während Bosch unter den schattigen Bäumen am Salzachufer nach Aigen lief, beschloss er, sich selbst noch einmal intensiver mit dieser Materie zu befassen. Und die Recherche über Max-Trostberg nicht einem Doktoranden zu überlassen. Es war zu wichtig. Und möglicherweise auch zu gefährlich. Vielleicht waren der Kauf des Kutscherhauses, die Nachbarschaft zur ehemaligen Villa des kriminellen Kunsthändlers und nicht zuletzt seine neue Bekanntschaft mit Benjamin Green ein Auftrag für einen Experten wie ihn.

Bosch beschloss, noch einmal mit Green zu sprechen. Schloss Leopoldskron. Er würde eine Nachricht im Hotel hinterlassen, wenn er mit Kilian eine Besichtigung der Villa für den Enkel von Dascha Max-Trostberg organisiert hatte.

Als Bosch endlich durch das große Gartentor den Park betrat und zu seinem Kutscherhaus ging, schlug es von der Aigner

Kirche gerade die volle Stunde. Vier Uhr, Kilian arbeitete immer bis fünf.

Bosch blieb stehen und blickte zur Villa hinüber.

Die Eingangstür war geschlossen. Der Müllberg unter dem Vordach schien weder gewachsen noch abgetragen worden zu sein. Alle Fenster waren zu, auch die Luke, die Kilian, wenn er auf dem Dachboden arbeitete, immer öffnete, um die unter den schwarzen Schindeln gestaute Hitze ins Freie zu lassen.

Das alte Waffenrad, das sonst immer gut sichtbar an einer Hausecke lehnte, war ebenfalls nicht da. Die Villa machte einen seltsam verlassenen Eindruck.

Bosch wunderte sich.

Er war um sechs aufgestanden, hatte in der Kühle des Morgens gearbeitet und war gegen halb zehn ins Institut gegangen. Normalerweise war Kilian da bereits in der Villa. Jetzt fiel Bosch auf, dass er den Gärtner am Morgen weder gesehen noch gehört hatte. Das Aufschlagen der Kartons und das Schleifen der Plastiksäcke waren zu einer Geräuschkulisse geworden, die, ähnlich wie ein ständig dahinplätschernder Bach, nur noch im Unterbewusstsein wahrgenommen wurde. Erst ihr plötzliches Fehlen weckte wieder Aufmerksamkeit.

Bosch bekam ein mulmiges Gefühl.

War Kilian überhaupt zur Arbeit erschienen?

Normalerweise radelte Kilian am späten Nachmittag los, um die Pflanzen in seiner Gärtnerei noch mit ausreichend Wasser zu versorgen. Es war ein besonders heißer Tag gewesen, möglicherweise war Kilian heute früher gegangen. Sehr wahrscheinlich sogar. Und natürlich hatte Bosch am Morgen nicht nach dem alten Fahrrad Ausschau gehalten. Bestimmt war Kilian bei der Arbeit gewesen.

Das mulmige Gefühl ließ sich nicht abstellen.

Bosch entschied, nicht länger zu warten, sondern sofort einen Abendspaziergang mit seinem Hund zu machen – wozu war er schließlich nach Aigen gezogen? –, und bei der Gelegenheit bei Kilian in der Gärtnerei vorbeizuschauen.

Bosch ging zum Kutscherhaus und schloss auf.
»Anna? Ich bin's!«

Er erhielt keine Antwort. Anscheinend war die Haushälterin bereits gegangen. Das einzige Geräusch, das Bosch hörte, war das Quietschen der Federn des alten Sofas. Dann ein dumpfer Plumps auf den Dielen und schließlich das eilige Trappeln von scharfen Krallen. Im nächsten Augenblick sprang der Hund an ihm hoch.

»Warst du etwa schon wieder auf dem Sofa?«, fragte Bosch mit gespieltem Ärger. »Und wo steckt Anna?«

Der Hund ließ von Bosch ab, schüttelte sich und trabte an ihm vorbei in den Garten hinaus. Anscheinend wusste auch er nicht, wo Kilian oder Anna steckten. Bosch schloss die Tür ab und folgte ihm.

»Hund«, rief er, »wir gehen spazieren!«

Der Hund ließ sich in den Schatten der Blutbuche fallen, hob nur den Kopf und fing an zu hecheln.

»Na los, was ist? Wir müssen zu Kilian.«

Der Hund hechelte stärker, als wollte er seinem Herrn klarmachen, dass mit ihm nicht zu rechnen sei. Dann legte er den Kopf auf die Vorderpfoten und blinzelte träge.

Bosch wurde schwankend.

Er konnte genauso gut bis zum nächsten Morgen warten, es eilte ja nicht. Und wenn Kilian dann auch nicht kam? Vielleicht war er krank, verletzt oder brauchte Hilfe. Er war ein alter Mann, und Bosch hatte ihn nie von einer Ehefrau oder einer Familie reden hören.

Auf dem Dach der Villa begann eine Amsel ihr Abendlied.

Auf einmal wurde Bosch bewusst, dass er der einzige Mensch in diesem weiten Park mit der leer stehenden Villa war. Er war kein ängstlicher Mensch, aber die Unruhe, die ihn vor ein paar Minuten erfasst hatte, war immer noch da.

Wo war Kilian?

Das Bier liegt auf Eis, das läuft nicht weg.

Da half nur eins – er musste sich Klarheit verschaffen.

»Pass wenigstens aufs Haus auf«, sagte Bosch.

Der Hund streckte sich zufrieden und schloss die Augen.

Bosch schüttelte den Kopf und machte sich auf den Weg.

Die Gärtnerei des Kilian Moser befand sich nicht weit vom Schlosswirt entfernt, ein wenig versteckt am Fuß des Gaisbergs. Nur ein grünes Schild mit einer aufgemalten Sonnenblume und einem altmodischen Schriftzug wies den Weg zu einer Einfahrt, die von zwei Steinsäulen eingefasst war. Ein hohes schmiedeeisernes Tor wurde von einer rostigen Eisenkette zusammengehalten. Dahinter führte ein unbefestigter Weg zwischen bunten Blumenbeeten und ordentlich aufgereihten Kübelpflanzen – Oleander, Palmen und Zitronen – um eine Biegung. Die warmen Sommermonate ließen mediterrane Pflanzen gedeihen, die Salzburg einen Hauch von Meran verliehen.

Als Bosch an das Einfahrtstor trat, bemerkte er, dass die Eisenkette nur locker um die geschmiedeten Akanthusblätter, die das Gitter zierten, gelegt war. Ein Kettenende hing herab, darin eingehakt war ein offenes Schloss. Hinter dem Tor lehnte Kilians altes Waffenrad.

Der Gärtner war also da und arbeitete.

Bosch griff nach der Kette. Dabei fiel ihm auf, dass die Enden nach außen hingen. War Kilian weggegangen? Er zog die Kette heraus und stieß das Tor auf.

Der Weg zwischen den Pflanzen war staubig, die Erde hart und an manchen Stellen rissig. Die Blumen links und rechts des Weges wirkten welk von der Hitze des langen Tages. Die Zitronenbäume standen in voller Pracht, aber die lanzenförmigen Blätter der Oleander wanden sich bereits, und die langen, peitschenartigen Zweige beugten sich matt dem knochentrockenen Boden entgegen. Hier hatte heute noch niemand Wasser versprengt.

Der Weg machte eine Biegung, Bosch konnte an seinem Ende eine Gartenhütte aus rissigen Brettern erkennen. An den kleinen Fenstern hingen Blumenkästen mit roten Geranien, auf der Hausbank standen mehrere Gießkannen, neben der verschlossenen Tür lag ein aufgerollter Gartenschlauch. Das Ganze wirkte verlassen.

Bosch blieb stehen. »Kilian?«

Nichts rührte sich.

Bosch drehte sich um. *»Kilian?«*

Jetzt hörte er endlich als Antwort ein Geräusch. Es kam von einem Wiesenstück hinter einer Reihe von halbhohen Thujen. Bosch spürte, wie ihn eine Welle der Erleichterung durchströmte. Was hatte er sich nur eingebildet? Es wurde Zeit, dass die verlassene Villa mit ihrer dunklen Geschichte endlich wieder eine Familie beherbergte und er nicht mehr allein an diesem Ort wohnte. *Genius loci.* Wahrlich.

Ein Krächzen kam von der kleinen Lichtung. Bosch hielt zügig darauf zu, er hatte es gewusst, Kilian war krank.

»Kilian – gilt das Angebot mit dem Bier noch?«

Als Antwort erhob sich hinter den Thujen heftiges Gekreisch. Dann stieg eine große Krähe in die Luft, schlug ein paarmal mit den Flügeln und verschwand laut zeternd in Richtung Gaisberg.

Bosch beschleunigte seine Schritte, bog um die Thujen, die wie schwarzgrüne Wächter vor dem Wiesenstück Spalier zu stehen schienen. Scharfer Nadelgeruch stieg ihm in die Nase, und er musste niesen.

Und dann entdeckte er den Gärtner.

Bosch blieb wie angewurzelt stehen, wollte weglaufen, konnte sich jedoch nicht rühren. Seine Glieder waren wie eingefroren. Entsetzt über den Anblick, abgestoßen und fasziniert zugleich, starrte er auf das grausame Stillleben, das vor seinen Augen arrangiert worden war.

Kilian Moser saß mit weit gespreizten Beinen auf dem einzigen Stück Rasen, das nicht gemäht war und auf dem Unkraut und wilde Blumen ein anarchisches Durcheinander bildeten. Mit dem Rücken lehnte er an einem verwitterten Steinsockel, auf dem eine klobige Steinfigur stand.

Es war ein Zwerg mit einem federgeschmückten Hut.

In den Händen hielt er einen gespannten Bogen, mit dem er auf Bosch zielte. Der Jagdhund, der neben ihm saß und zu ihm aufsah, reichte ihm bis zum Gürtel.

Der Jägerzwerg.

Das Gesicht des Zwerges war verstümmelt, das rechte Auge ausgeschlagen, die knollige Nasenspitze zur Hälfte abgebrochen. An Stelle des Mundes gähnte ein schwarzes Loch, in dem nur noch ein paar Zähne kreuz und quer standen.

Dort, wo Stefanie Max-Trostbergs Hammer die Figur getroffen hatte, waren die Abbruchkanten heller als der restliche Stein, erinnerten an das kaum verheilte Narbengewebe echter Haut und verliehen dem Zwerg eine unheimliche Lebendigkeit.

Bosch spürte, wie sich seine Muskeln verkrampften.

Ein neuerliches Krächzen fesselte seine Aufmerksamkeit.

Auf Kilians Kopf hockte eine Krähe.

Der Galgenvogel hatte seine Krallen in den dicken, ehemals weißen, jetzt zu ihren Füßen rot verfärbten Haarschopf geschlagen. Bei Boschs Anblick duckte sie sich angriffslustig über dem Loch im Schädel, als wollte sie ihre Mahlzeit verteidigen, und starrte dem Störenfried aus bösen Augen entgegen.

Bosch spürte, wie seine Knie weich wurden.

Kilian trug seine Gärtnerschürze, die er bei der Gartenarbeit immer anhatte und die ehemals blau und nun schwarzglänzend verfärbt war. Aus dem blutverkrusteten Hemdkragen ragte ein zerfetztes Stück Fleisch, das einst der Hals gewesen war. Kilians Gesicht dagegen hatte alle Farbe verloren, war weiß und schien blutleer. Die Leichenblässe gab Kilian das Aussehen einer jener lebensgroßen Puppen, mit denen im Wachsfigurenkabinett die Moritaten längst vergangener Zeiten dargestellt wurden. Nur an ein paar Stellen, dort, wo der Schnabel des Vogels auf das tote Fleisch eingehackt hatte, zeigten sich dunkle Löcher. Das linke Auge starrte seelenlos zum Himmel empor. Das rechte fehlte. Statt des Augapfels war nur eine blutige Höhle zu sehen, das, was die Krähen übrig gelassen hatten, ehe Bosch sie bei ihrem furchtbaren Mahl gestört hatte.

Die Verstümmelung verlieh dem Gärtner eine entsetzliche Ähnlichkeit mit dem zerstörten Gesicht des Zwerges, das einen Meter darüber hämisch, ja, fast triumphierend grinste.

Bosch ließ seinen Blick an der Leiche hinabwandern.

In den im Schoß gekrümmten Händen hielt Kilian einen Säbel. Das Blut auf der Klinge war zu dem gleichen Dunkelrot gestockt wie das der seidigen Fransen, die von dem Säbelgriff hingen und über die toten Finger der rechten Hand flossen, die den Griff umschlossen. Die Fingerspitzen seiner Linken lagen entspannt auf der Schneide, mit einer Leichtigkeit und Grazie, als wollte er vorsichtig die Schärfe der Klinge prüfen.

Bosch wusste, dass die Klinge an einer Seite durchgehend und an der anderen Seite ein Stück vor der Spitze geschliffen war. Es war eine militärische Waffe, keine Zierde. Das letzte Mal, als er sie gesehen hatte, steckte sie in dem Müllberg vor der Villa Max-Trostberg.

Den hat die erste Gnädige mitgebracht.

Der Opa soll bei den Husaren gewesen sein.

Jemand hatte den alten Degen geholt, um Kilian Moser damit die Kehle durchzuschneiden. Es war ein Mord, aber es sah wie eine Hinrichtung aus.

Die Krähe breitete ihre Flügel aus, flatterte und kreischte wütend. Im nächsten Augenblick erhob sie sich in die Luft und schoss so dicht über Boschs Kopf dahin, dass er den kühlen Luftzug ihrer Schwingen spüren konnte.

SECHS

Die Wirkung des Alkohols ließ sie schweben.

Anna stand vor der Eingangstür der Villa Max-Trostberg, hatte sich noch mit einem Schluck Wodka aus dem Flachmann in ihrer Jackentasche Mut angetrunken. Wodka machte keine Alkoholfahne. Inzwischen reichten ihr die ein oder zwei Gläser Rotwein am Abend nicht mehr, um zur Ruhe zu kommen und die Nacht durchzuschlafen. Nach der unerfreulichen Begegnung mit Kilian am Vortag hatte sie am Abend gleich einen etwas großzügigeren Schlaftrunk genommen. Allerdings beruhigte auch am Tag ein gelegentlicher Schluck ihre Nerven, wie sie bemerkt hatte. Aber natürlich konnte sie schlecht mit einer Weinflasche unter dem Arm zur Arbeit erscheinen. Noch dazu, wo der Professor überhaupt keinen Alkohol zu trinken schien. Den silbernen Flachmann, klein, handlich und leicht, hatte sie in einem Antiquitätengeschäft im Andräviertel gefunden. »Windischgarsten Oktober 1929« stand auf der Vorderseite. Darunter war ein von Eichenlaub umrahmter großer Hirsch eingraviert, der ein Kreuz zwischen den Geweihstangen trug und den Trinker eindringlich anblickte. Sie hatte behauptet, ein Geburtstagsgeschenk zu kaufen, damit der Ladenbesitzer nicht dachte, er hätte eine Säuferin vor sich.

Mein Mann ist nämlich Jäger, wissen Sie?

Ja, da wird er sich freuen – ist ein antikes Stück.

Sie hatte den Flachmann mit kochendem Wasser ausgespült und mit Silberpolitur auf Hochglanz gerieben. Jetzt war er fast zu schön, um ihn heimlich mit sich herumzutragen. Wenn diese Sache vorbei war, wenn sie ihre Kinder gefunden hatte, wenn sie den Wodka nicht mehr brauchte, würde sie das gute Stück tatsächlich verschenken. Das hatte sie sich fest vorgenommen. Vielleicht diesem Benjamin Green. An den dachte sie öfter.

Und der sah aus, als wüsste er stilvolle Dinge zu schätzen. Der Flachmann fasste zweihundertfünfzig Milliliter.

Anna trug eine Strickjacke, doch sie fröstelte trotzdem. In der Nacht hatte das Wetter umgeschlagen, wie so oft um diese Jahreszeit. Über die Grate des Untersbergs hatte sich eine grauweiße Schneedecke gesenkt, und auch wenn sie noch dünn war und die Felsen wie schartige Messerschneiden hindurchstachen, so war es doch bereits ein Gruß des nahenden Herbstes mit dem dahinter lauernden Winter. Auf einmal war das Ende dieses scheinbar endlosen heißen Sommers absehbar. Annas Beharrlichkeit beim Erreichen ihres großen Zieles hatte sich bereits ausgezahlt. In ihrer linken Jackentasche steckte der Flachmann. In der rechten lag die Holzperlenkette.

Und der Schlüssel!

Sie hatte sich mit der Hausarbeit extra beeilt. Der Professor würde den ganzen Tag im Institut sein, wenn er nach Hause kam, sollte er ein perfekt aufgeräumtes Haus vorfinden. Und nicht nach ihr suchen. Dies war die lang ersehnte Gelegenheit, sich diskret in der Villa umzusehen.

Anna griff in die Jackentasche und umschloss das kalte Eisen des alten Schlüssels fest mit ihren Fingern. Fast fünfzehn Jahre hatte sie auf diesen Augenblick gewartet, doch nun zögerte sie. *Wen die Götter strafen wollen, dem erfüllen sie seine Wünsche.* Hieß es nicht so? Was, wenn sie wirklich einen Hinweis auf ihre Kinder fand? Marlenes Mütze? Einen Schuh von Moritz? Ein paar vertrocknete Kastanien?

Aber nicht auf die Straße laufen, hört ihr?

Nein, Mami, versprochen.

Fein, dafür basteln wir nachher zusammen, ja?

Anna war, als hörte sie die hellen Stimmen ihrer Kinder hinter der geschnitzten Eingangstür. Wie viel hatte sie getrunken? Sie biss die Zähne zusammen und widerstand der Versuchung, noch einen allerletzten Schluck Wodka zu nehmen. Stattdessen zog sie den Schlüssel aus der Tasche und beugte sich zum Türschloss hinunter. Unter dem geschmiedeten Vordach war es schattig, sodass sie die Augen etwas zusammenkneifen musste, um mehr erkennen zu können.

Und dann sah sie es.

Das alte Schloss hatte frische Kratzer. Hell und silberfarben zeichneten sie das anthrazitfarbene Metall an der Stelle, an der jemand ein Stemmeisen an der Kante zwischen Schloss und Türrahmen angesetzt hatte. Eine zickzackförmige Spur verlief dort, wo das Werkzeug bei dem Versuch, die Tür aufzuhebeln, abgeglitten war, wie eine hässliche Risswunde.

Anna fuhr zurück, schnappte nach Luft.

Einbrecher – jemand ist im Haus gewesen!

Und wer war damals auf dem Dachboden?

Sie streckte den Zeigefinger aus und tippte vorsichtig gegen die Tür. Fast erwartete sie, dass diese wie in einem Horrorfilm leise quietschend aufschwang. Doch nichts geschah. Entweder der Einbrecher hatte die Tür nach seiner Tat wieder zugezogen, oder er hatte es gar nicht geschafft, sie zu öffnen. Sie spürte, wie sich ihre Nackenmuskeln verspannten. Angst kroch in ihre Glieder – was, wenn der Typ noch im Haus war? Aber sie wusste, dass eine Mutter, dass sie, Anna, nie aufgeben durfte.

Trotzdem hatte sie ein ungutes Gefühl.

Sie holte den Flachmann hervor und trank ein paar Schlucke Wodka. Der Alkohol breitete sich in ihrem Mund wie ein brennender See aus, rann ihre Speiseröhre hinunter und entfachte ein wohltuendes Feuer in ihrem Magen. Es war eine angenehme Hitze, die Mut machte und die Geisterstimmen in ihrem Kopf zum Schweigen brachte. Anna ließ den Flachmann in ihre Jackentasche zurückgleiten und fuhr sich mit dem Handrücken über den Mund.

Dann steckte sie den Schlüssel ins Schloss.

Die Tür ging leicht auf, und sofort schlug ihr die muffige, staubgeladene Luft eines seit Monaten unbewohnten Wohnraums entgegen. Und dann betrat Anna zum ersten Mal in ihrem Leben über die Marmorschwelle das Haus.

In ihrer Kindheit hatte es für sie, die Tochter der Büglerin, immer nur den Dienstboteneingang auf der Hinterseite der Villa, gleich neben dem Abgang ins Souterrain, wo die Küche mit dem Speisenaufzug zum Esszimmer lag, gegeben. Nur einmal, als Frau Caroline mit den Kindern zum Sommerurlaub bereits in ihr Ferienhaus in Südfrankreich vorausgefahren war, hatte Anna alle Verbote missachtet, war heimlich durch die Räume der Villa gewandert und hatte sich wie Alice im Wunderland gefühlt. Die Ortskenntnisse würden ihr jetzt nützlich sein. Anna drückte die Tür hinter sich zu und blickte sich um.

Das Entree.

Die hohe Eingangshalle der Villa Max-Trostberg hatte nichts von ihrer einschüchternden Wirkung eingebüßt. Marmorplatten bedeckten in einem schwarz-weißen Schachbrettmuster den Boden. In der Mitte stand noch immer der schwere runde Tisch, auf dem, wie sich Anna erinnerte, früher Leuchter, Blumen und ein Silberteller für die Visitenkarten der Gäste gestanden hatten. Jetzt lag nur eine Staubschicht auf der einst glänzenden Holzplatte. An den Wänden hingen noch ein paar Landschaftsbilder, andere fehlten. Ihre Rahmen hatten leere Vierecke auf der zartgelben Wand hinterlassen.

Anna ging weiter, ihre Absätze klapperten auf dem Marmorboden, der Ton hallte unter der hohen Stuckdecke. Irgendwo klappte ein Fenster. Oder eine Tür? Das Geräusch war von oben gekommen – vielleicht vom Dachboden?

Anna blieb wie angewurzelt stehen.

Ihr Herzschlag beschleunigte sich. Angespannt lauschte sie in die Tiefe des Hauses hinein. Jemand hatte sich Zutritt zur Villa verschafft, und das so unbefugt wie sie selbst. Die Minuten vergingen. Doch alles blieb still. Wahrscheinlich hatte sie sich geirrt. Oder sie hatte die Wirkung des Wodkas unterschätzt. Oder der Luftzug aus der Eingangshalle hatte wohl eine Zimmertür zufallen lassen. Sie entspannte sich wieder.

Anna ging weiter und betrat den großen Wohnraum.

Der grüne Salon.

Auf dem Fischgrätparkett lagen noch die riesigen Perserteppiche, die einst im Schnee ausgeklopft worden waren, eine schwere Arbeit, für die das ganze Personal herangezogen worden war. Die Sitzgruppen, Tische und Kommoden waren mit Leintüchern bedeckt. In mehreren Waschkörben stapelten sich Silberleuchter, Zinnteller und mit Zeitungspapier umwickelte Päckchen. Der große Spiegel in dem geschnitzten Goldrahmen, der über dem Kamin an der gegenüberliegenden Wand hing, war noch da und warf Anna ihr entferntes Spiegelbild zu. Sein staubbedecktes Glas wirkte wie ein Weichzeichner, trotzdem konnte Anna sehen, wie verloren und fehl am Platz sie unter der hohen Tür wirkte.

Das ist die Anni, die Tochter von unserer Elfi.

Niemand bügelt Hemden so faltenfrei wie unsere Elfi.

Unsere Elfi, unser Hannerl – so hießen Dienstboten.

Anna biss die Zähne zusammen und blickte sich weiter um. An den jagdgrünen Wänden hingen vereinzelt schwarz-weiße Stiche, Städteansichten und Landschaften.

Wien, Salzburg, Altaussee und der Traunstein.

Irritiert ließ Anna ihren Blick im Kreis wandern.

Als sie ein Kind war, waren die Wände üppig mit großen Ölgemälden in leuchtenden Farben behängt gewesen. Kühne Kunstwerke mit phantastischen Darstellungen, die sich der kleinen Anna ins Gedächtnis gebrannt hatten. Dicht an dicht und bis unter die Decke hatten sie die Wände bedeckt.

Gefällt es dir, Anni?

Salonhängung heißt das, oder Petersburger Hängung.

Herr Leopold hatte sie erwischt, als sie wie in einem Museum überwältigt von Wand zu Wand gewandert war. Aber er war sehr nett gewesen, hatte sie nicht in die Waschküche zu ihrer Mutter zurückgeschickt, wo sie eigentlich Handtücher hätte falten sollen, sondern hatte ihr jedes Bild erklärt.

Kandinsky, Kirchner, Franz Marc – und wie weiter?

Anna hatte sich nicht alle Namen, die Herr Leopold erwähnt hatte, merken können. Dass die Bildersammlung sehr wertvoll war, hatte sie jedoch bereits auf den ersten Blick begriffen. Wo waren all die wunderbaren Gemälde hingekommen? An den Wänden waren keine rechteckigen Schatten zu sehen, die Stiche mussten also schon länger hier hängen. Aber natürlich ging sie das nichts an. Schon ihre Mutter hatte ihr eingebläut, dass die Entscheidungen der Herrschaften das Personal nicht zu interessieren hatten.

Anna wandte sich nach rechts, wo sich eine Wendeltreppe zu einer Galerie hinaufdrehte und wo die Wand eine Reihe Arkaden aufwies, unter denen mehrere Doppelflügeltüren in die anderen Räume des Erdgeschosses führten.

Esszimmer, gelber Salon, Bibliothek, Musikzimmer.

Das Herrenzimmer mit dem Humidor für die Zigarren.

Und so weiter und so fort.

Dass sie hier im Erdgeschoss Aufschluss über das Schicksal ihrer Kinder finden würde, glaubte Anna jedoch nicht. Nach fünfzehn Jahren konnte sie nur noch hoffen, dass die Täterin etwas vergessen oder übersehen hatte. Etwas, was anderen Menschen so lange Zeit unverdächtig erschienen war, aber der Mutter einen wertvollen Hinweis geben konnte. Auch die Dienstbotenkammern und das Bügelzimmer unter dem Dach konnte sie vergessen. Stefanie Max-Trostberg wäre nie auf die Idee gekommen, diese Welt, die ein ganzes Universum von ihrem eigenen entfernt lag, zu betreten. Wahrscheinlich hatte sie nicht einmal gewusst, dass es sie gab.

Anna beschloss, sich die Privaträume der Familie im ersten Stock vorzunehmen. Hier hatte Steffi gewohnt, mit ihren Eltern und ihrem kleinen Bruder, der bei einem Unfall ums Leben gekommen war. Und mit Helene, der »Perle«.

Unsere Leni ist der gute Geist des Hauses.

Unsichtbar und stets zu Diensten, eine echte Perle.

Nach dem Tod des kleinen Jungen hatte Leni angeblich eine Menge Geld bekommen. Der schreckliche Anblick des toten Kindes hatte sie schwer traumatisiert. Kein Wunder, dass sie nicht mehr unter dem Dach der Villa wohnen konnte. Und auch hier hatte sich die Familie äußerst verständnisvoll und großzügig gezeigt. Es hatte zwar missgünstige Munkeleien gegeben, aber Anna wusste inzwischen selbst, in welche Abgründe eine Menschenseele stürzen konnte. Außerdem war Leni ganz allein im Haus gewesen, hatte gerade warme Handtücher geholt, als es passiert war. Die Eltern hatten mit Steffi die Allerheiligenmesse im Dom besucht. Aber August war erkältet gewesen, hatte nicht mitgehen können, sondern stattdessen ein heißes Bad nehmen müssen. Dass Caroline und Leopold Max-Trostberg dem armen Kindermädchen nie einen Vorwurf zum Tod ihres Sohnes gemacht, sondern, ganz im Gegenteil, seine Umsicht bei der polizeilichen Untersuchung sogar noch in den höchsten Tönen gelobt hatten, nötigte Anna wider Willen Respekt ab. Nur das viele Geld wunderte sie. Es wirkte fast wie eine Belohnung.

Das ehemalige Schlafzimmer des längst verstorbenen Hausherrn war bis auf die Möbel leer. Auf dem Bett lag eine nackte Matratze, die Teppiche waren noch da, aber alle Bilder und Ziergegenstände fehlten, genau wie die üblichen Utensilien im Bad. Hier war vor Jahren aufgeräumt worden.

Caroline Max-Trostbergs Zimmer, Boudoir, Ankleidezimmer und Bad waren noch immer so, wie sie sie an jenem Dezembertag vor vielen Monaten verlassen hatte. Es roch nach Staub, und eine Spur von dem Maiglöckchen-Parfüm, an das sich Anna aus ihrer Kindheit erinnerte, hing noch in der Luft.

Anscheinend ging Kilian bei seiner Entrümpelung methodisch vom Keller zum Dachboden vor, denn die Sachen, die sie gesehen hatte, waren ziemlich altmodisch gewesen, hatten bestimmt der ersten Frau Max-Trostberg gehört. Eine Russin, die ihren Mann hatte sitzen lassen. Trotzdem hatte »unsere Elfi« ihre Kleidung all die Jahre pflegen müssen.

Darja Leonidowna Abramowa.

Auf einmal fiel Anna der lang vergessene Name wieder ein. Er hatte mit fast verblichener Tinte auf dem Etikett im Inneren eines Schrankkoffers gestanden. In lateinischer Schrift und wohl darunter in kyrillischen Buchstaben.

Dascha.

So habe man sie gerufen, hatte ihre Mutter erzählt. Den Namen hatte Anna sich gemerkt. Er hatte ihr so gut gefallen, dass sie ihn sich für ihre Tochter gemerkt hatte. Sollte sie einmal eine haben. Peter war dagegen gewesen.

Anna verließ Carolines Reich und ging die Galerie weiter entlang, die dicken Teppiche schluckten das Geräusch ihrer Schritte. Sie öffnete die Türen zu mehreren mit schweren Antiquitäten eingerichteten Gästezimmern. Auch aus diesen Räumen schlug ihr muffige Luft entgegen. Die Villa Max-Trostberg hatte schon lange keine Gäste mehr gesehen.

Und dann entdeckte Anna ein hellblaues Kinderzimmer, eingerichtet für einen kleinen Jungen. Das Bett war mit blau karierter Wäsche bezogen, am Kopfende saßen zwei von vielem Gebrauch abgeschabte Teddybären neben einem achtlos hingeworfenen Pullover. Auf dem Boden lagen Spielzeugautos, ein wildes Durcheinander, als hätte ihr Eigentümer für einen Augenblick das Zimmer verlassen, um gleich wiederzukommen und weiterzuspielen. Ein großes rotes Auto stand auf dem Fensterbrett, die Scheinwerfer auf die Tür gerichtet, als wartete es auf die Rückkehr seines Besitzers. An den Wänden hingen gerahmte Aquarelle aus dem Kinderbuch »Pu der Bär«.

Anna, die Hand auf der Türklinke, schauderte.

Dies musste das Zimmer des toten Jungen gewesen sein. Seine Mutter hatte es nicht geschafft, Abschied zu nehmen. Genau wie Anna selbst. Nein, schalt sie sich. Caroline Max-Trostberg hatte die Leiche ihres Kindes gesehen, hatte ein Grab zum Trauern gehabt. Marlene und Moritz lebten wahrscheinlich noch. Deswegen war sie ja hier. Mit etwas mehr Druck als nötig schloss sie die Kinderzimmertür.

Das nächste Zimmer war ein Bad mit einer eisernen Badewanne auf Klauenfüßen. Ob das Unglück hier passiert war?

In diesem Moment hörte sie das Geräusch.

Es kam von irgendwo über ihrem Kopf und klang wie das Knarzen alter Holzbohlen. Leise. Heimlich. Als schliche dort oben jemand herum. Auf einmal war wieder alles still.

Der Dachboden.

Eine Erinnerung stieg in Anna hoch, und eine eisige Hand legte sich auf ihr Herz und drückte unbarmherzig zu. An jenem Sonntag, an dem ihr jemand Marlenes Kette geschickt hatte, hatte das Dachfenster erst offen gestanden. Doch als Anna sich umgedreht hatte, war es verschlossen gewesen.

Ein kaum zu bändigender Fluchtreflex erfasste sie. Alles in ihr drängte sie dazu, die Treppe hinunterzulaufen und aus diesem unseligen Haus zu rennen. Hektisch sah sie sich um. Es blieb nur noch eine Tür auf der Galerie. Das musste das Zimmer der verdammten Stefanie gewesen sein. Wenn Anna auch bisher keinen Hinweis auf den Verbleib ihrer Kinder gefunden hatte, dort musste einer sein.

Auf einmal war sie sicher, dass das eine mit dem anderen zu tun hatte. Und dass, wer immer an jenem Tag dort oben gelauert hatte, etwas wusste. Nein, sie war so weit gekommen, hatte so viel auf sich genommen – Flucht kam überhaupt nicht in Frage. Eine heiße Welle der Entschlossenheit durchströmte sie, verlieh ihr neue Kraft.

Marlene und Moritz, Mama kommt.

Anna lauschte noch einmal, doch nun war nichts mehr zu hören. Vielleicht hatte sie sich getäuscht. Oder der Alkohol hatte die Wirklichkeit verzerrt.

Wie viel hatte sie überhaupt schon getrunken?

Anna zog den Flachmann aus der Tasche und wog ihn in der Hand. Nein, da waren noch mindestens drei Viertel drinnen. Also machte ein kräftiger Schluck jetzt gar nichts aus. Im Gegenteil, er würde ihr den Mut zurückgeben, der sie in den letzten Minuten fast verlassen hätte.

Sie schraubte den Flachmann auf und nahm einen großzügigen Zug. Sofort spürte sie, wie sich wieder diese angenehme Wärme in ihr ausbreitete und ihre Knie etwas weich wurden.

Sie steckte das Silberfläschchen in die Tasche zurück. Der Boden schwankte ein wenig unter ihr, aber dann beruhigte er sich wieder. Nun schien er ihr sogar noch fester als zuvor. Sie selbst fühlte sich stark.

Na bitte, das ist doch schon viel besser.

Jetzt blieb nur noch das Zimmer von Stefanie Max-Trostberg übrig. Anna steuerte auf die letzte Tür auf der Galerie zu und drückte die Klinke herunter. Sie lauschte noch einmal, doch wer immer auf dem Dachboden war, lief nicht mehr herum. Dank des Wodkas fürchtete sie sich jetzt ohnehin nicht mehr, aber um sich einen Fluchtweg freizuhalten, ließ sie zur Sicherheit die Tür zur Galerie offen stehen. Dann betrat sie das Zimmer.

Auch dieser Raum war mit Antiquitäten eingerichtet. Auf der linken Seite stand ein nicht bezogenes Bett. Auf der gegenüberliegenden Seite befand sich ein großer geschnitzter Kleiderschrank, ein schwarzes Ungetüm, das den ganzen Raum verdüsterte. Ein Biedermeierschreibtisch, ein Kleiderständer, gefällige Stiche an den Wänden. Ein Pensionszimmer hätte nicht unpersönlicher sein können.

Anna spürte die Enttäuschung geradezu körperlich.

Sie hatte nichts gefunden, ihre Suche war gescheitert.

Nein, halt – wo hatte die elende Steffi nun gewohnt?

Hieß es nicht, dass Täter etwas aufbewahrten, das ihren Opfern gehört hatte, das sie an sie erinnerte und ihnen erlaubte, ihre Verbrechen immer wieder und wieder im Geist zu wiederholen? Bei dem Gedanken erfasste Anna blanker Hass.

Caroline Max-Trostberg hatte, das wusste jeder in Aigen, ihre missratene Tochter im Haus eingesperrt gehalten. Niemand hatte das Mädchen mehr gesehen, seit es aus Afrika zurückgekehrt war. Bis zu ihrem Tod. Hatte Caroline um ihr Kind getrauert, wie Anna es um Marlene und Moritz tat? Oder war sie erleichtert gewesen? Wahrscheinlich Letzteres, dachte Anna boshaft. Sie fing an zu lachen, fühlte sich großartig. Der Wodka lief warm durch ihren Körper, beflügelte ihren Geist und verlieh ihr Mut. Und dann hatte sie eine geniale Eingebung. Wo sollte Caroline ihre gefährliche Tochter schon unterbringen, um sie vor den Augen der Familie und der Gäste sicher zu verbergen? Dort, wo die feinen Mitglieder ihrer Gesellschaftsschicht nie hinkamen. In einem Land, das sie ignorierten und niemals betraten.

Auf dem Dachboden.

Anna schüttelte den Kopf, schalt sich selbst einen Dummkopf. Darauf hätte sie natürlich schon früher kommen können. Mit ihrer Suche in den öffentlichen Räumen der Villa hatte sie nur ihre Zeit verschwendet. Schnell und wie beflügelt lief sie aus dem Zimmer und den Gang entlang, an dessen Ende sich die Tapetentür befand, die sie aus ihrer Kindheit her so gut kannte und hinter der sich eine schmale, steile Holztreppe verbarg, die in das Reich der Dienstboten hinaufführte. Zu den Unberührbaren, zu denen anscheinend auch die Tochter des Hauses in ihren letzten Lebensjahren gehört hatte. Jedoch nicht durch ihre Geburt, sondern wegen ihrer Taten.

Die Tapetentür mit der diskreten Messingklinke war noch da. Sogar der bestickte Glockenzug, mit dem man das Personal jederzeit herabrufen konnte, hing noch neben dem Türrahmen. Anna fasste den abgegriffenen Stoffstreifen und zog probeweise daran. Sofort ertönte über ihrem Kopf ein entferntes Glockenklingeln. Fast erwartete sie, eilfertige Schritte die knarrende Holztreppe herablaufen zu hören. Sie ließ den Glockenzug los, öffnete die Tapetentür und stieg den engen Aufgang zum Dachboden hinauf.

Unter dem Dach der Villa Max-Trostberg stand noch die Luft der letzten heißen Wochen. Die dicken Dachbalken, die von der Decke gefährlich tief in den Raum ragten, waren staubbedeckt. Hier hatte sich Caroline Max-Trostberg das Genick gebrochen. Was hatte sie auf dem Dachboden gesucht?

Anna blickte sich um.

Die Luft war stickig, und auf den rohen Holzbohlen des

Vorraums, von dem die Kammern der Dienstboten abgingen, lag genau wie auf den Balken eine dicke Staubschicht. Doch hier war sie an vielen Stellen zertreten, wohl dort, wo Kilian bei seiner Arbeit herumgelaufen war. Anna fragte sich, was es in den ärmlichen Räumen schon zu holen gab.

Wo sollte sie selbst anfangen?

Die offene Dachluke fiel ihr ein, die sie an jenem unseligen Tag gesehen hatte, als jemand heimlich Marlenes Kette vor das Kutscherhaus gelegt hatte. Die Luke gehörte zu dem Raum zu ihrer Rechten. Von dort hatte man einen freien Blick zum Kutscherhaus und über fast das ganze Grundstück. Wahrscheinlich hatte, wer immer hier oben gelauert hatte, gewartet, bis er sicher gewesen sein konnte, dass die Kette gefunden wurde. Dann hatte er die Dachluke geschlossen.

Anna ging die wenigen Meter nach rechts und öffnete eine einfache Holztür. Dahinter lag eine Mansarde mit einer Dachgaube. Hier standen, höchst ungewöhnlich für eine Dienstbotenkammer, Antiquitäten. Doch sie waren nicht aufeinander abgestimmt oder geschmackvoll arrangiert wie im Rest der Villa. Es sah eher nach einem Trödelladen aus. Der Eindruck wurde noch durch die Tatsache verstärkt, dass nur kleine Möbelstücke hier oben Platz fanden und das ganze Mobiliar abgewohnt und dadurch schäbig wirkte.

Auf dem Bett aus dunklem Holz lag eine blaue Matratze, die an vielen Stellen Flecken aufwies. Ein schmaler Kleiderschrank war von Kratzern gezeichnet, die nicht durch normalen Gebrauch entstanden sein konnten, sondern dem alten Holz absichtlich zugefügt worden sein mussten. Vor dem Fenster stand ein kleiner Tisch, dessen Platte, das sah Anna sogar von der Tür aus, mit Farbklecksen bedeckt war. An den Wänden waren mit Klebefilm Zeichenblätter befestigt, auf denen unbeholfene, mit Wasserfarben und Kohle gemalte und gezeichnete Landschaften und Porträts zu sehen waren.

Über dem Bett hing der missglückte Versuch eines Madonnenbildes in Schwarz und dem stumpfen Gold, das man auf Weihnachtskarten sehen konnte. Die Muttergottes hatte ein Mondgesicht, riesige Augen und lange Hände. Das Kind auf ihrem Schoß hatte abstehende Ohren, ein rundes Gesicht und riesige Nasenlöcher und erinnerte an ein Schwein. Alle Konturen waren wie von Kinderhand schwarz umrandet.

Anna sah zu dem Dachfenster hinüber.

Hier hatte gestanden, wer die Holzperlenkette ihrer kleinen Tochter fünfzehn Jahre lang aufbewahrt hatte und das Schicksal ihrer geliebten Kinder kannte. Vor dem Fenster hing ein dünner Spitzenvorhang schlaff in der muffigen Luft.

Anna wollte gerade zu der Dachluke gehen und einen Blick hinauswerfen, als der Vorhang anfing, sich zu bewegen. Sanft schwang er in der stehenden Luft hin und her.

Anna zwinkerte irritiert, doch noch bevor sie sich über den Anblick klar werden konnte, bemerkte sie eine leise Bewegung hinter ihrem Rücken, spürte einen menschlichen Atem in ihrem Nacken. Ihr Herz fing an zu rasen, doch sie konnte sich nicht bewegen, ihre Glieder waren wie gelähmt. Anna ballte die Fäuste, sammelte allen Mut, wollte sich umdrehen.

In diesem Augenblick traf sie von hinten der Schlag.

SIEBEN

Anna war nicht da.

Als Bosch nach stundenlangen Fragen in der Salzburger Polizeidirektion, die endlich in einem langen Protokoll geendet hatten, am Nachmittag nach Hause kam, fand er die Tür des Kutscherhauses verschlossen vor. Das enttäuschte ihn zwar – er hatte sich auf ein warmes Mittagessen gefreut –, wunderte ihn aber nicht. Noch nicht. Immerhin konnte Anna bei ihrem Einkauf etwas vergessen haben und war zum Supermarkt gelaufen. Oder sie war mit dem Hund spazieren gegangen.

Bosch schloss die Tür auf und trat in den Flur.

Das Haus roch nach Putzmitteln, die Garderobe war penibel aufgeräumt, die Hundeleine ringelte sich wie eine Schlange um das ordentlich eingerollte Halsband auf der Ablage unter seinen Mänteln. Nirgends lag ein Stäubchen.

Bosch beschlich ein ungutes Gefühl.

Anna war eine ausgezeichnete Haushälterin, doch das Haus machte nicht nur einen geputzten, sondern geradezu einen verlassenen Eindruck. Als hätte jemand für Ordnung gesorgt, bevor er sich auf eine lange Reise begab. Oder seine Angelegenheiten ordnen wollte.

Bosch begann sich Sorgen zu machen.

Anna hatte nicht mehr mit ihm über ihre Kinder oder die Holzkette gesprochen. Aber wer wusste schon, was in ihrem Kopf vorging? Hatte sie sich auf eigene Faust auf die Suche gemacht? Oder hatte sie am Ende ihre Hoffnung und damit ihren Lebensmut verloren? Daran wollte er gar nicht erst denken.

Bosch ging in die Küche.

Schränke, Ablageflächen und Armaturen blitzten. Auf dem Küchentisch stand ein Krug mit Dahlien in aggressiven Farben. Rot, Lila, Orange. Der Strauß wirkte etwas zerrupft.

Aber seit wann schmückte Anna das Kutscherhaus mit Blumen? Neben die Vase hatte sie gut sichtbar sein Handy gelegt. Wo hatte sie es wohl wieder gefunden? Neben dem Apparat lag ein Zettel mit der Mitteilung, es befänden sich Wurstsalat im Kühlschrank und frische Semmeln im Einkaufskorb. Der Hund sei gefüttert worden und habe seinen Kalbsknochen erhalten. Kein Hinweis darauf, wann Anna vorhatte, wiederzukommen. Oder ob überhaupt.

Etwas schabte hinter Bosch an der Küchentür.

Den Zettel in der Hand, fuhr er herum, aber es war nur der Hund, der die Tür mit der Schnauze aufgestoßen hatte und nun seinen Herrn eindringlich anstarrte. Seine Stirn über den bernsteinfarbenen Augen war in mehrere Reihen tiefer Dackelfalten gelegt. Anscheinend bereitete die Abwesenheit seiner Hüterin – oder zumindest der strenge Putzgeruch im ganzen Haus – auch ihm Sorge.

»Wo steckt unsere Anna, Hund?«, fragte Bosch.

Der Hund rührte sich nicht, fixierte ihn nur weiterhin.

Bosch seufzte und legte den Zettel auf den Küchentisch zurück. Sein Blick fiel auf das Handy. Sollte er Anna anrufen? Sie hatten zwar fixe Dienstzeiten vereinbart, aber solange die Arbeit gemacht und der Hund versorgt wurde, war es Bosch herzlich egal, wann Anna da war. Bisher hatte er weder Gelegenheit gehabt, ihr von Kilians Tod zu erzählen, noch, dass er den Morgen in der Polizeidirektion verbringen würde. Bestimmt hatte sie damit gerechnet, dass er im Institut sein würde, und ihm deshalb, wie so oft, einfach ein spätes kaltes Mittagessen hingestellt.

Bosch griff nach dem Telefon, wog es in der Hand.

Wenn er jetzt anrief, würde das dann nicht nach Kontrolle aussehen? Und wenn schon. Er machte sich Sorgen, obwohl er sich sagte, dass dazu kein Grund bestand. Doch er konnte den Anblick des entsetzlich zugerichteten Leichnams einfach nicht vergessen. Bosch wäre beruhigter gewesen, wenn er gewusst hätte, dass Anna gesund und munter war.

Er schaltete das Handy ein. Das Display zeigte einen unbeantworteten Anruf an. Eine unbekannte Nummer, darum konnte er sich später kümmern. Er suchte in den Kontakten nach »Bachmann, Anna«. Dann drückte er auf die Anruftaste. Als das vertraute Rufzeichen ertönte, entspannte sich Bosch ein wenig. Normalerweise meldete sich Anna sofort und nahm seine Wünsche entgegen. Es läutete viermal, dann schaltete sich die Mailbox ein. Anna Bachmann sei derzeit leider nicht erreichbar, würde aber durch eine Nachricht von seinem Anruf informiert werden. Auch das war ungewöhnlich. Entweder das Handy war abgeschaltet, oder es hatte keinen Empfang. Er legte auf.

Bosch starrte aus dem Küchenfenster in den Park.

Zwei Krähen stolzierten über den Rasen, den wohl nun so bald niemand mehr mähen würde. Ihr schwarzes Gefieder schillerte bläulich. Die kräftigen scharfen Schnäbel ruckten im Takt der Schritte vor und zurück. Bosch schauderte, fragte sich, ob einer davon wohl der Vogel war, den er am Tag zuvor von Kilians Leiche aufgescheucht hatte.

Galgenvögel.

Auf allen Bildern von Richtstätten saßen die schwarzen Unglücksvögel, warteten voller Gier auf ihr nächstes Mahl, die unglücklichen Delinquenten.

Bosch dachte wieder an Kilian.

Er sah das stille, wachsweiße Gesicht vor sich. Ich schweige für immer, schien es sagen zu wollen, sei klug und schweige auch du. Die Lage des Toten hatte etwas Arrangiertes, Künstliches, ja, fast gewollt Ästhetisches gehabt. Wer immer Kilian Moser umgebracht hatte, hatte den Körper nicht verschwinden lassen wollen, sondern ihn im Gegenteil geradezu ausgestellt.

Wie zur Mahnung und Abschreckung.

So wie man früher die Gehenkten an den Galgen hatte baumeln lassen, bis ihre Glieder zerfielen. Bosch dachte an die zahlreichen Bilder der Gerichteten und ihre Maler.

Jacques Callot, Francisco de Goya, Otto Dix.

Ja, es war eine Exekution gewesen. Der Täter hatte seinem Opfer sogar das Richtschwert in die Hände gelegt.

Sieh her, was passiert, wenn …

Ja, wenn was?

Wem galt die Botschaft? Wen hatte der Täter abschrecken wollen? Worin war Kilian Moser, der langjährige Gärtner des kriminellen Galeristen Leopold Max-Trostberg, verwickelt gewesen? Hatte er von den dubiosen Kunstgeschäften gewusst, oder war er gar daran beteiligt gewesen? Dann gab es noch einen weiteren Mitwisser, der wollte, dass darüber geschwiegen wurde. Doch warum gerade jetzt? Nach so vielen Jahren des erfolgreichen Vertuschens? Bosch gab sich selbst die Antwort.

Weil ein neugieriger Kunsthistoriker hier wohnt.

Weil für die Villa ein anderer Eigentümer gesucht wird.

Die Dinge entwickelten sich auch für ihn mal wieder in eine gefährliche Richtung. Seine Lage erinnerte ihn an den vermaledeiten Sommer am Wolfgangsee. Etwas braute sich zusammen, das er nicht fassen, nicht aufhalten konnte. Er hatte das Gefühl, als zöge ihm jemand den Boden unter den Füßen weg, ja, als entglitte ihm die Kontrolle über sein Leben.

Bosch wurde heiß.

Es war Ende August, und seit Tagen war eine Kaltfront im Gebirge angekündigt, aber die Hitzewelle in der Stadt schien einfach nicht abebben zu wollen.

Auch im Kutscherhaus stand die warme Luft. Jetzt machten sich die einfache Bauweise und die Vergangenheit als Stallung bemerkbar. Im Winter würde es durch die alten Kastenfenster in die kleinen Räume ziehen, würden die Außenwände Kälte abstrahlen. Wenn Bosch hier wohnen bleiben wollte, musste er die Fenster abdichten, eine moderne Heizung einbauen oder das Haus überhaupt isolieren. Doch auf einmal war er nicht mehr sicher, ob er das wollte.

Er nahm ein Glas aus einem der Oberschränke und ließ es

mit kaltem Wasser volllaufen. Durstig leerte er es in wenigen Zügen. Danach fühlte er sich ein wenig besser.

Die Sorge um Anna blieb.

Nachdem Bosch am Vorabend Kilians Leiche gefunden hatte, war er panisch und am ganzen Leib zitternd auf die Straße hinausgerannt, hatte das erste Auto mit wild fuchtelnden Armen angehalten und die junge Frau am Steuer angeschrien, sie solle den Notruf wählen. Zusammen hatten sie auf das Eintreffen der Polizei gewartet. Der Notarzt hatte Kilians Tod festgestellt und sich anschließend um Bosch gekümmert. Nein, Bosch hatte keine psychologische Betreuung gewollt. Er hatte zugesagt, am nächsten Tag in der Polizeidirektion zu erscheinen und seine Aussage zu machen.

Dann war er nach Hause gegangen.

Anna war nicht mehr da gewesen.

Er hatte sich an seine Staffelei gesetzt und bis in die frühen Morgenstunden gemalt. Nach einem kurzen, unruhigen Schlaf war er wie zerschlagen aufgewacht, hatte lange unter der Dusche gestanden, als könnte er mit dem warmen Wasser alle Erinnerungen abwaschen. Anschließend war er zur Polizei gefahren, um das Protokoll aufzunehmen. Irgendwann musste Anna am Morgen zum Dienst erschienen sein, das Haus geputzt und die Nachricht geschrieben haben.

Bosch dachte an Kilian und dann an Anna.

Anna hatte nichts mit der dunklen Vergangenheit der Villa Max-Trostberg zu tun. Aber das Schicksal ihrer Kinder war eine fixe Idee von ihr. Es sah ihr ähnlich, das Kutscherhaus noch einmal tadellos geputzt und sich dann auf die Suche gemacht zu haben. Wahrscheinlich irrte sie ohne jeden Plan auf dem Gaisberg herum. Je länger Bosch darüber nachdachte, desto wahrscheinlicher wurde dieses Szenario. Zum ersten Mal dachte er, dass Anna recht haben könnte.

Und wenn ihr auch etwas passiert ist?

So wie Kilian?

Musste er nicht eine Vermisstenanzeige aufgeben? War er dazu überhaupt befugt? Anna war erwachsen, sie konnte gehen, wohin sie wollte. Und wenn sie beschlossen hatte, nie mehr an ihren Arbeitsplatz im Kutscherhaus zurückzukehren, so stand ihr natürlich frei, das zu tun. Außerdem mussten wohl ihre Angehörigen so eine Anzeige machen.

Bosch fiel auf, dass er nicht einmal wusste, ob Anna überhaupt Familie hatte. Sie hatte immer nur von ihren verschwundenen Kindern gesprochen.

Hilflos starrte Bosch auf das Telefon in seiner Hand. Die unbekannte Nummer auf dem Display stach ihm ins Auge.

Um nicht ganz untätig zu bleiben, drückte er die Wahltaste. Vielleicht hatte Anna ja von einem anderen Apparat aus angerufen. Eine freundliche Frauenstimme meldete sich.

»Hier ist die Galerie Nikolaus Kuhn. Leider rufen Sie uns außerhalb unserer Geschäftszeiten an. Diese sind –«

Bosch legte genervt auf.

Von der Tür kam ein leises Winseln. Der Hund stand immer noch im Türrahmen, sein Blick war fordernd. Wer wusste, wie lange Anna ihn im Haus eingesperrt hatte? Und auf einmal hielt auch Bosch es nicht mehr länger im Kutscherhaus aus. Ein langer Spaziergang würde seinen Kopf wieder frei machen und die düsteren Gedanken verscheuchen.

»Einen Augenblick«, sagte Bosch zu seinem Hund.

Er wählte noch ein letztes Mal Annas Nummer. Als sich wieder nur die Mailbox meldete, hinterließ er die Bitte, sich umgehend zu melden, und wollte das Handy schon ausschalten, als ihm die Nummer der Galerie Kuhn wieder ins Auge stach. Wollte Kuhn ihn nicht als Maler vertreten?

Wir haben sehr gute Kontakte zum asiatischen Markt.

Da liegt die Zukunft im Kunstgeschäft.

Wenn Sie sich die Zeit nehmen und vorbeischauen wollen, dann stelle ich Ihnen ein paar Sammler vor, die für Sie in Frage kommen.

Nikolaus Kuhn war zwar der Juniorpartner von Leopold

Max-Trostberg gewesen, für eine Beteiligung an dessen Machenschaften war er jedoch zu jung. Und Max-Trostberg war seit fast dreißig Jahren tot.

Bosch fand, dass es Zeit wurde, sich wieder um seine eigenen Belange – und da vor allem um seine Karriere – zu kümmern, statt die Nase in die Angelegenheiten anderer Leute zu stecken. Es war auf alle Fälle ungefährlicher.

Er warf einen Blick auf die Uhr. Gleich drei. Jetzt müsste die Galerie wieder öffnen.

»Wir gehen in die Stadt«, teilte er dem Hund mit.

Draußen im Park hatte sich die Atmosphäre verändert. Die Luft war wie warmer, zähflüssiger Sirup. Auch wenn die Temperatur nicht gesunken zu sein schien, so war die trockene Hitze doch einer feuchten Schwüle gewichen. Der Himmel über den Bergen hatte einen gelblichen Schimmer bekommen, und das Massiv des Untersbergs schien schwarz und nah die Stadt zu bedrohen.

Der Wetterumschwung kündigte sich doch noch an.

Bosch ging den Weg zum Gartentor hinunter, als der Hund auf einmal stehen blieb. Er wandte den Kopf zur Villa zurück, hob witternd die Nase und knurrte leise. Bosch drehte sich um, kniff die Augen zusammen, um besser zu sehen, konnte jedoch nichts Verdächtiges entdecken. Die Villa wirkte so still und verlassen wie immer.

»Was ist los?«, fragte Bosch. »Ist da jemand?«

Der Hund machte auf der Hinterpfote kehrt und stürmte zur Villa zurück. Vor dem Eingang schnüffelte er aufgeregt auf dem Boden, sein Schwanz peitschte hin und her. Das tat er immer, wenn sich eine Katze oder ein Eichhörnchen in sein Revier gewagt hatten.

»Hund!«, rief Bosch, allerdings ohne große Hoffnung.

Der Hund rannte um die Villa herum, verschwand für mehrere Minuten, kam wieder, blickte die Fassade empor.

Bosch fasste sich in Geduld.

Sein Blick fiel auf die Zwergin und die zwei Lämmer. Die Rosen zu ihren Füßen waren fast verwelkt. Zwischen einzelnen Blütenköpfen mit braunen Rändern hingen schon erste Hagebutten. Wie stets schienen ihn die moosigen Augen der Steinfigur zu beobachten.

Die Schäferin und ein Jäger.

Ich nenne ihn den Steffi-Zwerg.

Bosch verdrängte das grausame Bild der zerschlagenen Züge des Jägerzwergs und seine Spiegelung auf dem Gesicht der Leiche zu seinen Füßen. Er dachte lieber an den Tag, an dem er mit Kilian gesprochen und an dem sie die Kisten vor dem Haus gemeinsam durchgesehen hatten. Auf einmal war ihm, als hörte er die Stimme des alten Gärtners.

Der Herr Leopold hat das Zwergen-Paar gekauft, aber der Frau Caroline hat es nie gefallen. Irgendwann wurde dann doch noch die Schäferin aufgestellt. Muss so um die Geburt der Steffi herum gewesen sein.

Bosch hatte ein Foto von Caroline und ihren Kindern mitgenommen. Und mehrere Alben. Jetzt lagen sie, noch immer ungeöffnet, im Wohnzimmer des Kutscherhauses.

Der Hund stand regungslos und mit gespitzten Ohren auf dem Rasen vor der Villa, als wäre er selbst zu einer Steinfigur geworden, und starrte zum Dach hinauf.

Auf der Rasenfläche hatten Caroline und ihre Kinder Ball gespielt. Auch auf dem Bild war es Sommer gewesen, vielleicht einer der letzten sorglosen Tage, ehe der kleine Junge den tödlichen Unfall gehabt hatte.

Doch etwas an der Aufnahme, ein Panorama fast der ganzen Liegenschaft, erinnerte sich Bosch jetzt, hatte ihn irritiert. Der Besuch von Nikolaus Kuhn hatte ihn jedoch damals abgelenkt, sodass er nicht weiter nachgedacht hatte. Was war falsch an dem Bild?

Bosch rief sich die Ansicht ins Gedächtnis. Und auf einmal wusste er, was es war.

Die Schäferin und die Lämmer fehlten auf dem Foto.

Muss so um die Geburt der Steffi herum gewesen sein.

Die Aufnahme zeigte Stefanie Max-Trostberg im Alter von elf oder zwölf Jahren. Damals hatte es weder das Rosenrondell gegeben noch die Barockzwergin in seiner Mitte. Warum hatte Kilian behauptet, dass die Figur zehn Jahre früher aufgestellt worden war? Weil er alt war und seine Erinnerung lückenhaft? Nein, Kilian war bei klarem Verstand gewesen, hatte sich sogar an alle Details der Max-Trostberg'schen Familienchronik erinnert. Die Geschichte mit der Zwergin hatte er ungefragt erzählt.

Kilian hatte ihn bewusst angelogen.

Die Barockfiguren waren wertvoll, lange verschollen oder überhaupt unbekannt gewesen. Wo hatte Leopold Max-Trostberg sie aufgestöbert? Und zu welchen Konditionen hatte er sich die Skulpturen verschafft? Vielleicht hatte Kilian etwas mit ihrer möglicherweise zweifelhaften Herkunft zu tun und wollte ihren Weg in den Park der Villa verschleiern.

Bosch runzelte die Stirn, starrte die Zwergin an. Ihre Miene schien ihm auf einmal hämisch. Kilian hatte ihm etwas mitteilen wollen.

Hier ist meine Botschaft.

Mach damit, was du willst.

Dann war Nikolaus Kuhn aufgetaucht, und er hatte den ersten anonymen Anruf seines Lebens bekommen.

Der Hund kläffte noch ein paarmal, sah dann aber wohl die Sinnlosigkeit seines Tuns ein und gab auf. Voller Elan stürmte er auf seinen Herrn zu, sprang an ihm hoch. Der Spaziergang konnte seiner Ansicht nach losgehen.

Bosch rührte sich nicht.

Trotz der drückenden Schwüle war ihm kalt. Er wusste, dass er etwas Wichtiges übersehen hatte. Etwas, das Kilian vielleicht das Leben hätte retten können. Was hatte Kilian gewusst, das seinen Mörder auf den Plan gerufen hatte?

Und was hatten die verdammten Zwerge damit zu tun?

Bosch wandte der steinernen Schäferin den Rücken zu und

machte sich, während der Hund munter um ihn herumsprang, auf den Weg zum Einfahrtstor. Bis eben hatte er mit Nikolaus Kuhn nur über eine mögliche Zusammenarbeit sprechen wollen.

Nun hatte er auch noch ein paar Fragen.

ACHT

Die Sonne stach Anna ins Gesicht.

Sie hatte die Augen geschlossen, doch sie spürte die Wärme und die Helligkeit durch ihre blutroten Lider und auf ihrer schweißbedeckten, klebrigen Haut. Der kratzige Stoff, auf dem ihre linke Wange lag, roch muffig, und wenn sie einen tieferen Atemzug machte, stieg ihr Staub in die Nase und reizte sie zum Niesen. Dann hämmerte der kleine Zwerg, der in ihrem Kopf saß und für die klopfenden Schmerzen darin verantwortlich war, noch fester gegen ihre Schädeldecke, sodass sie glaubte, der Knochen müsste dabei zerspringen.

Obwohl Anna meinte, in einem Bett zu liegen, wusste sie, dass sie nicht träumte. Doch was mit ihr geschehen war, davon hatte sie keine Ahnung. Hatte sie wieder getrunken? Und wenn ja, wie viel? Und, um Gottes willen, wo? Doch sosehr sie sich auch zu erinnern versuchte, es gelang ihr nicht.

Gehirnerschütterung.

Auf einmal war die Erkenntnis da, breitete sich aus und nahm allen Raum in ihrem Kopf ein. Jemand hatte ihr von hinten einen Schlag versetzt. Aber wo war das gewesen?

Anna riss die Augen auf.

Sofort blendete sie das gleißende Licht der Sonne, das durch ein kleines Mansardenfenster und einen Spitzenvorhang fiel. Der Stoff verbarg das Fensterglas, die Falten standen so gleichmäßig und steif wie Orgelpfeifen nebeneinander.

Aber er hat sich bewegt.

Er hat sich in der windstillen Luft der Kammer bewegt.

Stück für Stück kehrte Annas Erinnerung zurück. Sie war in die Villa eingedrungen, weil es ihr gelungen war, den Hausschlüssel zu organisieren. Zimmer für Zimmer hatte sie durchsucht, bis – bis sie auf den Dachboden gestiegen war. Hier oben hatte ihr Angreifer sich auf sie gestürzt.

Steffi.

Jetzt hat sie auch noch ihre Mutter geholt.

Auf diesem Dachboden war Caroline Max-Trostberg gestorben. Nachdem sie viele Tage hilflos hier gelegen hatte. Und wenn Anna nicht aufpasste, würde sie ihr Schicksal teilen. Wenn sie es nicht schaffte, aufzustehen und ohne sich ein Bein zu brechen die steile Treppe aus dem einstigen Reich der Dienstboten in die Welt der Herrschaften hinabzusteigen, dann würde sie in dieser verdammten Villa verrecken. So viel war auch mit Gehirnerschütterung klar.

Wie Steffi.

Wie Caroline.

Anna, die Tochter *unserer Elfi*, würde endlich das glorreiche Schicksal der Herrschaften teilen. Wer hätte das gedacht? Bei dem Gedanken musste sie grinsen. Doch sie wurde gleich wieder ernst. Sie musste hier raus, und zwar schnell.

Vorsichtig, ohne ihren schmerzenden Kopf zu viel zu bewegen, blickte Anna sich um. Tatsächlich, sie lag in Stefanie Max-Trostbergs letztem Zimmer.

Ihrer Gefängniszelle.

Die scheußlichen Bilder an den Wänden stammten sicher von Steffi. Sie hatte immer gern gemalt. Der Vater des Herrn Leopold war ein berühmter Maler gewesen, hatte es unter dem Personal immer geheißen, obwohl nie jemand ein Werk des Alten gesehen hatte. Seine Enkelin hatte das künstlerische Talent jedenfalls nicht geerbt, dachte Anna bissig. Und erst das grau-schwarze Gemälde an der gegenüberliegenden Wand, das wohl eine Madonna mit Kind darstellen sollte! Die mit dickem Pinselstrich nachgezogenen Umrisse ließen zwar die Personen erahnen. Aber es sah aus, als wäre das Höllenfeuer über die Figuren hinweggefegt und hätte sie dick mit Rauch und Ruß überzogen. Das Bild war auch nicht gerahmt, sondern hing mit einem Elektrokabel von einem dicken Haken. Und es hatte Kanten, die im Licht der Augustsonne so scharf wie Messerklingen blitzten. Anscheinend hatte die unselige Steffi sich eine massive Metallplatte organisiert und sie einfach mit Ölfarben angestrichen.

Sie musste Hilfe rufen.

Mühsam drehte sich Anna auf die Seite und fasste in die Rocktasche, um ihr Handy herauszuziehen. Die Tasche war leer. Hektisch ließ sie ihre Hand über die Matratze wandern. Aber das Telefon war nicht herausgefallen. Man hatte es ihr weggenommen. Anna spürte, wie ihr Mund trocken wurde. Sie war völlig hilflos und abgeschnitten von der Welt.

Wie als Antwort ertönte jetzt wildes Gebell.

Der Hund.

Der Professor war aus dem Institut zurück.

Eine Welle der Erleichterung durchlief Anna. Sie musste nur noch auf sich aufmerksam machen. Der Professor würde sie hier rausholen. Den Gedanken, wie sie ihre Anwesenheit in der Villa erklären sollte, schob sie beiseite.

Schnell, schnell, schnell.

Anna biss die Zähne zusammen, sammelte ihre Kräfte und schaffte es, sich auf Steffis viel zu weicher Matratze aufzusetzen. Sofort wirbelten vor ihren Augen Feuerräder, und in ihrem Kopf hämmerte der schreckliche Zwerg. Doch sie konnte die Füße auf den Holzdielen abstellen, und der harte Boden gab ihr Halt. Sie stützte beide Hände links und rechts auf und drückte sich hoch. Die alten Bettfedern quietschten, und das Geräusch ließ einen Schauer über ihren Rücken laufen und verursachte Gänsehaut.

Der Hund bellte immer noch wie verrückt, aber jetzt konnte Anna den Professor etwas rufen hören. Sie verdoppelte ihre Anstrengung, hievte sich auf die Füße. Sofort fing ein Karussell sich in ihrem Kopf zu drehen an. Anna musste warten, bis es zum Stillstand gekommen war, dann tastete sie sich, die Hände zur Sicherheit in Richtung der Möbel ausgestreckt, Schritt für Schritt zum Fenster vor.

Plötzlich verstummte der Hund.

Anna blieb stehen, lauschte angestrengt.

Jetzt erfasste sie Panik.

Wenn der Professor ging, ohne ihre Notlage zu bemerken, konnte es Tage dauern, bis er wieder in die Nähe der Villa kam. Professor Bosch hatte eine Abneigung gegen dieses Haus, so viel war ihr ziemlich bald klar geworden.

Schnell, schnell, schnell.

Hilflos mit den Armen rudernd, schlitterte Anna auf das Fenster zu. Die Ecke eines Dielenbretts hatte sich aufgebogen, stand ein wenig hoch. Anna blieb mit der Schuhspitze darunter stecken, stolperte, hätte fast den Halt verloren. Im letzten Augenblick gelang es ihr, den Vorhang zu ergreifen. Sie krallte die Finger um die harten Spitzen, wollte sie beiseiteziehen. Der vom Alter brüchige Stoff riss, und mit einem hässlichen Geräusch brach die Vorhangstange aus massivem Messing aus der Decke, knallte auf Annas rechte Schulter und fiel polternd auf den Boden.

Der Schmerz ließ Anna den Atem stocken.

Als sie sich wieder gefangen hatte, versuchte sie, den Fenstergriff zu fassen. Doch sie konnte den rechten Arm nicht mehr heben. Verzweiflung packte sie. Was, wenn sie sich die Schulter gebrochen hatte? Verbissen lehnte sie sich an den Mansardensturz, packte den Fenstergriff mit der linken Hand und versuchte, ihn aufzudrücken.

»Herr Professor, hier bin ich!«, schrie sie, in der Erwartung, dass er sie gleich hören und zu ihrer Rettung eilen würde. Sie riss an dem Messinggriff. Doch nichts geschah. Die Anstrengung trieb ihr die Tränen in die Augen. »Herr Professor! Herr Bosch! Hierher – *Hilfe!*«

Im Garten blieb alles ruhig.

Anna lehnte das Gesicht an das vom Alter schlierig verzogene Glas und spähte in die Tiefe. Das Kutscherhaus lag verlassen da, auch auf der Terrasse war niemand zu sehen. Erst als sie die linke Wange an das Fenster presste, entdeckte sie den Professor und seinen Hund.

Sie gingen die Einfahrt hinunter.

Der Professor hatte die Hände auf dem Rücken verschränkt, wie immer, wenn er über etwas nachzudenken schien. Der Hund sprang ohne Sinn und Verstand um ihn herum. Beide waren längst außer Hörweite. Anna konnte sie noch ein paar Sekunden lang sehen, dann waren der Professor und sein Hund durch das große Tor auf der Straße verschwunden.

Anna lehnte die Stirn gegen den Fenstergriff und schloss die Augen. Das kalte Metall drückte sich in ihr Fleisch, aber sie spürte es nicht. Alle Mühe und alle Schmerzen waren vergebens gewesen. Bei dem Gedanken, dass sie nun an der gleichen Stelle wie jener Unbekannte, der Marlenes Kette vor das Kutscherhaus gelegt hatte, lauerte, hätte sie fast gelacht.

Nach einer gefühlten Ewigkeit schlug Anna die Augen wieder auf. Dabei fiel ihr Blick auf ein kleines Schloss, wie man es zur Sicherung gegen Einbrecher verwendete. Es saß direkt unterhalb des Fenstergriffs. Der Zylinder war hineingedrückt. Ohne den passenden Schlüssel ließ sich das Fenster von Stefanie Max-Trostbergs Gefängnis nicht öffnen.

Anna drehte sich um und schlurfte zu dem Bett mit der nackten Matratze zurück. Alle Entschlossenheit war dahin. Die Enttäuschung hatte ihr die letzten Kräfte geraubt, und der Schmerz in ihrem Kopf, den sie während der letzten Minuten verdrängt hatte, meldete sich nun nur umso stärker zurück. In der verletzten Schulter pochte es wie verrückt. Trotzdem fasste sie nach der Türklinke und drückte sie, wenn auch ohne große Hoffnung, herunter.

Die Tür öffnete sich einen Spalt.

Sie war frei, zu gehen.

Anna ließ die Klinke los, als hätte sie sich daran verbrannt. Für mehrere Sekunden konnte sie sich nicht rühren, sondern nur auf den schmalen Spalt starren und auf den dahinter im Halbdunkel liegenden Dachboden. Dabei fragte sie sich, ob sie träumte. Ob ihre Angst – oder der Wodka – ihr etwas vorgaukelte.

Vorsichtig gab sie der Klinke einen Stups.

Annas vermeintliche Gefängnistür schwang auf.

Na bitte, du Angsthase.

Trink weniger, dann hast du keine Wahnvorstellungen.

Trotz ihrer schmerzenden Schulter verließ Anna beschwingt Stefanie Max-Trostbergs Verbannungsort, durchquerte den Vorraum und eilte die Treppe hinunter, die zur Tapetentür in den ersten Stock führte. Schon auf der letzten Stufe streckte sie den Arm aus, wollte endlich das vermaledeite Dachgeschoss verlassen.

Die Tapetentür war verschlossen.

Anna zuckte zurück. Damit hatte sie nicht gerechnet. Sie versuchte es erneut, dann noch einmal und immer wieder. Doch so oft sie die Klinke herabdrückte oder sich mit der gesunden Schulter gegen das Türblatt warf, jede ihrer Anstrengungen war vergebens.

Die Tür blieb zu.

Anna spürte, wie ein Schluchzen ihre Kehle hinaufstieg. Sie lehnte sich mit dem Rücken gegen die Wand und ließ sich langsam zu Boden gleiten. Da saß sie nun auf der letzten Treppenstufe, atmete den Staub ein und wusste nicht weiter.

Sie zog den Flachmann aus der Tasche.

Das Fläschchen war noch beruhigend schwer. Sie schraubte den Deckel ab, setzte die Öffnung an die Lippen und nahm einen großen Schluck. Dann schraubte sie den Deckel wieder auf und ließ die Hand mit dem Flachmann sinken. Ihre Finger öffneten sich. Das hübsche Silberfläschchen entglitt ihr und fiel unsanft auf die harten Holzbohlen. Es war ihr egal.

Anna wartete, bis der Feuerstrom durch ihre Adern lief und sich eine rote Wolke in ihrem Kopf ausbreitete. Dann lehnte sie den Kopf an die Wand und schloss die Augen.

Sie hatte keine Pläne mehr.

Und auch keine Hoffnung.

NEUN

Die Galerie Nikolaus Kuhn befand sich in der Altstadt rechts der Salzach, in der Linzer Gasse, einer alten Straße, die früher aus der Stadt hinaus zu den Landsitzen der Salzburger Patrizierfamilien, aber auch in die Sumpfgebiete von Schallmoos geführt hatte. Die Fassaden der Stadthäuser ähnelten denen in der berühmten Getreidegasse, doch dahinter befanden sich häufig noch die alten Bauernhäuser. Die Linzer Gasse beherbergte weniger Souvenirgeschäfte, dafür jedoch kleine Läden und traditionelle Wirtshäuser.

Bosch war die Galerie durchaus ein Begriff. Er war auch schon öfter an den großen Schaufenstern vorbeispaziert und hatte einen Blick auf das aktuelle Programm geworfen. Einmal hatte er sich auch eine Ausstellung angesehen.

Nikolaus Kuhn war auf zeitgenössische Kunst spezialisiert.

Wobei er, soweit Bosch das beurteilen konnte, nicht das Risiko einging, in junge Talente zu investieren. Immerhin war das ein Kerngeschäft jeder Galerie, die Gewinne abwerfen sollte. Und auch wenn unter den Künstlern, die er vertrat, durchaus bekannte Namen waren, so hatte Kuhn, wie Bosch schien, nicht an die Erfolge des Galeriegründers anschließen können. Auch die Tradition der großen Festspielvernissage, die Leopold Max-Trostberg jedes Jahr Schlagzeilen und zahlreiche internationale Kunden beschert hatte, wurde von Kuhn nicht weitergeführt. Nikolaus Kuhn schien einen soliden Stamm an Sammlern zu haben, die über einen fest umrissenen finanziellen Rahmen verfügten und für die er gute, doch keineswegs spektakuläre Werke einkaufte.

Bosch hatte sich über das Angebot des Galeristen, ihn zu vertreten, gewundert, auch wenn dieser behauptet hatte, seine Vernissage bei Lexington's in London besucht zu haben und ein großer Bewunderer seiner Kunst zu sein. Stilistisch passten

Boschs Bilder nicht in das Programm der Galerie rechts der Salzach. Und Bosch fragte sich, ob Kuhn wirklich wusste, zu welchen Preisen seine Bilder gehandelt wurden.

Aber vielleicht wollte Kuhn ja eine neue Kunstrichtung und einen neuen Geschäftszweig für sich erschließen. Immerhin war auch Bosch mittlerweile ein bekannter Name, seine Werke in internationalen Sammlungen vertreten.

Die Galerie befand sich in einem makellos renovierten Bürgerhaus. Zwei große Schaufenster im Erdgeschoss gaben den Blick auf einen von Deckenspots beleuchteten großen Ausstellungsraum im Inneren frei. Im Hintergrund führte eine moderne Stahltreppe in die oberen Stockwerke. Leopold Max-Trostberg hatte seinerzeit das ganze Gebäude gekauft und ungeachtet des Denkmalschutzes entkernt und modernisiert und auf diese Weise einen architektonisch spannenden Dialog zwischen Alt und Neu geschaffen. Entweder war das damals noch möglich gewesen, oder er hatte über die entsprechenden Beziehungen verfügt. Bosch vermutete eher Letzteres.

Es war schon gegen vier Uhr, als Bosch mit seinem Hund die Galerie betrat. Rechts neben der Tür saß hinter einem modernen Stahlrohrtisch eine junge Frau und las in einem Hochglanzmagazin. Ihr exakt geschnittener Pagenkopf war genauso schwarz wie ihr ärmelloses Kleid. Die weiße Haut und der blutrote Lippenstift gaben ihr das Aussehen eines postmodernen Schneewittchens.

Bei Boschs Eintritt hob sie den Kopf und ließ ihren Blick rasch und professionell über seine unspektakuläre Erscheinung wandern. Wenn sie bis dahin die Absicht gehabt haben sollte, aufzustehen oder gar Hilfe anzubieten, so entschied sie sich jedenfalls dagegen.

»Hunde dürfen hier nicht rein«, sagte sie nur.

»Dieser schon«, sagte Bosch und ging ungerührt an ihrem Tisch vorbei in die Mitte des großen Ausstellungsraums. Über der ganzen Decke war ein Stahlgitter angebracht, auf dem zahllose Spots montiert waren, die nicht nur Licht, sondern auch

Wärme abstrahlten. An allen Wänden hingen riesige, schreiend bunte Leinwände, überdimensionale Comics, die an das Werk von Erró erinnerten, aber, wie Bosch fand, bei Weitem nicht dessen Originalität oder künstlerische Qualität aufwiesen. Er wandte der Stahltreppe den Rücken zu und fragte: »Wo finde ich Herrn Kuhn?«

Die junge Frau faltete die Hände auf ihrer Zeitschrift. »Hunde dürfen hier nicht rein«, wiederholte sie. »Außerdem ist Herr Kuhn nur nach Terminvereinbarung zu sprechen.«

»Ich brauche keinen Termin, sondern nur Herrn Kuhn.«

Jetzt stand Schneewittchen auf, stützte die Fäuste auf die schwarze Tischplatte und beugte sich vor. »Hören Sie, guter Mann«, sagte sie. »Sie sind hier falsch. Dies ist eine Kunstgalerie und kein Poster-Shop. Also – entweder Sie verlassen umgehend dieses Haus, oder ich sehe mich gezwungen, die Polizei zu rufen.« Mit erhobener Stimme setzte sie hinzu: »Haben Sie mich verstanden?«

Aus der breiten Brust des Hundes stieg erst ein dunkles Grollen auf, im nächsten Augenblick war der große Raum von tiefem Gebell erfüllt. Die junge Frau griff hastig nach ihrem Handy und hielt es deutlich sichtbar hoch.

»Raus!«, schrie sie. »*Sofort!* Oder ich rufe …«

Der Rest ihrer Worte ging in wütendem Gebell unter.

Im ersten Stock schlug eine Tür mit Krachen zu, dann kamen eilige Schritte die Stahltreppe herabgerannt.

»Cressida – was ist denn da los?«

Bosch drehte sich um. »Herr Kuhn«, sagte er und hielt dem Hund die Schnauze zu. »Zu Ihnen wollte ich gerade.«

»Ich habe dem Herrn gesagt, dass er einen Termin –«

»Nein, was für eine Freude!« Nikolaus Kuhn kam mit ausgestreckter Hand auf Bosch zu. In seiner Miene spiegelte sich Überraschung, aber auch eine Spur Beunruhigung. »Phänomenal, dass Sie den Weg zu uns gefunden haben.« Er musterte den Hund und fing an zu strahlen. »Der ist mir schon bei meinem Besuch bei Ihnen aufgefallen. Ridgeback!«

»Der Hund hat eigentlich keinen Namen«, sagte Bosch.

Kuhn zeigte auf den Aalstrich auf dem Rücken des großen Hundes, wo das Fell in Gegenrichtung wuchs. »Ein prächtiges Tier«, sagte er. »Habe in Afrika selbst ein paar von der Rasse. Für die Löwenjagd und gegen Überfälle, die nehmen leider auch bei uns überhand. Mit Ridgebacks ist nicht zu spaßen, was?« Er blickte zu Schneewittchen hinüber, die bei seinen letzten Worten noch blasser geworden zu sein schien. »Bringen Sie uns Kaffee hinauf, Cressida. Und eine Schüssel Wasser für den Hund.« Er machte eine einladende Handbewegung zur Stahltreppe. »Ich gehe schnell mal vor, mein Büro ist im ersten Stock. Sie wissen, dass ich eine Lodge in Namibia habe?« Er stieg die Stufen hinauf. »Sind Sie Großwildjäger?«

»Nein«, sagte Bosch, der die Wirbel auf dem Rücken des Hundes immer für eine Laune der Natur gehalten hatte, und folgte Kuhn. »Der Hund ist mir zugelaufen.«

Kuhn blickte über die Schulter auf Bosch hinunter. »Sie Glückspilz«, sagte er. »So, da wären wir auch schon.«

Die Wände im ersten Stock waren leer, dafür standen sockelartige weiße Würfel und Quader wie zufällig im ganzen Raum, auf denen abstrakte Skulpturen arrangiert waren.

»Matteo De Luca«, sagte Kuhn und deutete auf die Exponate. »Ganz groß im Kommen. Was sagen Sie dazu?«

Bosch hatte noch nie von Matteo De Luca gehört, auch die Figuren waren nichts Besonderes. »Schön«, sagte er.

Kuhn lachte und öffnete eine Tür, die in ein sachlich eingerichtetes Arbeitszimmer führte. Auf den breiten Fensterbänken stand eine Sammlung afrikanischer Masken auf dünnen Metallstangen. Ein schlichtes Regal an einer Wand beherbergte Bildbände, Aktenordner und Fachliteratur. Auf einem langen Tisch in der Mitte des Raumes lagen Kataloge, Zeitschriften, Computerausdrucke und Korrespondenzmappen. An einem Ende standen ein teurer Computer und eine Telefonanlage, daneben lagen ein großer, aufgeschlagener Terminkalender und Notizzettel. Nikolaus Kuhn hatte anscheinend keinen Schreibtisch, sondern arbeitete am Kopfende dieses Tisches, der wohl auch zu Meetings diente.

In diesem Raum hing nur ein Bild, ein Aquarell.

Es war ein Seestück und zeigte ein tintenblaues Meer und eine blutrote Sonne, die sich halb hinter gelb geränderten grünen Wolken verbarg und den Wellen einen aggressiven Glanz verlieh. Auf den ersten Blick war es ein Nolde, doch Bosch, obwohl Kunsthistoriker, hatte es noch nie gesehen.

»Emil Nolde?«, fragte er und trat näher an das Bild.

Kuhn lächelte. »›Seebüll vor dem Sturm‹«, sagte er. »Ausdrucksstarke Farbwahl, was? Es ist ein Original.«

»Das kenne ich gar nicht.« Bosch beugte sich vor und betrachtete das Aquarell aus der Nähe. »Fantastisch.«

»Das Werk war ein Geschenk des Malers an meinen Kompagnon«, sagte Kuhn und stellte sich neben Bosch. »Aus Dankbarkeit. Leopold war immer solidarisch mit den sogenannten entarteten Künstlern und hat sie finanziell unterstützt. Nicht ungefährlich in der damaligen Zeit.«

Bosch richtete sich wieder auf.

Emil Nolde, der Maler des deutschen Nordens, war zwar zeitweise als entarteter Künstler verfemt, aber nichtsdestotrotz ein überzeugter Anhänger des Nationalsozialismus gewesen. Seine rassistischen und antisemitischen Ansichten waren dokumentiert. Kein Wunder, dass er ein Freund von Leopold Max-Trostberg gewesen war.

Die Tür ging auf, und Cressida erschien mit einem Tablett, auf dem Espressotassen und ein gläserner Aschenbecher standen. Sie stellte die Tassen auf den Tisch und den Aschenbecher auf den Boden. Bosch sah, dass Wasser darin war. Anscheinend war es für den Hund bestimmt.

»Danke«, sagte Kuhn. »Setzen wir uns, lieber Freund.«

Cressida verließ wortlos und ohne Bosch eines Blickes gewürdigt zu haben mit ihrem Tablett den Raum.

Sie nahmen an dem langen Tisch einander gegenüber Platz.

Kuhn schob Bosch eine Espressotasse hin. »Nun zum Geschäft?«

Bosch nahm den winzigen Löffel, der neben der Tasse lag, und rührte in der perfekten Crema herum. »Meine Entscheidung steht noch nicht fest«, sagte er. »Ich bin wegen Leopold Max-Trostberg hier, ich hoffe, Sie können mir ein paar Auskünfte geben. Es ist … lebenswichtig.«

Kuhn hob die Brauen. »Lebenswichtig?«

»Haben Sie von Kilian Moser gehört?«

Kuhn nahm einen kleinen Schluck Kaffee. »Kenne ich natürlich«, sagte er. »Das ist das Faktotum, das den Rasen mäht und –«

»Kilian ist tot«, sagte Bosch. »Er wurde ermordet.«

Kuhn starrte ihn an, die Espressotasse schwebte in der Luft. »Ermordet?« Er schien dazu zu neigen, überraschende Äußerungen als Fragen zu wiederholen. »Das glaube ich nicht.«

»Man hat ihm gestern die Kehle durchgeschnitten«, sagte Bosch. Dass er selbst die Leiche gefunden hatte, tat, so fand er, nichts zur Sache. »Mit einem Husarensäbel aus dem Besitz Max-Trostbergs.«

»Gestern?« Kuhn zwinkerte irritiert, als wäre jeder andere Tag für diesen Mord angebrachter gewesen. »Woher wissen Sie das?«

»Das genaue Todesdatum wird erst die Rechtsmedizin feststellen, nehme ich an«, antwortete Bosch.

»Ach so, ja, stimmt.« Kuhn stellte die Tasse ab. »Und mit einem Husarensäbel, sagen Sie?«

»Nicht irgendein Säbel«, präzisierte Bosch. »Als Sie mich letztens besucht haben und zur Villa hinübergegangen sind, steckte der Säbel sicher noch in einer der Kisten. Er war eigentlich nicht zu übersehen.«

Kuhn schüttelte fassungslos den Kopf. »Auf Trödel achte ich nicht«, sagte er. »Gibt es schon einen Verdacht?«

»Dafür ist es wahrscheinlich noch zu früh«, sagte Bosch und wechselte das Thema. »Sie kannten Max-Trostberg lange?«

»Ja.« Kuhn nickte »Und auch sehr gut sogar.«

»Hatte Kilian etwas mit dessen Geschäften zu tun?«

»Der Gärtner?« Kuhn sah aus, als läge ihm eine abfällige Bemerkung auf der Zunge, aber dann verkniff er sich die Worte. Stattdessen runzelte er die Stirn und überlegte demonstrativ. Anscheinend wollte er Bosch, seinem zukünftigen Star, jeden Gefallen tun, auch den, über absurde Fragen nachzudenken. Endlich sagte er bedächtig: »Vielleicht hat der gute Kilian ja ein paar Sachen verhökert und sich den Ärger eines geprellten Kunden zugezogen.«

»Mit dem Zeug vom Müll?« Das fand nun Bosch absurd.

Kuhn hob die Schultern. »Könnte doch sein«, sagte er. »Entweder er hat den Trödel als Antiquitäten verkauft und irgendwer hat viel Geld dafür bezahlt und ist ihm auf die Schliche gekommen, oder …« Er machte eine wirkungsvolle Pause. »Oder – und das scheint mir leider durchaus die plausibelste Lösung – er hat mit dem Inventar der Villa gehandelt. Und da waren echte Werte vorhanden.« Er schüttelte den Kopf. »Wer weiß, mit wem der Anfänger sich da eingelassen hat. Ich sage nur: Kunstmafia.«

Der Hund, der hechelnd unter dem Tisch gelegen hatte, stand auf, tappte zum Aschenbecher neben Kuhns rechtem Schuh und schlappte das Wasser in wenigen Zügen auf. Wobei er es trotzdem schaffte, noch eine Lache auf dem Parkett zu verteilen. Kuhn beugte sich hinunter und streichelte ihn.

»Du Schatzerl, du«, sagte er. Der gewaltsame Tod des alten Gärtners schien ihm jedenfalls nicht besonders nahezugehen. »Wenn Sie mal züchten möchten«, fügte er an Bosch gewandt hinzu, »ich habe da eine prachtvolle junge Hündin.«

Ein Haus in Afrika, eine Lodge.

Der war früher oft hier, hat die Frau Caroline auch noch nach dem Tod ihres Mannes besucht, sich ein wenig um sie gekümmert. Netter Typ, und so was ist gelebte Nächstenliebe, das hat man ja heute fast nicht mehr.

Bosch musterte Kuhn. Der Mann sah gut aus, blond und

braun gebrannt. Ein wenig wie dieser Schauspieler in dem berühmten Afrikafilm, der am Ende mit dem Doppeldecker abstürzte und bei den Löwen begraben wurde. Oder so ähnlich. Wie weit war die Freundschaft zwischen dem Juniorpartner Max-Trostbergs und dessen lebenslustiger Frau wohl gegangen?

»Sind Sie oft in Namibia?«, fragte Bosch.

Kuhn gab dem Hund noch einen Klaps und richtete sich wieder auf. »Ich habe da unten eine Jagd-Lodge«, sagte er. »Mit amerikanischen Pirschführern. Daneben betreiben wir eine Waisen-Aufzuchtstation für Wildtiere. Sie glauben ja gar nicht, mein lieber Freund, was dieses eingeborene Wilderer-Pack anrichtet.« Kuhns Miene war voller Abscheu.

Steffi hat dann ein soziales Jahr in Afrika gemacht.

»Haben Sie auch Stefanie Max-Trostberg in dieser Station arbeiten lassen?«, fragte Bosch. »Für ein Jahr?«

Kuhn sah ihn überrascht an. »Ja«, sagte er. »Woher wissen Sie das? Aber es stimmt.« Er lachte. »Allerdings zum Schutz der Tiere nur unter strenger Aufsicht.«

»Wegen geringer Erfahrung?«, fragte Bosch hinterhältig.

Kuhn seufzte. »Weil die Steffi ein Miststück war«, sagte er. »Die Caro war doch schon geschlagen genug. Erst der Tod vom kleinen Gustl – das hat sie nie verwunden –, dann der Tod ihres Mannes. Ich musste ihr einfach helfen.«

Der August hat in der Badewanne mit dem Föhn gespielt.

»Kilian hat mir erzählt, der Junge wäre bei einem Unfall ums Leben gekommen«, sagte Bosch. »Irgendwer hat einen Föhn in der Reichweite des Kindes liegen gelassen.«

Kuhn verzog den Mund. »Das war die offizielle Version«, sagte er. »Hat die Familie eine Menge Geld gekostet, die Haushälterin zum Schweigen zu bringen. Die hat die Kinder nämlich zusammen im Bad gefunden.«

Bosch wurde kalt. *»Stefanie?«*

Kuhn seufzte resigniert. »Natürlich«, sagte er. »Die Leni war zu nichts zu gebrauchen, die hatte ihre Kündigung praktisch in der Tasche. Aber sie hat das Beste draus gemacht. Beweisen kann's natürlich niemand.« Er verschränkte die Arme vor der Brust. »Warum interessieren Sie sich bloß für diese alten Geschichten? Wollen wir nicht endlich zum Geschäft kommen?«

Bosch blickte auf seinen Espresso, von dem er noch nichts getrunken hatte. Die warme gelbe Crema hatte sich aufgelöst, nur ein kalter schwarzer See war noch zu sehen.

Schwarz wie die Seele dieser Familie.

»Kommen Sie, lieber Freund«, sagte Kuhn. »Versprechen Sie mir, dass Sie dieses ganze Gerede vergessen und sich ab jetzt wieder Ihrer künstlerischen Karriere widmen. Ich habe bereits mit einem Sammler in Singapur telefoniert –«

»Meine Haushälterin ist verschwunden«, sagte Bosch.

»Ihre Haushälterin.« Kuhn klang endgültig resigniert.

»Sie heißt Anna Bachmann.«

»Die kenne ich leider nicht.«

»Anna hat vor mehreren Jahren ihre Zwillinge verloren«, fuhr Bosch fort. »Sie sind am Gaisberg spurlos verschwunden. Die Sache ist damals sicher durch alle Zeitungen gegangen.«

Kuhn musterte Bosch, es war kein freundlicher Blick. »Daran erinnere ich mich nicht«, sagte er hörbar genervt. »Kriminalfälle gehören nicht zu meinen bevorzugten –«

»Stefanie Max-Trostberg geriet in Verdacht, etwas mit dem Verschwinden der Kinder zu tun zu haben«, sagte Bosch. »Kurz danach muss sie nach Afrika gegangen sein.«

Kuhn runzelte die Stirn. »Davon ist mir nichts bekannt«, sagte er. »Caroline hatte gemeint, eine Ortsveränderung täte Steffi gut. Sie hatte wohl Probleme in der Schule. Ein bayrisches Internat, soviel ich weiß.« Er breitete die Hände aus. »Wenn Sie mich fragen, dann war Stefanie in ihrer Entwicklung etwas zurückgeblieben. Die Eltern haben sie vergeblich durch teure Privatinternate geschleift. Nur – welche Mutter will das schon wahrhaben.«

Der Hund stand auf, gähnte und schüttelte sich.

»Ich glaube, Ihr Ridge möchte gehen«, sagte Kuhn.

Bosch ignorierte den überraschenden, wenn auch in freundlichen Worten versteckten Rauswurf. »Ich frage mich«, sagte er ungerührt und so, als käme ihm gerade erst diese Idee, »ob die aktuellen Ereignisse nicht mit den Geschäften von Leopold Max-Trostberg zu tun haben. Und ob Sie mir nicht mit etwas … Insiderwissen weiterhelfen können.«

Statt einer Antwort stand Kuhn auf, steckte die Hände in die Hosentaschen, schlenderte zum Fenster und blickte auf die gegenüberliegende Hausfassade, als gäbe es dort etwas Interessantes zu sehen. Das Schweigen dehnte sich. Endlich sagte er: »Ich habe Ende der achtziger Jahre als armer, aber ehrgeiziger Student angefangen, in der Galerie zu arbeiten. Leopold war der Eigentümer, er brauchte eine Hilfskraft. Ein paar Jahre später hat er mich zum gleichberechtigten Teilhaber gemacht.« Er drehte sich zu Bosch um. »Was er vor meiner Zeit getrieben hat, entzieht sich meiner Kenntnis. Es waren schwierige Zeiten, viele Unterlagen fehlten einfach.«

»Ich habe ein wenig recherchiert«, sagte Bosch, was nicht stimmte, aber aus seiner Gutachtertätigkeit wusste er mehr über derartige Geschäftsabläufe, als ihm lieb war. Und wie nach dem Gespräch mit Benjamin Green war er immer noch der Meinung, dass er schon zu lange geschwiegen hatte. »Laut meinen Unterlagen waren nach dem Krieg in Salzburg noch eine ganze Liste an Werken berühmter Künstler zu finden. Unter anderem zahlreiche Schieles. Alle Bilder stammten aus dem Bestand Max-Trostberg und wurden in staatliche Institutionen übernommen. Angeblich, um erst sorgfältig die Provenienz zu klären und um zu verhindern, dass die Kunstschätze ins Ausland wanderten.« Bosch gestattete sich ein Lächeln. »Von wo sie geraubt worden waren und wo sie eigentlich auch wieder hingehörten, nicht?«

Kuhn nickte. »Selbstverständlich.«

»Und immer ging ein Anteil der Kunstschätze zurück an Max-Trostberg«, sagte Bosch. »Ein Prozentsatz – könnte man sagen. Klingt das nicht irgendwie nach einer Provision?«

»Wenn Sie es so schildern.« Kuhn tippte ungeduldig mit der Schuhspitze auf den Boden. »Allerdings.«

»Aber viele Kunstwerke haben nie mehr den Weg zu ihren Eigentümern gefunden«, sagte Bosch.

»Das ist bedauerlich, aber richtig.«

»Und wo waren die ganzen Werte so lange?«

Kuhn zog die Brauen hoch. »Lieber Freund –«

»Sie waren«, fuhr Bosch ungerührt fort, »in staatlichen Sammlungen versteckt. Das hat Leopold Max-Trostberg gewusst – und geschwiegen. Für sein Schweigen hat er dann einen Prozentsatz der Beute vom Land zurückgestellt bekommen.« Er musterte Kuhn. »Klingt das logisch?«

»Ja, allerdings.«

Bosch nickte zufrieden, so wie er es immer tat, wenn er einen begriffsstutzigen Studenten in der Prüfung durch gezielte Fragen zu einer richtigen Antwort bewegen konnte.

»Dann hat Leopold Max-Trostberg sein Vermögen also mit Kriegsprofit, Schwarzmarktgeschäften und später mit Steuerbetrug gemacht«, sagte er. »Das System können Sie nur aufrechterhalten, wenn Sie die Institutionen korrumpieren.«

Kuhn seufzte hörbar. Dann kehrte er an den Tisch zurück, stützte die Hände auf die Tischplatte und beugte sich zu Bosch vor. »Lieber Freund«, sagte er mitleidig. »Und ich sage Ihnen das jetzt als jemand, der nicht nur Ihr Werk, sondern Sie auch persönlich schätzt: Legen Sie sich nicht mit staatlichen Stellen an. Nicht mit Salzburg und auch nicht mit dem Wiener Bundesdenkmalamt.« Er stieß sich von der Tischplatte ab. »Ein Großteil der Raubkunst ist, wo es noch möglich war, restituiert worden.«

»Ja, wenn es nicht gelang, den Besitz zu verschleiern.« Bosch erhob sich und machte seinem Hund ein Zeichen. Er hatte sich zu einer Diskussion hinreißen lassen, die er eigentlich nicht hatte führen wollen. Aber Ungerechtigkeit regte ihn auf und löste seine Zunge. Jetzt fühlte er sich deprimiert von dieser Unterhaltung, in der er irgendwie den Kürzeren

Hatte er etwa selbst versucht, damit zu handeln?

Die Villa Max-Trostberg barg also doch ein Geheimnis. Und die Einzige, die darüber noch Auskunft geben konnte, war diese Helene. Wazlawik, hatte Kilian gesagt, oder?

Und dann fiel Bosch rückblickend noch etwas auf.

Was hatte Kuhn erzählt?

Ich habe Ende der achtziger Jahre als armer, aber ehrgeiziger Student angefangen, in der Galerie zu arbeiten. Leopold war der Eigentümer, er brauchte eine Hilfskraft. Ein paar Jahre später hat er mich zum gleichberechtigten Teilhaber gemacht.

Warum hätte Leopold Max-Trostberg, ein reicher Kunsthändler, eine nach eigenen Angaben mittellose studentische Hilfskraft zu seinem gleichberechtigten Teilhaber machen sollen? Der halbe Anteil an einer Galerie dieses internationalen Rufes war nahezu unbezahlbar. Wie war es Nikolaus Kuhn gelungen, sich einzukaufen? Mit seiner Expertise? Bei dem Gedanken an die in der Galerie gezeigten Künstler und den daraus abzuleitenden künstlerischen Sachverstand hätte Bosch fast gelacht. Der Besuch war also doch nicht umsonst gewesen.

Er musste nur mit dieser Helene Wazlawik sprechen.

Als Bosch kurz darauf sein Haus betrat, war Anna immer noch nicht da und hatte auch keine Nachricht hinterlassen.

ZEHN

Die Adresse von Helene Wazlawik stand im Telefonbuch.

Die ehemalige Haushälterin der Familie Max-Trostberg wohnte direkt an der Saint-Julien-Straße, der verkehrsreichen Hauptader von Lehen. Der geschäftige Stadtteil in der Neustadt lag nur wenige Busstationen und doch eine ganze Welt von den Gärten und Villen von Aigen entfernt. Hier gab es keine Alleen, reihten sich Imbissbuden an kleine Änderungsschneidereien und Goldläden und Wettlokale an Stundenhotels. Am Tag führten junge Männer Pitbulls und Rottweiler spazieren, in der Nacht standen an den Straßenecken junge Frauen und warteten auf Freier. Nach Lehen verirrten sich keine Touristen, es gehörte zu keiner Städtetour, Lehen war die andere Seite der glänzenden Medaille Salzburgs. Und doch pulsierte hier das echte Leben der Stadt, zogen Studenten her, eröffneten junge Leute Startups und wohnten Tür an Tür mit ausländischen Familien und Salzburger Senioren. So wie eben Helene Wazlawik.

Als Bosch eine Station hinter der Lehener Brücke aus dem Bus stieg, lag nur noch ein kurzer Fußweg vor ihm. Er hatte am Vorabend bei Helene Wazlawik angerufen, ans Telefon gegangen war ihre Enkelin. Sie wohnte, so hatte sie Bosch erklärt, seit Kurzem bei ihrer Großmutter, die ihren Haushalt nicht mehr allein bewältigen konnte. Einen Besuch bei der alten Dame hatte sie zunächst kategorisch abgelehnt. Aber Bosch war hartnäckig geblieben.

Es geht um ihre Zeit bei der Familie Max-Trostberg.

Meine Oma kann dazu gar nichts mehr sagen.

Bosch hatte die Hintergründe seines Anrufs erklärt.

Meine Haushälterin, Frau Bachmann, ist verschwunden. Ich befürchte, dass ihr etwas passiert ist. Bitte! Es gibt da möglicherweise einen Zusammenhang mit der Zeit, in der Ihre Großmutter hier gearbeitet hat. Es ist lebenswichtig.

Was heißt ›hier‹? Wohnen Sie jetzt in der Villa?
Ich habe das Kutscherhaus gekauft.

Am anderen Ende der Leitung war ein längeres Schweigen entstanden. Als Bosch schon geglaubt hatte, Helene Wazlawiks Enkelin habe den Hörer aufgelegt, hatte sie sich gemeldet.

In der Früh ist meine Oma noch am ehesten klar.

Dann komme ich gleich morgen gegen neun.

Und nun stand Bosch vor einem Stadthaus, dessen Fassade wohl aus den fünfziger Jahren stammte und das seit dieser Zeit bestimmt keine Renovierung mehr erfahren hatte. Eine schnörkellose Fassade, Plastikfenster und winzige Balkons direkt über dem sich ständig stauenden Verkehrsstrom.

Die Leni hat den toten Jungen gefunden – furchtbar war das. Sie hat dann eine ordentliche Summe erhalten, nur damit sie im Haushalt bleibt. So fertig war sie von dem Anblick.

Nach einer schönen Eigentumswohnung sah das nicht aus. Vielleicht hatte Kilian sich geirrt, und der Junge war tatsächlich durch einen Unfall gestorben. Dann hatte Nikolaus Kuhn das Gerücht wohl geglaubt. Bosch konnte einen Seufzer nicht unterdrücken. So viele Geschichten, so viele Perspektiven – konnte es dahinter nur eine Wahrheit geben?

Auf dem Klingelschild standen bestimmt zwanzig Namen, verteilt auf festgeschraubte gravierte Metallschilder, vergilbte Papierstreifen unter rau gewordenem Plastik, die wohl schon beim Einzug von der Hausverwaltung angebracht worden waren, und bunte Klebezettel.

»Wazlawik« war ein Papierstreifen.

Bosch drückte auf den Klingelknopf und musste nicht lange warten. Die Tür sprang mit einem Summen auf. Er betrat ein schlichtes Treppenhaus. Grauer Estrich und eine Treppe mit frei schwebenden Stufen und Metallhandlauf – die fünfziger Jahre waren hier noch im Original erhalten. Es roch nach schmutzigem Putzwasser und gebratenen Zwiebeln.

»Zweiter Stock«, rief eine Frauenstimme von oben.

Bosch stieg die Treppe hinauf.

Die Enkelin von Helene Wazlawik stand auf der Schwelle der Wohnung. Sie trug einen wohl selbst gestrickten grauen Pullover, der ihr fast bis zu den Knien ging, eine schwarze Strumpfhose und pinkfarbene dicke Socken. Die braunen Haare hatte sie auf dem Kopf zu einem lockeren Knoten zusammengefasst. Bosch schätzte sie auf Anfang zwanzig.

»Grüß Gott«, sagte er. »Ich bin –«

»Meine Oma wartet schon«, sagte die junge Frau, trat zurück und gab den Weg frei. »Los, kommen Sie rein.«

Bosch betrat einen kleinen Vorraum, der von einer überbordenden Garderobe und mehreren Paaren ausgetretener Schuhe auf dem Boden noch zusätzlich eingeengt wurde. Auf einer Kommode thronte auf einem Spitzendeckchen ein moosgrünes Telefon mit Wählscheibe. Vier Türen gingen vom Vorraum ab, eine stand ein Stück offen. Bosch konnte eine vollgeräumte Vitrine mit Kaffeegeschirr und Porzellanpüppchen sehen.

»Ich bin die Johanna«, sagte die junge Frau, ohne Bosch die Hand zu geben. »Meine Oma sitzt im Wohnzimmer. Ich hab mit ihr über Ihren Besuch gesprochen, aber sie hat heute keinen so guten Tag. Na ja, Sie werden ja sehen.«

Johanna führte Bosch in das Zimmer mit der Vitrine.

Helene Wazlawik saß, eine Fleecedecke um die Beine gewickelt, auf einem mit senffarbenem Samt bezogenen Sofa. Um sie herum türmten sich pralle, mit Rosen-Bouquets bestickte Kissen. Auf dem kleinen Couchtisch vor ihr lag ein Spitzendeckchen, darauf standen eine Schnabeltasse und ein Teller mit einem angebissenen Marmeladenbrot, daneben lag eine Fernsteuerung. Die senffarbenen Klubsessel auf der anderen Seite des Tischchens waren beiseitegerückt, sodass die alte Dame einen freien Blick auf den großen Fernseher hatte, der auf einer nachgemachten Biedermeierkommode stand. Auch an den Wänden hingen gestickte Blumenbilder.

»Oma, hier ist dein Besuch«, sagte Johanna.

Die Frau auf dem Sofa starrte Bosch aus kalten, dunklen Augen nur regungslos an. Er hatte mit einer zierlichen alten Dame gerechnet, doch Helene Wazlawik war auffallend korpulent. Ihr Gesicht war nahezu faltenlos, und aus dem Kragen ihres gesteppten Morgenrocks quoll ein Doppelkinn. Ihr kurzes Haar war schlecht geschnitten und von der Nacht noch zerdrückt, aber kastanienfarben gefärbt.

»Sie wissen, warum ich hier bin?«, fragte Bosch.

Helene Wazlawiks Kiefer fingen an zu mahlen. Doch ob sie antworten oder nur etwas essen wollte, wurde nicht klar. Hilflos suchte Bosch Johannas Blick. Die nickte unmerklich.

»Oma«, sagte sie mit erhobener Stimme. »Der Herr Bosch will mit dir über deine Arbeit sprechen. Er sucht seine Haushälterin, die Frau ...« Sie schaute Bosch an.

»Anna Bachmann«, ergänzte Bosch. »Kennen Sie sie?«

Helene Wazlawik bewegte den Kopf hin und her.

»Frau Bachmanns Mutter muss zur selben Zeit wie Sie für die Familie Max-Trostberg gearbeitet haben«, fügte er hinzu.

Frau Wazlawiks Kiefer mahlten.

»Anna Bachmann?«

Frau Wazlawik machte den Mund auf. »Die Anni, die Anni«, nuschelte sie. »Die Tochter von der Elfi. Keine bügelt die Hemden so faltenfrei wie unsere Elfi.«

»Genau, das wird sie sein«, sagte Bosch. »Die Anni hatte zwei Kinder – genau wie die Familie Max-Trostberg.«

Die alte Frau gab keine Antwort.

»Zwillinge«, fuhr Bosch fort. »Vor fünfzehn Jahren sind die beiden Kinder verschwunden. Anna denkt, dass Stefanie Max-Trostberg etwas damit zu tun gehabt haben könnte. Sie waren zu der Zeit noch im Haushalt beschäftigt, oder?«

Helene Wazlawiks Augen irrten herum, aber sie nickte.

»Was ist damals passiert?«, hakte Bosch nach.

Johanna räusperte sich.

»Anna sucht verzweifelt nach ihren Kindern, Frau Wazlawik, und ich fürchte, es ist ihr etwas zugestoßen.«

Helene Wazlawik holte tief Luft, es klang asthmatisch. »Der Kilian«, sagte sie. »Der Kilian und die anderen.«

»Der Kilian?«, fragte Bosch überrascht. »Der Gärtner hat etwas mit dem Verschwinden der Kinder zu tun?« Er konnte es nicht glauben. Wie senil war diese Frau denn schon?

»Der Kilian und die anderen«, nuschelte Frau Wazlawik. »So viel Weiß, so viel Weiß … nicht richtig sehen.«

So viel Weiß? »Sie meinen, es war nebelig?«

»Nebelig«, sagte die Alte. »Zu kalt für die Kinder auf dem Boden.« Sie verzog den Mund. »Werden krank.«

Johanna trat von einem Bein auf das andere. »Oma?«

Aber Helene Wazlawik ließ sich nun, da ihre Erinnerung wieder eingesetzt zu haben schien, nicht mehr bremsen. »Krank sind die Kinder geworden«, sagte sie. »So krank.« Sie sah Bosch listig an. »Ich bin das Kindermädchen von dem Fräulein Stefanie und dem jungen Herrn August, müssen Sie wissen, junger Mann. Die Herrschaften sind sehr zufrieden mit mir. Eine Vertrauensstellung, sagt der Herr Leopold.«

»Ja, Oma«, sagte Johanna. »Nicht immer die alte Leier.«

»Eine Vertrauensstellung«, wiederholte Helene Wazlawik selbstgefällig und legte den Zeigefinger an den Mund. »Ich sage nichts. Schweige wie ein Grab.« Ihre Miene verfinsterte sich. »So ein kaltes Erdloch, da werden die Kinder krank.«

Bosch fühlte, wie sich seine Muskeln anspannten. Hatte die Alte wohl zuerst vom Unfall des kleinen August Max-Trostberg gesprochen, so war sie nun in ihrer Erinnerung tatsächlich bei den Zwillingen angekommen. Und sie wusste möglicherweise, wo sie begraben waren. Bosch dachte an Anna und spürte einen Stich im Herzen. Sie hatte die Hoffnung – und die verzweifelte Suche nach ihren beiden Kindern – nie aufgegeben. Nun wurde sie selbst vermisst, und mit jeder Stunde, die verging, fürchtete Bosch mehr um sie.

Dabei sind die Kinder tot.

Und das wohl seit dem Tag ihres Verschwindens.

Auf einmal fühlte Bosch sich müde. Wenn Anna wieder auftauchte, musste er ihr die furchtbare Nachricht überbringen. Nur eines konnte er noch für sie tun. Er musste herausfinden, wo sie ihre Kinder suchen sollte. Um sie endlich zu begraben, um einen Ort zum Trauern zu haben und der gequälten Seele nach all den Jahren Ruhe zu schenken.

Bosch fuhr sich mit der Hand über die Stirn, versuchte, sich noch einmal zu konzentrieren. »Frau Wazlawik«, sagte er so ruhig und freundlich, wie es ihm unter diesen Umständen möglich war. »Sie wissen, wo Annis Zwillinge sind, oder?«

Die Alte schwieg, nur ihre schwarzen Augen flackerten.

»Die Kinder sind nicht krank«, sagte er. »Sondern tot.«

Helene Wazlawik fing an, hin- und herzurutschen. Ihre Hände, von dicken Adern durchzogen und von einem langen Arbeitsleben gezeichnet, fuhren ziellos auf der Fleecedecke herum. Sie schien mit sich zu kämpfen. Am Ende nickte sie.

Bosch hörte, wie Johanna scharf die Luft einzog.

»Anni muss wissen, wo ihre Kinder sind, Frau Wazlawik.«

Die Alte schlug die Augen nieder und murmelte etwas.

»Wo kann ich die Kinder finden, Frau Wazlawik?«

Die Alte sah Bosch an. »Beim Grünzwerg«, sagte sie.

»Was?« Bosch meinte, sich verhört zu haben. *»Wo?«*

»Beim bösen Grünzwerg«, sagte Helene Wazlawik.

Bosch hatte das Gefühl, als würde ihm der Boden unter den Füßen weggezogen. Die alte Frau wusste gar nicht, wovon die Rede war. Schon beim Telefonat mit ihrer Enkelin hätte ihm klar werden müssen, dass ein Gespräch mit Helene Wazlawik keinen Sinn mehr machte. Er hatte nur wertvolle Zeit vergeudet, würde jetzt direkt zur Polizei gehen und Anna Bachmann als vermisst melden. Wieder hatte ihn sein Forscherdrang in Schwierigkeiten gebracht. Nur betraf es diesmal auch eine unschuldige und verzweifelte Frau.

»Die Marmelade mag ich nicht«, sagte die Alte.

»Das ist deine Marillenmarmelade«, sagte Johanna.

»Du lügst.« Helene Wazlawik schob die Unterlippe wie ein schmollendes Kind vor und verschränkte die keulenartigen Arme über dem Bauch. »Du willst mich vergiften – du Teufel!«

Johanna fasste Bosch am Ärmel. »Kommen Sie mit in die Küche«, sagte sie. »Oma kann sich nicht mehr konzentrieren.«

Resigniert und ohne ein weiteres Wort folgte Bosch der jungen Frau aus dem Wohnzimmer in eine kleine Küche mit orangefarbenen Resopal-Fronten. Auch hier schien seit dem Einzug des ersten Bewohners nichts verändert worden zu sein. Bosch fühlte sich wie in einer Zeitreise gefangen.

»Du vergiftest mich!«, kreischte es aus dem Wohnzimmer.

»Wollen Sie einen Kaffee?«, fragte Johanna.

Bosch schüttelte den Kopf. »Ich gehe zur Polizei.«

»Was? Warum denn?« Auf einmal wirkte Johanna, die neben ihrer dementen Großmutter die ganze Zeit Ruhe bewahrt hatte, verstört. »Meine Oma ist völlig daneben, die kann keine Aussage machen.« Sie zupfte nervös an ihrem weiten Pullover herum, und Bosch bemerkte, dass ihre Finger zitterten.

»Schon klar«, sagte Bosch.

Beim bösen Grünzwerg.

Wahrscheinlich hatte die Alte Kilian damit gemeint.

Kilian war also ein Mörder gewesen.

Und wer hatte den Mörder umgebracht?

»Ich muss eine Vermisstenanzeige aufgeben«, sagte Bosch.

Johanna schluckte. »Wegen Ihrer Haushälterin – Anni?«

Bosch nickte wortlos.

Johanna räusperte sich, so wie sie es schon vor ein paar Minuten im Wohnzimmer getan hatte. Doch diesmal hatte sie sich offenbar entschlossen, zu reden.

»Vielleicht kann ich Ihnen doch weiterhelfen«, flüsterte sie, und Bosch fiel auf, dass sie ganz weiß im Gesicht geworden war. Auf einmal wirkte sie nicht mehr selbstsicher, sondern zart und zerbrechlich, fast kindlich. »Ich habe die Kette gefunden und … und hingelegt.«

Bosch brauchte ein paar Sekunden. »Die Kette?«, fragte er. »Etwa diese Holzperlenkette? Vor meiner Tür?«

Johanna holte tief Luft. »Ich hab sie schon gefunden, als

ich ein kleines Mädchen war«, sagte sie. »Und heimlich damit gespielt. Oma hat mich windelweich geprügelt, als sie mich dabei erwischt hat. Das war noch, als sie in dem Haus gelebt hat.« Sie lächelte Bosch entschuldigend an.

Bosch fielen Kilians Worte wieder ein.

Hat sogar viele Jahre im Nachbarhaus gewohnt, damit sie immer in der Villa verfügbar war. Aber mit dem Alter ist ihr das alles zu viel geworden mit ihrem Gemüsegarten und dem Schneeschaufeln und so.

»Warum haben Sie das Haus in Aigen nicht verkauft?«, fragte er. Den Hinweis darauf, dass das ehemalige Kindermädchen sich dann gegen Ende eines arbeitsreichen Lebens wohlverdient eine größere Wohnung in einer ruhigeren Lage hätte leisten können, verkniff er sich diplomatisch. »Es steht doch leer.«

Johanna sah ihn überrascht an. »Das Haus gehört uns doch nicht«, sagte sie. »Da haben die Max-Trostbergs meine Oma nur wohnen lassen. Die waren eben sehr zufrieden mit ihr.«

»Das Nachbarhaus gehört auch zur Villa?«, fragte Bosch.

»Ja, klar.«

»Und wer hat nach Ihrer Großmutter dort gewohnt?«

Sie zuckte die Schultern. »Ja, keine Ahnung«, sagte sie. »Wahrscheinlich irgendwelche anderen Angestellten. Jedenfalls habe ich die Kette dort gefunden. Deswegen dachte ich auch, Sie sollten am besten selbst mit meiner Oma reden.« Sie seufzte. »Na ja, war wohl leider nichts.«

»Warum haben Sie die Kette heimlich bei *mir* hingelegt?«

»Meine Oma hat mir später mal erzählt, was es damit auf sich hat«, sagte Johanna. »Aber sie hat sich nicht getraut, zur Polizei zu gehen.« Sie machte eine Pause. »Weil … Wissen Sie, was mit dem Sohn von der Familie passiert ist?«

»So ungefähr«, sagte Bosch ausweichend.

»Die haben meiner Oma eingeredet, sie hätte nicht richtig aufgepasst«, fuhr Johanna fort. »Und dass sie sie wegen … wegen … Verstoß gegen die Aufsichtspflicht, oder wie das heißt, ins Gefängnis bringen könnten. Für ganz lange Zeit. Da hat meine Oma natürlich den Mund gehalten.«

Bosch musterte die junge Frau.

Sie wirkte zerknirscht und absolut ehrlich. Auch wenn sie das Schweigegeld, das ihre Großmutter angeblich erhalten hatte, mit keinem Wort erwähnt hatte. Bosch wollte auch nicht nachfragen. Es konnte jedenfalls kaum genug gewesen sein, um die Ängste des eingeschüchterten Kindermädchens nachhaltig zu beschwichtigen. Und jeder Tag in dem Haus, das eben zur Liegenschaft dazugehörte, für das aber anscheinend niemand von der Herrschaft Verwendung gehabt hatte und in dem man Helene Wazlawik so großzügig hatte wohnen lassen, musste die Frau an die Tragödie ihres Lebens erinnert haben.

So weit zur angesehenen Familie Max-Trostberg.

»Deswegen hat sie nichts über das Schicksal der Kinder gesagt«, sagte Bosch. »Und ist nicht zur Polizei gegangen.«

Jeden Tag musste Helene Wazlawik aus den Medien den neuesten Fortgang der Suche nach den Zwillingen mitbekommen haben. Die Appelle der verzweifelten Eltern gehört, die Suchmannschaften am Gaisberg gesehen haben. Sie hatte eisern geschwiegen. Ja, Diskretion war die Kerntugend guter Dienstboten, sie lernten es vom ersten Arbeitstag an.

Johanna nickte. »Oma hat Angst gehabt, dass dann die Sache mit dem Jungen auch ans Tageslicht kommt«, sagte sie. »Und dass sie doch noch ins Gefängnis muss.«

»Verstehe.«

So lange Jahre des Schweigens, in denen Anna seelisch fast zugrunde gegangen war und in denen ein Mörder unbehelligt sein Leben gelebt hatte. Zumindest bis letztes Wochenende. Wenn Bosch darüber nachdachte, dann hatte Helene Wazlawik ein Motiv gehabt, sich Kilian vom Leib zu schaffen. Doch das hätte schon Jahre zuvor geschehen müssen. Das Wrack, das zwei Zimmer weiter auf dem Sofa saß, konnte den Gärtner nicht getötet haben. Aber sie hätte wenigstens den Mund aufmachen können.

»Wissen Sie, wo Ihre Großmutter die Kette herhat?«
»Darüber haben wir nicht gesprochen.«
»Warum, meinen Sie, hat sie sie aufgehoben?«, fuhr Bosch fort. »Die Kette wegzuwerfen hätte doch Sinn gemacht. Wenn Ihre Großmutter ohnehin nicht zur Polizei gehen wollte.«
Johanna überlegte. »Ich glaube«, sagte sie, »Oma hat die Kette zu ihrem eigenen Schutz aufgehoben. Damit sie was gegen den Kindermörder in der Hand hat.«
»Weil sie den Mörder kannte?«
»Nehme ich mal an, ja.«
»Der Mörder wusste von ihr«, sagte Bosch. »Sonst hätte sie die Kette ja nicht als Lebensversicherung gebraucht.«
Johanna biss sich auf die Unterlippe. »Anzunehmen.«
»Kein Hinweis? Kein Vorname oder so?«
Johanna schüttelte stumm den Kopf.
Wo kann ich die Kinder finden, Frau Wazlawik?
Beim bösen Grünzwerg.
»Wen könnte Ihre Großmutter als ›Grünzwerg‹ bezeichnen?«
Johanna gab einen hilflosen Laut von sich. »Sie haben Oma doch gesehen«, sagte sie. »Die redet irgendwas.«
Da musste Bosch ihr zwar recht geben, trotzdem hatte er das Gefühl, dass hinter dieser ausgefallenen Wortschöpfung ein Sinn steckte. Demente Menschen erfanden neue Namen für die Dinge, deren korrekte Bezeichnung sie vergessen hatten.
Der Grünzwerg.
Ein grünes Gewand trägt – der Jägerzwerg.
Der Steffi-Zwerg.
Und auf einmal meinte Bosch zu begreifen. Stefanie Max-Trostberg hatte die Zwillinge auf dem Gewissen, so wie Anna immer vermutet hatte. So wie das teuflische Mädchen schon seinen kleinen Bruder umgebracht hatte. Beim ersten Mord hatte man das Kindermädchen zum Schweigen verdammt. Nur zu verständlich, dass es auch den zweiten Mord deckte. Wahr-

scheinlich hatte es Angst, dass es wieder seine Aufsichtspflicht versäumt hatte und zur Verantwortung gezogen wurde. Diesmal war die Mutter jedoch so verständig gewesen, die Welt für immer vor ihrer Tochter zu beschützen.

»Danke«, sagte Bosch, »Sie haben mir sehr geholfen.«

Ein kleines Lächeln spielte um Johannas Mund. »Ja?«

»Ja«, bestätigte er. »Verraten Sie mir nur noch eines: Warum haben Sie die Kette überhaupt vor meine Tür gelegt?«

Johanna zupfte wieder an ihrem Pullover, es schien ein Tick von ihr zu sein. »Ich war vor einigen Wochen in Aigen«, sagte sie. »Bei einer Hochzeit in der Aigner Kirche. Und da habe ich gehört, dass die Frau Caroline gestorben ist. Und dass Sie das Kutscherhaus gekauft haben.« Sie schluckte. »Na ja, dachte ich, es sind nun doch alle tot oder …« Sie machte eine Kopfbewegung in Richtung des Wohnzimmers, »oder nicht mehr verantwortlich. Ich habe gehofft, dass endlich irgendwer nachforscht und dass das Unrecht wiedergutgemacht wird. Zumindest ein bisschen.«

»Das war sehr mutig von Ihnen«, sagte Bosch.

»War es gar nicht«, sagte sie. »Ich habe Sie angerufen und wollte mit Ihnen reden, aber am Ende war ich sogar zu feige, mich zu melden. Das tut mir leid.«

Bosch starrte sie ungläubig an. »Das waren – *Sie*?« Der anonyme Anrufer war eine ängstliche junge Frau gewesen.

»Ich wollte einfach kein schlechtes Gewissen mehr haben«, sagte Johanna. »Wenn Oma stirbt …« Sie verstummte.

»Dann soll sie frei von dieser Schuld gehen«, ergänzte Bosch. »Aber die tragen andere als Ihre Großmutter.«

Johanna schenkte ihm ein Lächeln. »Ja, nicht wahr?«

Bosch legte ihr die Hand auf die Schulter. »Wird Ihnen das hier nicht alles zu viel?«, fragte er. »Wenn Sie einen Pflegeplatz brauchen, kann ich mich für Sie erkundigen.«

»Es ist doch meine Oma«, sagte Johanna verständnislos.

Genau, dachte Bosch, wer kann sich seine Oma aussuchen?

Auf der Saint-Julien-Straße stank es nach den Abgasen, die die lange Schlange der stehenden Autos in die Luft blies. Zwei junge Männer in Kapuzenjacken, Kampfhunde an der kurzen Leine, schlenderten schwatzend vorüber. Aus der offenen Tür des Kebab-Ladens roch es appetitanregend. Der Himmel war grau, und ein heftiger Wind war aufgekommen, der Papierfetzen über den Bürgersteig trieb und die Blätter der Bäume am Salzachufer zauste.

Bosch überquerte die Straße und stellte sich an die Bushaltestelle. Er musste fast eine halbe Stunde warten, denn auch die Busse standen wie immer in Salzburg im Stau. So kam es, dass er erst gegen Mittag wieder in Aigen war.

Als er den Weg durch den Park der Villa Max-Trostberg hinauf zu seinem Kutscherhaus ging, fiel sein Blick wieder auf die Schäferin mit den zwei Lämmern. In der letzten Zeit hatte er der Barockfigur kaum mehr Aufmerksamkeit geschenkt, hatte sich an ihren Anblick gewöhnt gehabt. Vielleicht war es das Gespräch mit Helene Wazlawik, das ihn die Zwergin mit neuen Augen ansehen ließ. Der Stein war …

Der Grünzwerg?

Ein Jäger trug grüne Kleidung. Mit dem Grünzwerg konnte also der Jägerzwerg gemeint sein. Und hatte ihm nicht auch Stefanie Max-Trostbergs zerstörerische Aufmerksamkeit gegolten? Andererseits war die Pflege der Schäferin seit ihrer Platzierung im Rosenrondell ziemlich vernachlässigt worden. Nicht nur schwarze Ablagerungen bedeckten die Figur. Auf den nach oben und nach Westen gewandten Seiten wucherten grüne Flechten. Und was war mit den unheimlichen moosigen Augen, die jedem Besucher zu folgen schienen? Bei flüchtiger Betrachtung der Zwergin entstand ein grau-grüner Eindruck.

Hatte Helene Wazlawik diese Skulptur gemeint?

Bosch dachte wieder an das Foto von Caroline, Stefanie und August. Er stand praktisch an derselben Stelle, von der es einst aufgenommen worden war. Damals war der Blick über den Weg, den Rasen bis hin zur Villa frei, das Rondell mit den Rosen, die mit ihren Stacheln die wertvolle Barockfigur schützten, noch nicht angelegt gewesen.

Kilian hatte behauptet, Leopold Max-Trostberg habe die Zwergin kurz nach Steffis Geburt aufstellen lassen. Der alte Gärtner war jahrzehntelang für die Gartenanlage verantwortlich gewesen. Unmöglich, dass er sich geirrt hatte. Natürlich konnte es sein, dass die Figur damals im Park aufgestellt worden war, nur eben an anderer Stelle. Und dass sie erst später, lange nach dem Foto, an ihren endgültigen Platz verbracht worden war. Aber die Figur war tonnenschwer, wozu der doppelte Aufwand? Jedenfalls war die Zwergin zum Zeitpunkt ihrer Aufstellung noch nicht von Moos und Flechten verunstaltet gewesen. Wer legte schon ein Zierbeet an und stellte dann eine verwahrloste Skulptur zwischen die edlen Rosen? Das Kindermädchen der neugeborenen Steffi hatte die Schäferin also praktisch im Neuzustand gesehen. Soweit man das von einer jahrhundertealten Figur sagen konnte. Und damit konnte die Schäferin auch nicht der böse Grünzwerg sein.

Nebelig.

Anna hatte von dichtem Nebel an jenem Allerheiligentag, als ihre Kinder verschwunden waren, gesprochen.

Zu kalt für die Kinder auf dem Boden.

Woher hatte Helene das gewusst? Hatte sie am Ende die Leichen der Kinder irgendwo liegen gesehen oder sogar den Mörder oder die Mörderin bei der Beseitigung beobachtet?

Werden krank.

Das konnten die typischen Gedanken eines ehemaligen Kindermädchens sein. Oder die Ausflucht einer Augenzeugin, die entweder nicht wahrhaben oder nicht zugeben wollte, was sie wusste. Weil sie ohnehin nichts sagen durfte. Manchmal rettete eine geschönte Erinnerung den Verstand.

Sie wissen, wo Annis Zwillinge sind, nicht wahr?

Die Alte hatte stumm genickt.

Wo kann ich die Kinder finden, Frau Wazlawik?

Beim Grünzwerg.

Beim bösen Grünzwerg.

Und damit biss sich die Katze wieder in den Schwanz.

Nicht unwahrscheinlich, dass Helene Wazlawik an diesem vermaledeiten Allerheiligentag trotz des dichten Nebels unterwegs gewesen war. Vielleicht hatte sie den Gottesdienst in der Aigner Kirche besucht. Und dabei hatte sie eine Beobachtung gemacht, die sie all die Jahre in sich verschlossen hatte und über die sie auch jetzt nur in verschlüsselten Worten reden konnte. Hatte sie die Kinder am Gaisberg gesehen? Dann hatte der Mörder die kleinen Körper möglicherweise in Kilians Gärtnerei gebracht und dort vergraben. Warum hatte Kilian sie dann nicht gefunden? Weil sie unter dem Jägerzwerg lagen? Den Helene Wazlawik sich noch immer nicht traute, bei seinem richtigen Namen zu nennen?

Beim bösen Grünzwerg.

Ein Gedanke schoss Bosch durch den Kopf. Es war ein kühler Herbsttag gewesen, zu kalt für einen Pullover, aber noch zu warm für eine Daunenjacke. Genau das richtige Wetter für einen Übergangsmantel. Typisch für Salzburg und die konservative Gesellschaftsschicht der Familie Max-Trostberg war da ein traditioneller grüner Lodenmantel. Hatte Helene Wazlawik vielleicht ein stämmiges halbwüchsiges Mädchen in einem grünen Mantel bei einer bösen Tat beobachtet?

Das machte Sinn.

Denn die Loyalität des eingeschüchterten und gleichzeitig korrumpierten Kindermädchens galt eher seiner Herrschaft als einer verzweifelten Mutter aus der Reihe der Dienstboten. Dazu passte auch, dass Helene Wazlawik die Kinderkette aufgehoben hatte. So hatte sie wenigstens etwas gegen die Max-Trostbergs in der Hand. Inzwischen wusste sie mehr über die Familie, als ihr guttun konnte. Vielleicht hatte sie sogar geglaubt, eine Art Lebensversicherung zu brauchen. Oder sie hatte die Familie mit der Kette erpresst und deswegen das Haus als Draufgabe zum Schweigegeld erhalten.

Dann war ihre Wut nur zu verständlich, als die Enkelin die Kette gefunden hatte.

Und die jugendliche Täterin?

War Stefanie Max-Trostberg deswegen mit dem Vorschlaghammer auf die wertvolle Barockfigur losgegangen und hatte ihr Gesicht verstümmelt? Bosch dachte an das ausgeschlagene Auge. Vielleicht wollte das Mädchen in seinem Wahn den steinernen Augenzeugen blenden. Aber Stefanie war tot. Und wenn Kilian die Kinder selbst unter dem Stein versteckt hatte? Sozusagen vor seiner Haustür und immer unter Kontrolle? Dann gab es jetzt zumindest noch einen lebenden Mitwisser. Denn das war sein Mörder. Andererseits hatte die Polizei oder die Spurensicherung – oder wer immer in einem Mordfall dafür zuständig war – bestimmt das ganze Areal akribisch abgesucht und auch den Boden umgegraben und unter der lädierten Steinfigur nach den winzigsten Spuren des Mörders geforscht. Unwahrscheinlich, dass zwei Kinderskelette im näheren Umkreis der Leiche unbemerkt geblieben wären.

Der Grünzwerg.

So ein Unsinn.

Bosch schloss die Augen.

Am liebsten hätte er sich wie ein Hund geschüttelt, um all die irren Gedanken loszuwerden. Der Besuch bei der dementen Helene Wazlawik, deren Geschwätz genauso viel Substanz hatte wie das dieser angeblichen Seherin aus Bulgarien, von der Anna ihm erzählt hatte, hatte ihn verrückt gemacht. Es wurde Zeit, wieder einen klaren Kopf zu bekommen. Entschlossen wandte Bosch den Blick von der Zwergin ab und setzte seinen Weg zum Kutscherhaus fort.

Inzwischen hatte der Wind noch zugelegt, die Luft war frisch und prickelnd, genau richtig für einen langen Spaziergang. Das sah auch der Hund so, der nach den Stunden des Alleinseins begeistert an Bosch hochsprang, kaum dass dieser den Vorraum betreten hatte.

Bosch nahm die Leine vom Haken in der Garderobe.

»Heute gehen wir den Rundwanderweg auf dem Gaisberg«, sagte er zu seinem Hund, obwohl er wusste, dass das Wetter dazu nicht das richtige war.

Wenn sie Pech hatten, dann würde einer der ersten Herbststürme sie dort oben erwischen. Aber nach den langen heißen Sommerwochen lockte ihn sogar die Aussicht auf einen heftigen Landregen. Außerdem hatte er Lust, die Stadt und ihren ganzen Trubel – und seine quälenden Gedanken und Sorgen – unter sich zurückzulassen. Dass es sich bei der geplanten Wanderung auch um eine Flucht handelte, war ihm zwar bewusst. Trotzdem musste er jetzt weg, sonst würde er noch den Verstand verlieren. Außerdem – sollte das Wetter allzu ungemütlich werden, konnten der Hund und er vor der Heimfahrt im »Gasthof Zistelalm« einkehren und dort Brotzeit machen und auf den Bus zurück in die Stadt warten. Wenn er es recht bedachte, so würden sie das auf alle Fälle tun.

»Los, Hund, vielleicht treffen wir auch Anna!«

Der Hund fing enthusiastisch an zu bellen.

In diesem Augenblick begann das Telefon auf der kleinen Kommode neben der Küchentür zu läuten.

Anna, endlich.

Nein, Anna würde auf dem Handy anrufen. Und wo war das jetzt schon wieder? Bosch unterdrückte einen Fluch, schob mit Mühe den aufgedrehten Hund beiseite, angelte nach dem Telefon und fischte den Hörer von der Gabel.

»Ja, hier, äh – Bosch?«

Es war Nikolaus Kuhn.

ELF

Der Holzboden war hellgrau von Staub, von vielen Jahrzehnten ausgetrocknet und rissig. Die Bretter hatten sich zusammengezogen, und die Fugen waren im Laufe der Zeit immer breiter geworden, sodass sich in ihnen der Straßenstaub von den Sohlen der vielen Dienstboten angesammelt hatte, die hier oben die wenigen Stunden, die ihnen zwischen den langen Arbeitszeiten als Ruhepausen vergönnt waren, in hastigem Schlaf verbracht hatten. Die Luft unter dem Dach war immer noch warm und stickig, aber durch die Ritzen der schlecht schließenden Türen kroch ein kalter Luftzug, kitzelte Annas bloße Beine und ließ sie erschauern. Wie und wann sie es von der untersten Treppenstufe die steile Stiege wieder hinaufgeschafft hatte und auf den Dachboden gelangt war, wusste sie nicht mehr. Nur, dass sie jetzt lange genug mit der Wange auf den harten Dielen lag, damit bei jeder Bewegung alle Glieder schmerzten. Doch es mussten Stunden vergangen sein.

Dann war dies der zweite Tag ihrer Gefangenschaft.

Anna hatte ihn praktisch verschlafen.

Seit gestern hatte sie außer dem Wodka nichts mehr getrunken. Ihre Kehle war ausgedörrt. Ihre Zunge war ein geschwollener Fleischklumpen, der an ihrem Gaumen klebte. Wie lange konnte ein Mensch ohne Wasser auskommen? Drei Tage? Dann war dies der vorletzte Tag ihres Lebens. Natürlich verfügten alle Personalzimmer über kleine Handwaschbecken mit fließendem kaltem Wasser – ein Badezimmer mit heißem Wasser, mit einer Dusche oder gar einer Badewanne, wäre übertriebener Luxus gewesen –, aber Kilian hatte das Wasser in der leer stehenden Villa schon vor Monaten abgestellt.

Draußen hörte Anna den Hund des Professors bellen.

Es war also wahrscheinlich Nachmittag.

Für einen schläfrigen Augenblick spielte sie mit dem Gedanken, aufzustehen und zum Mansardenfenster zu laufen und auf sich aufmerksam zu machen. Aber hatte sie das nicht schon gestern versucht? Ihr Kopf war voller Watte. Sie war so müde. Bald würde sie in eine Ohnmacht gleiten.

So wie Caroline Max-Trostberg.

Hatte die nicht auch hier oben gelegen, vielleicht genau an dieser Stelle, ehe sie gestorben war? Stunden? Tage? Wochen? Ja, Kilian hatte sie erst nach Tagen gefunden. Aber da war die Gute schon tot gewesen. Caroline hatte sich das Genick gebrochen und war dann erfroren.

Der kalte Luftzug unter der Tür war unangenehm.

Anna zog die Beine an und umschloss die Knie mit ihren Armen. Das war besser, würde sie aber am Ende auch nicht vor dem Kältetod bewahren. In der kommenden Nacht sollte die Schlechtwetterfront über Salzburg hereinbrechen, so viel wusste Anna noch. Dann würde sie erfrieren. Oder verdursten. In jedem Fall war sie morgen, spätestens übermorgen tot. Eigentlich hatte sie nichts dagegen zu sterben. Die letzten Jahre waren eine einzige Anstrengung gewesen, hatten ihre Kräfte und ihren Lebensmut aufgezehrt. Sie war so erschöpft, sehnte sich nach Frieden und Ruhe.

Nach ewiger Ruhe.

Aber dann dachte Anna an ihre Kinder.

Marlene und Moritz, die immer noch jederzeit zurückkommen konnten. Sie würden ihre Mutter nicht mehr vorfinden. Weil sie, Anna, am Ende doch noch aufgegeben und die beiden im Stich gelassen hatte. Nein, sie musste unbedingt am Leben bleiben.

Anna biss die Zähne zusammen, drehte sich mühevoll auf den Rücken und blickte zu den Dachbalken hinauf. Staubkörnchen tanzten wie goldene Pünktchen in den Sonnenstrahlen, die aus Stefanie Max-Trostbergs Kammer fielen. Gegen einen von diesen Balken war Caroline mit der Stirn gestoßen und hatte sich dabei tödlich verletzt, hieß es.

Wirklich? Das war ganz schön hoch, und ihrer Mutter und

all den anderen war hier nie etwas passiert. Nicht einmal dem langen Heinrich, soviel sie wusste. Dem Kutscher, der für ein paar Wochen hier oben gewohnt hatte, als man überlegt hatte, das Kutscherhaus während der Festspielzeit als Gästetrakt zu nutzen. Als eine »Dependance«. Den Gästen war die schlichte Unterkunft jedoch zu spartanisch und während des berühmten Salzburger Schnürlregens auch zu kalt und zu feucht gewesen.

Anna kniff die Augen zusammen, um die Entfernung zur Decke besser einschätzen zu können. Der Dachboden war nicht so hoch wie normale Wohnräume, und er schien Anna seit ihrer Kindheit noch einmal niedriger geworden zu sein. Aber die Holzbalken befanden sich in der Mitte, direkt unter dem First. Wie sollte Caroline Max-Trostberg dort angekommen sein? Und vor allem – was hatte sie nach dem Tod der schrecklichen Steffi hier oben noch gesucht?

Kilian hat auch da die Unwahrheit gesagt.

Anna betrachtete einen der Dachbalken aufmerksamer.

Zwischen dem dunklen Holz und dem Deckenfirst war etwa eine Handbreit Platz. Man konnte dort oben etwas verstecken, was griffbereit, aber nicht für jeden sichtbar war.

Einen Schlüssel zum Beispiel.

Anna wollte sich keine Hoffnung machen, dass jemand den Schlüssel zur Tapetentür dort für sie hinterlegt hatte. Aber sie musste jede Möglichkeit in Betracht ziehen, jede Chance nutzen. Sonst war sie verloren. Und morgen tot.

Sie nahm alle Kräfte zusammen und setzte sich auf. Sofort drehten sich rote Räder hinter ihren Lidern, und ihr wurde schlecht. Sie wartete, bis sich ihr Kreislauf etwas stabilisiert hatte. Dann zog sie noch einmal den Flachmann aus der Tasche. Ein Glück, dass sie so geistesgegenwärtig gewesen war, ihn doch wieder aufzuheben und einzustecken. Sie schraubte den Deckel ab, legte den Kopf in den Nacken und ließ den allerletzten Rest Wodka in ihren geöffneten Mund tropfen. Es war wirklich nur mehr ein winziger Schluck, sicher nur noch ein Teelöffel voll, aber er befeuchtete ihre Schleimhäute. Der vertraute Geschmack des Alkohols verlieh ihr außerdem Zuversicht.

Anna steckte den Flachmann wieder ein und stand vorsichtig auf, wobei sie sich mit einer Hand zur Sicherheit an der Wand abstützte. Erst nach einer Weile traute sie sich jedoch, den Blick zur Decke zu heben.

Der Balken war weit über ihrer Stirn.

So viel zur Unfalltheorie, Kilian, du Mörder.

Caroline war seit Tagen tot gewesen und der Gärtner nicht verdächtig. Selbst wenn die Polizei Ermittlungen aufgenommen hätte – es wäre nichts dabei herausgekommen. Kein Wunder, dass die Behörden den Akt wieder geschlossen hatten. Bestenfalls war aus dem Tod der Caroline Max-Trostberg ein Cold Case geworden. So wie bei ihren armen Kindern.

Blieb die Frage, was Caroline hier gewollt hatte.

Mit den Händen war der Balken sogar für eine mittelgroße Frau wie sie zu erreichen. Anna stellte sich auf die Zehenspitzen, streckte den Arm aus und fasste auf den Dachbalken. Vorsichtig, um sich keinen Splitter einzureißen, fuhr sie mit der flachen Hand auf dem Balken entlang. Zunächst spürte sie nur eine dicke Staubschicht. Ein paar tote Insekten fielen zu Boden. Erst fast gegen Ende des Balkens stießen ihre Hände gegen etwas Weiches, Glattes.

Annas Herz fing an zu rasen.

Sie widerstand dem Impuls, ihre Hand zurückzuziehen. Stattdessen tastete sie zaghaft über ihren Fund. Es schien eine Plastiktüte zu sein. Etwas war darin eingewickelt. Sie zögerte noch einen Moment, dann griff sie zu und zog das Ding herunter.

Es war ein Päckchen aus Noppenfolie.

Anna erinnerte sich daran, dass man eine solche Folie früher in der Villa zum Einwickeln von wertvollem Porzellan oder zerbrechlichen Skulpturen verwendet hatte. Sie konnte die kleinen runden Luftpolster fühlen, die sie als Kind so gern mit einem Knall zum Platzen gebracht hatte. Unter der Folie spürte sie eine kantige Form von etwas Hartem. Sie begutachtete das Paket genauer.

Es war eine Pistole.

Ungläubig starrte Anna auf die Waffe in ihren Händen. Es dauerte ein paar Minuten, bis sie sich wieder gefasst hatte und klar denken konnte. Caroline Max-Trostberg war also aller Wahrscheinlichkeit nach auf den Dachboden geklettert, um diese Pistole zu holen.

Hatte sie die Waffe hier griffbereit versteckt?

Weil ihre Tochter gemeingefährlich war?

Mit spitzen Fingern wickelte Anna die Pistole aus der verstaubten Noppenfolie. Sie verstand nichts von Waffen, hatte noch nie eine Pistole in der Hand gehalten, doch diese hier sah wie im Film und damit für sie echt aus. Als gute Köchin schätzte Anna das Gewicht auf ziemlich genau ein Kilo. Und noch etwas steckte zwischen den Plastikschichten.

Anna, die Pistole in der einen Hand, zog mit der anderen eine Pappschachtel hervor. Sie war abgegriffen und vergilbt. Der kaum noch lesbare Aufdruck lautete »Neun Millimeter Parabellum«. Jemand hatte mit Tinte in einer altmodischen Handschrift »für FN Browning HP« dazu geschrieben. In der Schachtel waren Patronen, und sie war noch halb voll.

In diesem Augenblick vernahm sie ein Geräusch.

Anna fasste die Pistole fester. Obwohl sie damit gar nicht umgehen konnte, gab ihr das kalte Metall ein gutes Gefühl. War Caroline Max-Trostberg vor ein paar Monaten auf den Dachboden gerannt und wollte sie die Pistole holen, weil sie sich bedroht fühlte? Weil jemand die einsamen Tage zwischen den Jahren genutzt hatte, um in die Villa einzudringen? Ein Einbrecher? Oder jemand, den Caroline gut kannte? Kilian? In jedem Fall war sie nicht schnell genug gewesen, hatte die Waffe nicht mehr erreicht.

Und jetzt war wieder jemand im Haus.

Anna konnte Schritte hören, die die Treppe zum ersten Stock heraufkamen. Wie lange war sie schon nicht mehr allein in der Villa? Jetzt ging der Eindringling den Gang zu den Schlafzimmern entlang. Sie hörte, wie Türen geöffnet und wieder geschlossen wurden. Wer immer dort unten unterwegs war, versuchte nicht, seine Anwesenheit zu verbergen. Es konnte nur noch wenige Minuten dauern, bis er die Tapetentür gefunden hatte. Die Messingklinke war deutlich zu sehen.

Leise legte Anna die Folie und die Munitionsschachtel auf den Boden. Sie konnte die Pistole nicht laden, wusste gar nicht, wie das ging. Aber wenn die Waffe hier oben griffbereit lag, um jederzeit eine Wahnsinnige damit in Schach zu halten, dann konnte man wohl davon ausgehen, dass sie auch schussbereit war.

Anna umklammerte den Pistolengriff mit beiden Händen, so wie sie es in den Fernsehkrimis gesehen hatte, und schlich Schritt für Schritt zum Treppenabsatz.

Sie brauchte nicht lange zu warten.

Wenige Minuten nachdem sie Posten bezogen hatte, hörte sie, wie sich der Schlüssel im Schloss drehte. Gleich darauf öffnete sich die Tür, und die dunkle Silhouette eines Mannes erschien in dem hellen Viereck.

»Stehen bleiben!«, schrie Anna. »Ich habe eine Waffe!«

Der Mann hob den Arm in ihre Richtung, setzte einen Fuß auf die unterste Treppenstufe. Wollte er etwa heraufsteigen?

»Ich schieße!«, schrie Anna.

Der Mann zögerte, aber floh auch nicht.

Mit dem Mut der Verzweiflung hob Anna die Pistole, zielte, schloss die Augen und zog den Abzug durch.

Es machte einmal leise »klick«.

»Oh my goodness«, sagte der Mann erschrocken.

Anna ließ die Pistole sinken und riss die Augen auf. Es war Benjamin Green, der nette Engländer, der sich erst vor Tagen im Kutscherhaus nach dem Professor erkundigt hatte.

»Was … was machen Sie hier?«, stammelte Anna.

»Frau Anna?« Green sah sie an, als wäre ihm eben ein Gespenst erschienen. »Sie waren eingeschlossen.«

»Ich weiß«, blaffte Anna. »Wie kommen Sie hier rein?«

»Die Eingangstür war offen«, sagte Green. »Da bin ich reingegangen. Ich wollte mich nur etwas umsehen.« Er stieg vorsichtig die Treppe herauf und wedelte wieder mit der Hand. »Nehmen Sie diese Pistole weg.«

Und jetzt, da die ganze Angst und Anspannung schlagartig von ihr abfielen, brach Anna zusammen. Vor lauter Erleichterung fing sie hemmungslos zu weinen an. Denn sie war gerettet. Gerettet. Gerettet. Und dabei hätte sie ihren Befreier beinahe erschossen. Sie schluchzte, bis sie eine Hand auf ihrer Schulter spürte. Da lächelte sie unter Tränen, nahm dankbar das Stofftaschentuch, das Green ihr hinhielt, und schnäuzte sich mit einer Hand die Nase. In der anderen hielt sie immer noch die nutzlose Pistole.

»Sind Sie eine Sportschützin?«, fragte Green und zeigte auf die Waffe. »Schießen Sie hier oben?« Er blickte auf das feuchte Stück Stoff, das Anna ihm hinhielt. »Nein, nein, behalten Sie das Taschentuch ruhig.«

Jetzt musste Anna lachen. Sie stopfte das Tuch zu dem Flachmann in die Tasche und schüttelte den Kopf. »Die Waffe gehört mir nicht«, sagte sie. »Ich habe sie gefunden.« Sie hörte, wie kratzig ihre Stimme klang. Das Sprechen fiel ihr mit dem noch immer etwas ausgetrockneten Mund schwer.

»Oh my goodness«, sagte Green wieder.

Anna zeigte zum Dachbalken. »Da oben«, krächzte sie.

Sein Blick folgte ihrer Hand. »Oh my goodness.«

Anna holte tief Luft. »Ich will hier weg«, sagte sie. »Ich habe Durst. Bitte, ich …« Sie verstummte.

»Natürlich«, sagte Green sofort und nahm ihr die schwere Pistole ab. Dann schaute er sich um, entdeckte die Munitionsschachtel auf dem Boden, hob sie auf und steckte sie in die Jackentasche. »So etwas Gefährliches sollte man nicht herumliegen lassen.« In seiner Stimme schwang leiser Tadel. Er reichte Anna die freie Hand. »Ich stütze Sie.«

Gemeinsam stiegen sie die Treppe hinab, gingen durch den

langen Gang und verließen die Villa. Green drückte die Tür zu, und diesmal schloss Anna sorgfältig ab.

»Wollten Sie den Professor besuchen?«, fragte Anna, während sie zum Kutscherhaus hinübergingen. Der Himmel war grau, und ein kräftiger Wind war aufgekommen. Nach den vielen Stunden in der erstickenden Luft auf dem Dachboden war jeder Atemzug eine Erholung. »Er müsste eigentlich längst zu Hause sein. Am Nachmittag ist er meistens im Atelier.«

»Ich habe vergeblich geklingelt«, sagte Benjamin Green.

Anna nickte, reden konnte sie jetzt doch nicht mehr. Aber sie schloss das Kutscherhaus auf und bat Green mit einer Handbewegung herein. Dann lief sie in die Küche, ließ ein Glas mit kaltem Wasser volllaufen und leerte es auf einen Zug. Erst als sie zwei weitere Gläser getrunken hatte, spürte sie, wie ihre Lebensgeister endgültig zurückkehrten.

Auf dem Küchentisch lag ein Zettel.

Anna griff danach, er war für sie bestimmt.

Liebe Anna,

ich hoffe, diese Zeilen erreichen Sie bei guter Gesundheit. Ich mache mir große Sorgen, bitte rufen Sie mich an oder hinterlassen Sie mir eine Nachricht. Ich gehe den Gaisberg-Rundwanderweg und bin gegen Abend zurück. Bitte melden Sie sich!

Ihr Hans Bosch

Anna war gerührt.

Bei guter Gesundheit.

Das war die typische altmodische Ausdrucksweise des Professors. Sie kehrte in den Vorraum zurück, wo Benjamin Green noch immer auf eine Erklärung zu warten schien.

»Der Professor ist auf den Gaisberg gefahren«, sagte Anna.

»Er fährt immer mit der Linie 151 und ist sicher spätestens gegen neunzehn Uhr wieder zurück.«

Benjamin Green machte keine Anstalten zu gehen, sondern wirkte unschlüssig. »Oh, gut«, sagte er nur.

»Wollen Sie hier auf ihn warten?«, fragte Anna, die zwar lieber nach Hause gefahren wäre, eine Dusche genommen und den Kühlschrank geplündert hätte, aber in der Schuld ihres Retters stand. »Ich mache uns eine Jause«, setzte sie hinzu. »Und eine Kanne Tee.« Engländer mochten doch Tee, oder?

»Das wäre sehr nett, Frau Anna«, sagte Green.

»Ich rufe den Professor nur schnell an und sage Bescheid, dass Sie hier sind.« Und ich bei guter Gesundheit bin, fügte sie in Gedanken bitter hinzu. »Setzen Sie sich lieber ins Wohnzimmer, draußen fängt das Unwetter gleich an.«

Da ihr eigenes Handy weg war, ging sie zu der Kommode mit dem Telefon und wählte die Mobilnummer des Professors. Sie brauchte nicht lange zu warten. Das vibrierende Brummen des Handys war deutlich und nur wenige Meter entfernt zu hören.

Es kam von der Garderobe.

Aus der Regenjacke des Professors.

»Das ist ja wieder typisch«, sagte Anna zu Green und wollte gerade ihrem Ärger Luft machen, als das Handy in der Jacke von Neuem läutete. »Was denn jetzt schon …« Sie lief zur Garderobe und zog das Handy aus der Tasche. »Bei Bosch?«

Es war Herr Kuhn, der vielleicht bald neue Galerist des Professors.

ZWÖLF

Bosch hatte seine Jause in der gemütlichen Gaststube der Zistelalm auf dem Gaisberg beendet. Angesichts des sich schnell verschlechternden Wetters hatte er auf den Rundwanderweg verzichtet. Stattdessen waren der Hund und er von der Endstation des Busses auf dem Gaisbergspitz eine halbe Stunde bergab spaziert – was bei dem scharfen Wind auch kein Vergnügen gewesen war, aber immerhin ein Kompromiss zwischen Hunde- und Menscheninteressen. Nun schlief der Hund zufrieden unter dem Tisch, und Bosch war satt und hatte keine Lust, sich wieder dem aufkommenden Unwetter auszusetzen.

Unschlüssig starrte er aus dem Fenster und ging in Gedanken noch einmal den Tag durch. Mit dem Abstand von mehreren hundert Höhenmetern wurden die irren Aussagen von Helene Wazlawik und seine Vorstellung zweier toter Kinder im Park der Villa Max-Trostberg zu dem, was sie waren – zu Hirngespinsten. Es wurde Zeit, dass er sich wieder seiner Arbeit widmete. Annas Schicksal war eine Tragödie, aber es war nicht an ihm, das Rätsel um die verschwundenen Zwillinge zu lösen. Nur die Vergangenheit und die Geschäfte des Kunsthändlers Leopold Max-Trostberg interessierten ihn weiterhin. Denen würde er auf der Spur bleiben. Immerhin war er Wissenschaftler und Forschung sein Beruf.

Bei dem Gedanken an Max-Trostberg fiel Bosch ein, dass Nikolaus Kuhn kurz vor seinem Aufbruch angerufen hatte.

Ich habe über unser gestriges Gespräch nachgedacht, und mir ist noch etwas eingefallen. Können wir uns treffen?

Ich bin gerade im Aufbruch begriffen.

Wie wär's mit heute Abend? Ich komme nach Aigen.

Heute brauche ich frische Luft.

Sie hatten einen Telefonanruf für den nächsten Tag vereinbart, und Bosch hatte sich beeilen müssen, um noch den Bus Nummer 151, der vom Mirabellplatz auf die Gaisbergspitze hinauffuhr, zu bekommen. Angesichts des Wetterberichts war der Bus fast leer gewesen. Die wenigen, dafür umso aufgekratzteren Touristen hatten Wanderkleidung und Regenausrüstung angehabt. Bosch trug nur ein kurzärmeliges Hemd und den hellen Leinenanzug, den er extra für den Besuch bei Helene Wazlawik angezogen hatte. Immerhin hatte am Morgen noch eine feucht-heiße tropische Hitze geherrscht. Auch seine bequemen Wildleder-Mokassins waren nichts fürs Gelände. Für den Rundwanderweg würden sie aber ausreichen, und eine Bergtour hatte er ja ohnehin nicht vor.

Auf dem Parkplatz der Gaisbergspitze hatten heftige Sturmböen die Ankommenden empfangen. Hier oben war der Berg seit dem letzten Orkan, der über Salzburg hinweggefegt war, verkarstet. Der nackte Fels fraß sich jedes Jahr weiter in den Schutzwald hinein. Während der Wind durch sein Haar fuhr und erste Regentropfen die Gläser seiner Brille nahezu undurchsichtig machten, hatte sich Bosch zwar eng in seine Anzugjacke gewickelt, es war aber klar gewesen, dass aus der Wanderung einmal um die Gaisbergspitze nichts werden würde. Die Sicht war gleich null, das schöne Umland verbarg sich unter einem Wolkenmeer.

Bosch hatte zugesehen, wie seine Mitfahrer lachend Anoraks am Hals zugezogen und Wollmützen und Kapuzen aufgesetzt hatten und unverdrossen auf den ausgeschilderten Beginn des Wanderwegs zugestapft waren. Am liebsten wäre er gleich wieder mit dem Bus ins Tal hinuntergefahren. Aber der Hund lief bereits aufgeregt schnüffelnd und mit dem Schwanz wedelnd herum und freute sich sichtlich über den schönen Ausflug. Da hatte Bosch beschlossen, wenigstens den gut eine halbe Stunde dauernden Weg hinab zur Zistelalm mit ihm zu gehen.

Und nun saß er in der gemütlichen Wirtsstube, und draußen wurde es immer ungemütlicher. Obwohl Nachmittag, war es hinter den kleinen Bauernhausfenstern düster. Bei schönem Wetter hätten sie auch den kleinen Weg nehmen können, der von der Hauptstraße abzweigte und den Gaisberg hinunter direkt nach Aigen führte. Aber das war unter diesen Bedingungen lebensgefährlich.

Es wurde jedenfalls Zeit aufzubrechen.

Bosch warf einen Blick auf seine Uhr. Der nächste Bus ging in einer Viertelstunde. Er machte der Kellnerin ein Zeichen, bezahlte und rief seinen Hund, der gemütlich eingerollt unter dem Tisch schlief. Zur Haltestelle waren es nur ein paar Meter, so tröstete sich Bosch, und in einer guten Stunde konnten sie zu Hause sein.

Draußen vor der Tür peitschte Bosch ein eisiger Wind ins Gesicht. Kleine Hagelkörner stachen wie mit Nadelspitzen in seine Haut. Schnell schlug er den Kragen seiner Anzugjacke hoch und zog das Kinn ein. Über den Stadtbergen türmte sich eine schwarze Wolkenbank. Bald würde es finster werden. Der Nebel, der noch vor einer Stunde über dem Talkessel gelegen hatte, war inzwischen aufgestiegen und hing wie Watte zwischen den Bäumen nur wenige Meter unterhalb der Zistelalm. Bosch fluchte leise. Der Wetterbericht hatte gewarnt, aber verdammt, es war Anfang September! Ja, schalt Bosch sich, und ein Kälteeinbruch um diese Jahreszeit war eher die Regel als die Ausnahme.

»Tempo, zur Haltestelle«, sagte er zu seinem Hund.

Der Hund duckte sich an seiner linken Seite. Er hatte den Schwanz eingezogen und krümmte den Rücken. Der Wind blies in sein Fell, ließ es zu Berge stehen und gab dem Tier das Aussehen einer Hyäne. *Ridgeback.* Hagelkörner tanzten auf seinem Rücken. Aber der Hund blickte vertrauensvoll zu seinem Herrn auf und trottete neben ihm her.

Bosch senkte den Kopf gegen den eisigen Wind, kniff die Augen zusammen und ging los. Vorsichtig setzte er einen Schritt nach dem anderen. Die Straße war abschüssig und von den Eiskörnern glatt, die Mokassins boten keinen Halt.

Nur noch ein paar Meter.

Plötzlich tauchten zwei große Schatten auf, die von rechts kamen, vor Bosch die Straße querten und im Wald zu seiner Linken eintauchten. Im nächsten Augenblick hatte sich der Hund von seiner Seite gelöst und war in weiten Sprüngen hinter ihnen zwischen den Bäumen verschwunden. Bosch hörte nur noch sein wütendes Gebell hinter der Nebelwand, das jedoch immer leiser wurde und schließlich ganz erstarb.

Rehe.

Verdammt.

Das hatte gerade noch gefehlt.

»Hund!«, brüllte Bosch gegen das Heulen des Windes an. Das durfte einfach nicht wahr sein. Was für ein unseliger Tag! Er hätte weinen können. *»Hund!«*

Verzweiflung erfasste ihn. Hier stand er auf halbem Weg, konnte weder weiter ins Tal absteigen noch zum warmen Gasthof zurückkehren. Und seinen Hund in der einsetzenden Kälte zurückzulassen – ihn wieder herrenlos zu machen, wenn er denn die Kälte oder die auch in der Nacht befahrene Straße überlebte – war sowieso unmöglich. Andererseits war der Hund ein Streuner. Wahrscheinlich würde er einfach zum Gasthaus zurückkehren und, wenn er seinen Herrn dort nicht antraf, sich einen warmen Platz in der Küche suchen.

Bosch spielte gerade mit dem Gedanken, umzukehren und vor dem Eingang der Zistelalm auf den Ausreißer zu warten, als er einen Wagen hörte, der mit dröhnendem Motor die Bergstraße heraufkam. Nur noch wenige Sekunden, dann tauchten aus der Nebelwand zwei Autoscheinwerfer auf, tasteten sich über das Bankett. Es war eine große, dunkle Limousine, ein Mercedes.

Bosch trat an den Straßenrand, hoffte, dass sein Hund nicht gerade jetzt zurückkehrte und vor den Kühler des Wagens sprang. Er hob den Arm, bewegte die Hand auf und ab, bedeutete dem Fahrer, das Tempo noch einmal zu senken.

Der Mercedes kam näher, verlangsamte seine Fahrt und

blieb neben Bosch stehen. Das Seitenfenster glitt herab, und der Mann am Steuer beugte sich über den Beifahrersitz.

Es war Nikolaus Kuhn.

»Hab ich mich doch nicht getäuscht«, sagte Kuhn und schüttelte den Kopf. »Was machen Sie bei diesem Wetter hier draußen? Ich dachte, Sie sitzen auf der Zistel? Ich wollte Ihnen Gesellschaft leisten und ein Bier mit Ihnen trinken.« Er richtete sich wieder hinter dem Lenkrad auf. »Los, steigen Sie ein, ich nehme Sie mit.«

»Ich warte auf meinen Hund«, sagte Bosch.

»Was?«

Bosch zeigte zum Waldrand. »Mein Hund ist mir davongelaufen«, erklärte er. »Er kommt sicher gleich zurück. Da waren zwei Rehe …« Er verstummte.

Kuhn starrte ihn an, hielt ihn offensichtlich für irre. Dann schien er zu überlegen. »Hören Sie, Professor«, sagte er schließlich. »Sie können hier nicht stehen bleiben. Entweder Sie erfrieren, oder das nächste Auto überfährt Sie in dieser grässlichen Nebelsuppe.«

»Ich gehe zum Gasthof zurück«, sagte Bosch. Inzwischen hielt er diese Option für so gut wie jede andere.

Kuhn seufzte hörbar. »Steigen Sie ein«, sagte er und deutete auf den Beifahrersitz. »Ich fahre sie rauf. Sonst brechen Sie sich noch den Hals bei der Glätte. Und ich will keinen zukünftigen Künstler meiner Galerie verlieren.«

Bosch warf einen letzten Blick auf den Waldrand. Die schwarzen Stämme der Bäume schimmerten schemenhaft durch den Nebel. Nichts war zu hören. Wo war der verdammte Hund?

»Gut«, sagte er zu Kuhn. »Danke.«

Er öffnete die Beifahrertür und stieg ein.

Im Inneren der luxuriösen Limousine war es warm, es roch nach Leder und im Radio spielte leise Klaviermusik. Bosch lehnte sich in den weichen Sitz zurück und spürte, wie er sich entspannte. Kuhn gab Gas, der schwere Wagen setzte sich fast lautlos in Bewegung und glitt den Berg hinauf.

»Woher wussten Sie eigentlich, dass ich auf dem Gaisberg bin?«, fragte Bosch. »Und vor allem, wo?«

»Ganz einfach«, sagte Kuhn. »Ich habe bei Ihrer Haushälterin angerufen, und die hat mir erzählt, dass ich Sie wahrscheinlich auf der Zistel treffe. Ich habe doch gesagt, ich will mit Ihnen reden.«

»Anna?«, fragte Bosch. »Anna ist zu Hause?«

»Wo sollte sie denn sonst sein?«, fragte Kuhn.

Bosch gab keine Antwort. Aber dies war die erste gute Nachricht des Tages. Der Hund würde auch zurückkommen.

Kuhn lenkte den Mercedes auf den großen Parkplatz des Gasthofs, auf dem nur noch wenige Autos standen, wendete und fuhr zurück auf die Straße, wo er nach rechts zur Talseite abbog.

Bosch drehte sich um, warf einen Blick über die Schulter zur Zistelalm hinauf, wo durch den Nebel die warmen Lichter des Gasthauses zu sehen waren.

»Wo fahren Sie denn hin?«, fragte er irritiert.

»Mir ist etwas eingefallen.« Die Antwort klang knapp.

Kuhn fuhr noch ein paar Meter den Berg hinab, dann bog er nach links in eine schmale Straße ein, die, soweit Bosch wusste, nach Elsbethen hinüberführte. In diese Richtung war sein Hund verschwunden. Deswegen hielt er, statt weiter Fragen zu stellen, lieber Ausschau. Aber der Dunst zwischen den Bäumen war einfach zu dicht, als dass er etwas hätte erkennen können. Nein, das machte keinen Sinn.

»Was halten Sie davon?«

Kuhn hatte weitergesprochen, aber Bosch hatte nicht zugehört. »Wie bitte?«, fragte er.

»Ich habe einen Sammler aus dem arabischen Raum«, sagte Kuhn. »Eigentlich ist er schon fast ein Freund.«

»Lassen Sie mich hier aussteigen«, sagte Bosch. »Dann gehe ich zum Gasthaus zurück.«

»Er macht jedes Jahr Urlaub in Zell am See und gehört zu meinen besten Kunden«, setzte Kuhn so ungerührt hinzu, wie er weiterfuhr. »Derzeit wohnt er hier in der Nähe bei Freunden.« Er zeigte mit der Hand nach rechts, wo, wie Bosch wusste, ein imposanter Bauernhof lag. »Es wäre eine gute Gelegenheit, Sie miteinander bekannt zu machen.«

»Vielleicht ein andermal«, sagte Bosch.

»Es gibt dort jede Menge Personal«, fuhr Kuhn fort. »Man könnte gemeinsam Ihren Hund suchen.« Er warf Bosch einen Seitenblick zu. »Oder wollen Sie das Tier bei diesem Wetter auf dem Gaisberg zurücklassen?«

Bosch verspürte einen Stich und schüttelte den Kopf.

»Na bitte«, sagte Kuhn, und Bosch hörte ihn lächeln.

Sie fuhren am Waldrand entlang, rechts unterhalb des Weges wogte ein dickflüssiges Wolkenmeer. Bosch ließ seinen Blick aus dem Seitenfenster wandern. Dort, wo er vor Kurzem noch die Stadtberge gesehen hatte, stand jetzt eine undurchdringliche Nebelwand. Nur das rote Licht auf der Festung blinkte in regelmäßigen Abständen verschwommen wie hinter einer Milchglasscheibe, warnte die Flugzeuge vor der gefährlichen Lage zwischen den eng stehenden Bergen. Auf einmal kam es Bosch wie das tröstliche Feuer eines Leuchtturms vor, das ihn zu sich rief und mahnte, aus dem Wagen von Nikolaus Kuhn auszusteigen. Aber Kuhn war inzwischen ein paarmal abgebogen, ohne dass Bosch auf die Himmelsrichtung geachtet hatte. Bosch lenkte seine Aufmerksamkeit wieder auf den Weg, hatte jedoch jegliche Orientierung verloren.

»Wo fahren wir denn hin?«, fragte er beunruhigt.

Nikolaus Kuhn schlug das Lenkrad ein, verließ erneut die schmale Straße und bog nach links in einen Waldweg ein. Der Wagen holperte bergauf. »Ich habe eine Idee«, sagte er.

Bosch bekam ein mulmiges Gefühl. »Anna wartet auf mich«, log er, bemühte sich um einen festen Tonfall.

Kuhn nickte. »Rufen Sie besser an«, schlug er vor. »Damit sie sich keine Sorgen macht.«

Bosch fasste in seine Jackentasche.

Wo war das verdammte Handy?

Wo es immer lag – zu Hause.

»Später«, krächzte er. »Wo fahren wir hin?«

Kuhn fasste das Lenkrad fester, beugte sich vor und spähte in die milchige Suppe hinter der Windschutzscheibe. Der Weg wurde schmaler, der Wagen rumpelte langsamer dahin.

»Ihr Hund hat doch ein Reh gejagt?«, fragte Kuhn.

Bosch nickte wortlos.

»Mir ist eingefallen, dass es eine Rehfütterung gibt«, sagte Kuhn. »Muss hier ganz in der Nähe sein. Ich dachte, bevor wir meine Freunde in das Wetter hinaustreiben, pfeifen Sie hier erst noch mal nach Ihrem Vierbeiner.« In seiner Stimme lagen Besorgnis um Boschs Hund, aber auch die Zuversicht, ihn bald zu finden. »Nur dieser verdammte Nebel! Wenn wir vom Weg abkommen, landen wir im Graben, und dann sitzen wir fest. Aber umdrehen geht jetzt auch nicht mehr.« Es klang, als unterdrückte er einen Fluch. »Verdammt, da drüben geht es, soviel ich weiß, mehrere hundert Meter runter. Aber keine Angst, hier kenne ich mich aus.«

Bosch atmete auf und entspannte sich etwas, trotz der misslichen Lage, in der sie sich befanden und in die er den hilfsbereiten Kuhn gebracht hatte. Sein schlechtes Gewissen meldete sich, trieb ihn zu einem Vorschlag.

»Lassen Sie mich aussteigen«, sagte er.

Kuhn warf ihm einen Seitenblick zu. »Was?«

»Ich gehe zu Fuß weiter«, erwiderte Bosch.

Kuhn runzelte die Stirn. »Allein?«, fragte er. Aber er hielt den Wagen an. »Wenn Sie sich in der Suppe verlaufen und das Bein brechen, findet Sie niemand rechtzeitig. Dann erfrieren Sie irgendwo da oben am Gaisberg.«

»Wir kommen sowieso nicht weiter«, sagte Bosch. »Besser, Sie bleiben hier und warten auf mich.« Er holte tief Luft. »Wenn ich meinen Hund in einer Viertelstunde nicht gefunden habe, komme ich zurück.« In den letzten Minuten hatte ihn Schicksalsergebenheit erfasst. Wenn der Streuner beschlossen hatte, eigene Wege zu gehen, dann sollte er das tun. Kein

Grund, wegen eines auch noch so geliebten Tieres Menschenleben zu gefährden. »Dann war's das eben.«

Kuhn warf einen Blick über die Schulter. »Rückwärts müsste ich uns hier rausbringen«, sagte er. »Also – gut.« Er sah Bosch an. »Haben Sie Ihr Handy? Für alle Fälle?«

»Natürlich«, log Bosch.

»Und Sie haben meine Nummer?«

»Selbstverständlich.« Zumindest dieser Punkt entsprach der Wahrheit, Bosch hatte die Nummer von Kuhns Visitenkarte eingespeichert. Ehe er auch sie verlegt hatte. Außerdem sah er gern auf dem Display, wer anrief.

»Gut.« Kuhn glaubte ihm, wirkte auf einmal zufrieden. Er deutete irgendwo in den milchigen Dunst. »Da vorne liegt die Rehfütterung«, sagte er. »Ich bin mir ganz sicher.«

»Finde ich«, sagte Bosch und fasste nach dem Türgriff. »Danke.« Er öffnete die Autotür und stieg aus.

Sofort umfingen ihn Kälte und Nässe, krochen unter seine Jacke, legten sich wie ein feuchtes Tuch auf sein Gesicht. In dem angenehm geheizten Wagen hatte er ganz vergessen, was dieses Wetter am Berg bedeutete. Und dass er viel zu dünn angezogen war. Er schlug den Kragen wieder hoch und ging ein paar Meter in die angegebene Richtung. Vor dem Kühler der Limousine wandte er sich noch einmal zu Kuhn um und hielt den Daumen hoch.

Alles in Ordnung.

Kuhn antwortete mit der gleichen Geste.

Ich bin hier.

Bosch stapfte entschlossen los.

Ohne das beruhigende Brummen des schweren Motors und den menschlichen Klang von Kuhns Stimme war Bosch, als könnte er die Stille des Waldes hören. Das weiche Schmatzen der Erde unter seinen Schuhen und das gelegentliche Knacken hinter der Nebelwand zu beiden Seiten des Weges, die ihn begleiteten, klangen unnatürlich laut. Kurz schoss ihm der

Gedanke durch den Kopf, dass Kuhn mit seiner Warnung recht gehabt hatte. Was, wenn er wirklich über eine der Wurzeln stolperte, die den Weg durchzogen und die er zwar hart unter seinen Sohlen fühlen, jedoch nicht sehen konnte? Kuhn würde ihn nicht suchen, vertraute darauf, dass alles in Ordnung war, solange er von Bosch nichts Gegenteiliges hörte.

Haben Sie Ihr Handy? Für alle Fälle?

Natürlich.

Selbst wenn der Empfang mitten im Wald so schlecht war, dass er Kuhn nicht hätte erreichen können, wäre ihm wenigstens die Notruftaste geblieben, um Hilfe zu holen.

Nutzt nichts.

Idiot.

Bosch blieb stehen und versuchte, die Nebelschwaden mit Blicken zu durchdringen. Wo war bloß der verdammte Köter? Die Baumstämme am Rand des Weges verbargen sich hinter Dunstschleiern. Nur hier und da konnte Bosch das leise Knacken von Ästen hören. Er musste an Anna denken. Wie oft hatte sie ihm von ihren Kindern erzählt. Denen nie etwas passiert wäre, wenn an jenem unseligen Allerheiligentag nicht dichter Nebel über dem Gaisberg gelegen hätte.

»Hund?«, rief Bosch.

Nichts geschah.

»Hund?«, schrie er und sandte den Pfiff hinterher, auf den der Hund normalerweise immer hörte. Fast rechnete er damit, dass der Hund aus dem Unterholz springen würde. Schwanzwedelnd und ohne jedes Anzeichen von schlechtem Gewissen. Doch nichts geschah, alles blieb ruhig. *»Hund!«*

Keine Antwort.

Die feuchte Kälte hatte sich unter Boschs Jacke eingenistet, die Erde die Sohlen seiner Schuhe durchnässt. Er beschloss, noch ein Stück weiterzugehen. Wenigstens ein paar Minuten. Dann jedoch würde er umdrehen. Endgültig.

Der Weg stieg jetzt stetig bergan, wurde immer unwegsamer. Bosch dachte an Kuhn. Wie hatte der sich nur einbilden können, mit der schweren Mercedes-Limousine dieses Gelände bezwingen zu können?

Bosch blieb so abrupt stehen, dass er auf einen quer über dem Weg liegenden Ast trat, ins Straucheln geriet und fast zu Boden gestürzt wäre. Im letzten Augenblick gelang es ihm, sich wieder zu fangen und sicheren Stand zu bekommen.

Warum hatte er dann den Mercedes hierher manövriert?

Auf einmal meinte Bosch, ein Knacken hinter sich zu hören. *Endlich.* Aller Ärger fiel mit einem Schlag von ihm ab. Stattdessen durchströmte ihn eine warme Welle der Erleichterung. Er drehte sich um, kniff die Augen zusammen.

»Hund«, sagte er. »Hund? *Hierher!*«

Alles blieb ruhig.

Hinter Bosch schwappte die undurchdringliche Nebelsuppe. Nur der Weg war ein paar Meter weit zu sehen. Das Geräusch war verstummt. Vielleicht hatten ihm seine Nerven einen Streich gespielt. Das hatte jetzt alles keinen Sinn mehr. Es war Wahnsinn, in dieser Kälte und bei dieser Sicht den Gaisberg hinaufzulaufen. Bestimmt war der Hund schon zu dem Platz zurückgekehrt, an dem er seinen Herrn hatte stehen lassen. Jetzt fiel Bosch ein, über ein derartiges Verhalten von Hunden gelesen zu haben. Er fluchte leise, dann trat er den Rückzug an.

Er war schon ein paar Meter den Weg hinabgelaufen, als er das Geräusch wieder hörte. Diesmal schien es von vorne rechts zu kommen. Bosch spürte ein Kribbeln im Nacken. Welche Tiere lebten hier? Gab es am Gaisberg Wildschweine? Seiner Einschätzung nach konnte es nicht mehr weit zu Kuhn und dem sicheren Wagen sein.

Bosch zog die Schultern hoch und marschierte tapfer weiter. Wie zur Belohnung tauchte nach ein paar Metern vor ihm eine schemenhafte Gestalt auf dem Weg auf, kam auf ihn zu, schälte sich aus dem Nebel.

Es war Kuhn.

Anscheinend hatte er sich Sorgen gemacht.

Bosch hob den Arm und winkte. »Alles in Ordnung!«, rief er. »Ich komme schon.«

Kuhn schien ihn nicht gehört zu haben, denn er ging einfach zügig weiter, so als hätte er etwas zu erledigen.

Irritiert blieb Bosch stehen.

Kuhn hatte seinen Mantel ausgezogen, trug jetzt zur grauen Hose Hemd und Pullover. Und Gummistiefel. Und schwarze Handschuhe. In der rechten Hand hielt er etwas.

Auf einmal hatte Bosch wieder das Gefühl vom Nachmittag. Als stellten sich seine Nackenhaare auf.

Kuhn hatte eine Pistole.

DREIZEHN

Anna hatte für Green und sich ein paar belegte Brote gemacht und Tee gekocht. Jetzt saßen sie im Wohnzimmer des Kutscherhauses an dem kleinen Biedermeieresstisch und genossen ihre Mahlzeit, während draußen die ersten Windböen durch Aigen fegten. Der Kälteeinbruch war schneller gekommen als vorhergesagt. Über den Untersberg quollen schwarze und gelbe Wolken.

Anna war so hungrig, als hätte sie seit Wochen und nicht erst seit zwei Tagen nichts gegessen. Am Ende ihrer Mahlzeit, während Green – typisch Engländer – mit Genuss die zweite Tasse Tee mit Milch trank, lehnte sie sich zurück und blickte aus dem kleinen Fenster. Das sah nach Herbstgewitter aus. Sie war froh, dass die Hitze endlich gebrochen war, aber sie machte sich Sorgen um den Professor. Immer wieder warf sie einen Blick auf die Uhr.

»Wollen Sie mir sagen, wer Sie in der Villa eingeschlossen hat?«, fragte Green.

»Wenn ich das wüsste«, antwortete Anna, »dann wäre mir wohler. Sonst überfällt er mich auch noch hier im Haus.« Sie blickte erneut auf ihre Armbanduhr.

»Sie sind unruhig, nicht wahr?«

»Ja, aber nicht deswegen, ich …« Sie verstummte.

»Ist es wegen Professor Bosch?«

Anna sah ihn erleichtert an. »Ja«, gab sie zu. »Und ich weiß nicht, was ich machen soll. Es wird immer später, und er ist immer noch nicht zurück.« Der Professor hatte feste Gewohnheiten und war normalerweise so pünktlich wie ein Uhrwerk. »Und ich kann ihn nirgends erreichen.«

Green dachte nach. »Was befürchten Sie denn?«

Das wusste Anna auch nicht so genau. Nur, dass sie Angst hatte. »Er ist irgendwo am Gaisberg unterwegs«, sagte sie.

»Und seine Regenjacke hängt draußen, und sein Handy liegt auf der Kommode in der Garderobe. Wenn ihm etwas am Berg passiert, kann er nicht einmal den Notruf wählen.«

»Aber bestimmt ist er nicht allein unterwegs«, sagte Green, der anscheinend das Telefonat mit Herrn Kuhn mitgehört hatte. »Sagten Sie nicht gerade am Telefon, er wollte irgendwo einkehren?« Er lächelte beruhigend.

»Ja, er isst immer auf der Zistelalm.«

Green griff nach der Teekanne, schenkte sich eine neue Tasse ein und gab ein paar Tropfen Milch dazu. Der Schwarztee nahm die warme Farbe von Karamell an.

»Von dort kann er sich auch melden«, sagte Green und trank von seinem Tee. »Also ist alles in Ordnung.«

Aber er glaubt, dass ich ihm die Arbeit hingeworfen habe, dachte Anna. Er weiß nicht, dass ich hier bin. Sie sah wieder auf die Uhr. Wo blieb der Professor? Unfassbar.

»Na ja«, sagte Anna. »Vielleicht sitzt er gerade mit Herrn Kuhn auf der Zistel und isst wieder zu viel.«

Green starrte sie an, die Teetasse schwebte in der Luft. »Er wollte Herrn Kuhn treffen?«, fragte er.

Draußen war der erste Donner zu hören.

»Nein, ich glaube nicht«, sagte Anna. »Aber das war vorhin Herr Kuhn am Telefon. Er wollte wissen, wo er den Professor finden kann. Es klang ziemlich dringend.«

Green zog die Brauen zusammen und sagte nichts. Stattdessen nippte er an seinem Tee. Endlich stellte er die Tasse ab. »Ich glaube, wir sollten zu dieser Zistel fahren«, sagte er, »und den Professor abholen.«

»Aber wir wissen doch gar nicht, ob er wirklich dort ist«, sagte Anna verwirrt. »Er könnte überall sein.«

Green stand auf. »Ja«, sagte er. »Aber haben Sie nicht gerade selbst gesagt, dass Professor Bosch schlecht ausgerüstet ist? Besser, wir fahren kurz hinauf.«

Anna war unschlüssig, draußen hatte ein heftiger Regen eingesetzt. Am Trommeln an den Fensterscheiben konnte sie hören, dass er Eiskörner mit sich trug. Außerdem war sie wirklich erschöpft von den letzten beiden Tagen.

Green schien ihr Zögern bemerkt zu haben. »Sagen Sie mir, wo diese … Zistel ist, und ich fahre allein.« Er klimperte mit einem Schlüssel in der Hosentasche.

»Die Straße ist bestimmt eisglatt«, sagte Anna, aber es war ein lahmer Einwand. Green hatte sie mit seiner Entschlossenheit, dem Professor das Leben zu retten, wie er glaubte, beeindruckt. Es war wohl ihre Pflicht, ihn zu begleiten und ihm den Weg zu weisen. Sonst konnte diese Expedition im Desaster enden. »Man braucht Winterreifen.«

»Ich habe einen Allrad«, sagte Green.

»Na gut, überredet.« Anna stemmte sich hoch. Ihr tat noch immer jedes Glied weh. »Ich ziehe mir nur schnell meine Strickjacke über. Hoffentlich ist Ihr Allrad bequem.«

»Bequem und sehr sicher«, behauptete Green.

Zehn Minuten später verließen sie in einem schwarzen Mini Countryman, auf dem gelbe englische Nummernschilder montiert waren, Aigen in Richtung St. Gilgen.

»Ich hoffe, das ist kein Fehler«, sagte Anna, beugte sich vor und spähte durch die Windschutzscheibe nach oben, wo sich die obere Hälfte des Gaisbergs bereits hinter einer weißen Wand verbarg. »Da oben schneit es heftig.«

»Umso wichtiger, dass wir Professor Bosch finden«, sagte Green. Es klang automatisch, als hätte er nicht zugehört und als wären seine Gedanken ganz woanders.

Anna sah ihn von der Seite an.

Green starrte auf die Fahrbahn, in seinem Gesicht war nicht zu lesen. Aber das nun leicht vorgeschobene Kinn gab ihm etwas Verbissenes, fast Brutales.

Anna fragte sich, ob diese Fahrt nicht ein Fehler war.

VIERZEHN

Kuhn kam näher.

Eine Waffe.

Er hat eine Pistole.

Bosch spürte die Bedrohung körperlich. Und er begriff. Er war in eine Falle geraten. Kuhn kannte angeblich das Gebiet, war trotzdem mit der schweren Limousine in unwegsames Gelände gefahren. Wohl wissend, dass sie damit niemals diese Rehfütterung erreichen würden. Wenn es sie denn überhaupt gab. Dann hatte er nur noch ein wenig über den Weg zu jammern brauchen. Bosch war bereitwillig ausgestiegen und in den Wald gelaufen. Kuhn hatte sogar noch abgeraten, getan, als sorgte er sich um Bosch.

Er hat ein Haus in Afrika, eine Lodge, in Namibia.

Großwildjäger.

Kilians Stimme tönte in Boschs Ohr. Natürlich hatte Kuhn als Jäger Waffen, konnte damit umgehen. Wahrscheinlich hatte er die Pistole schon auf der Fahrt griffbereit gehabt.

Idiot.

Du bist so ein Idiot.

Bosch trat einen Schritt zurück. Inzwischen zitterte er vor Kälte. Doch Kuhn sollte sein Beben nicht für Angst halten. Er musste die Kontrolle über seine Lage behalten, nur so hatte er eine Chance. Und vielleicht ließ sich ja mit dem Kunsthändler verhandeln. Der Gedanke war lustig.

»Ich habe den Hund nicht gefunden!«, rief er, als hätte er die Waffe gar nicht bemerkt. »Ich glaube, ich suche auf der anderen Seite weiter.« Er wandte sich nach rechts.

»Stehen bleiben!«, rief Kuhn und richtete die Pistole auf Bosch. »Sie können hier sowieso nicht weg.«

Bosch erstarrte in der Bewegung. »Was soll das?«

Kuhn ließ die Pistole sinken, kam aber näher.

Boschs Herzschlag beschleunigte sich. Warum war er nicht misstrauisch geworden? Sein Instinkt drängte ihn, zu fliehen. Schnell. Irgendwohin. Nur weg von hier. Gleichzeitig wusste er, dass Kuhn recht hatte. Eine Flucht war aussichtslos. Er hatte keine Chance. Nicht in diesem Gelände, nicht in diesem Nebel, nicht ohne Ortskenntnisse.

Lag links von ihm nicht der Kletterfelsen, von dem jedes Jahr ein paar Bergsteiger abstürzten?

Niemand wusste, wo er war.

Er hatte zwar eine Nachricht für Anna auf dem Küchentisch hinterlassen, aber Anna war verschwunden. Wenn er stürzte und nicht mehr aufstehen konnte, würde niemand nach ihm suchen, und er würde die schon herbstlich kühle Nacht nicht überleben. Der Gedanke, dass Kuhn ihn dann nicht einmal erschießen musste, ja, ungestraft davonkommen würde, machte ihn wütend. Und diese Wut weckte seinen Kampfgeist. Er hob den Kopf und sah seinem Angreifer entgegen.

Kuhn blieb ein paar Meter vor Bosch stehen. Die rechte Hand, die die Waffe hielt, hing nun entspannt an seiner Seite herab. Aber Bosch wusste, dass Kuhn die Pistole im Bruchteil einer Sekunde wieder auf ihn richten würde. Es war besser, keine unbedachte Reaktion zu provozieren. Er zwang sich zur Ruhe.

»Den Schuss kann jeder hören«, sagte er.

»Möglich«, antwortete Kuhn. »Aber hier gibt's Jäger.«

»Bei diesem Nebel? Die Leute würden sich wundern.«

Ein Lächeln huschte über Kuhns Gesicht. »Ich mag Sie, Professor«, sagte er. »Und Sie sind wirklich clever.«

»Dann wäre ich wohl nicht hier«, gab Bosch zurück.

Jetzt musste Kuhn lachen. »Und Sie haben Humor«, sagte er. »Als ich gehört habe, dass Sie das Kutscherhaus gekauft haben, bin ich gleich zu Ihnen gefahren. Und tatsächlich – Sie waren schon dabei, im Sperrmüll der Villa wühlen.« Er musterte Bosch. »Mein Angebot zur Zusammenarbeit war ehrlich gemeint. Warum haben Sie es nicht angenommen?« Bedauern über so viel Unverstand schwang in seiner Stimme. »Sie sind ein großartiger Künstler, wir hätten zusammen so viel Geld machen können.«

»Warum wollen Sie mich dann erschießen?«

»Weil Sie neugierig sind und niemals Ruhe geben würden«, sagte Kuhn. »Und ich lasse mir von Ihnen nicht meine Geschäfte zerstören. Nicht nach all den Jahren.«

»Es geht um die Villa, oder?«, fragte Bosch.

»Nein«, sagte Kuhn. »Es geht um Kunst.«

Bosch überlegte fieberhaft, aber er konnte sich keinen Reim auf Kuhns Worte machen, wusste nur so viel, dass er das Gespräch am Laufen halten, Zeit gewinnen musste. Vielleicht kam jemand vorbei. Ein Jäger auf dem Rückweg von der Rehfütterung. Eine Gruppe Spaziergänger, die sich im Nebel verirrt hatte. Bosch spürte die Kälte nicht mehr. Sein Verstand lief auf Hochtouren. Jetzt redete er um sein Leben.

»Um Kunst? Wirklich?« Bosch gab seiner Stimme einen interessierten Klang. Er verschränkte die Arme vor der Brust, verlagerte das Gewicht auf ein Bein, war bereit für eine Fachsimpelei. »Doch nicht etwa die in Ihrer Galerie?«

»Sie ruinieren mein mühsam aufgebautes Geschäft.«

Bosch hatte keine Ahnung, wovon die Rede war. »Wenn Sie von den Künstlern Ihrer Galerie reden, muss ich Ihnen leider sagen, dass es da nichts zu ruinieren gibt«, sagte er. »Ich frage mich, an wen Sie das Zeug verkaufen. Immerhin scheinen Sie ja nicht schlecht davon zu leben.«

Darüber hatte Bosch noch gar nicht nachgedacht. Von dem angebotenen Kunsthandwerk konnte Kuhn seinen Lebensstil – das Stadthaus, das Auto, die Lodge in Namibia – unmöglich finanzieren. Und auf einmal hatte er einen Verdacht.

»Leopold Max-Trostberg hatte keine Gelegenheit, *alle* beiseitegeschafften Werke zu verkaufen, stimmt's?«, fragte er. »Die wertvollsten kann man erst jetzt anbieten.«

»Ich sag ja, Sie sind clever.«

»Und diese Kunstwerke sind in Ihrem Besitz?«

Kuhn seufzte. »Wenn's nur so wäre«, sagte er.

»Wo sind sie dann?«

Kuhn zuckte die Schultern. »Die gute Caro hat immer nur eins nach dem anderen herausgerückt«, sagte er. »Und auch davon musste sie erst überzeugt werden. Jetzt ist die Quelle ganz versiegt. Aber so schnell soll man nicht aufgeben.«

»Sie haben Caroline Max-Trostberg erpresst?«

Kuhn lachte. »Es war ein fairer Handel«, sagte er. »Ich habe ihr diese lästige Tochter abgenommen und nach Afrika geschickt, und sie hat mit Bildern bezahlt. Von mir hat niemand etwas erfahren. Die kleine Kröte hat immerhin ihren Bruder umgebracht, und ihre honorige Familie hat versucht, das zu vertuschen.«

Also doch. »Woher wollen Sie das wissen?«

»Das Kindermädchen hat es in einer schwachen Stunde dem Gärtner erzählt.« Er schüttelte den Kopf. »Vielleicht hat sie am Ende das Gewissen gedrückt – Dienstboten.«

Bosch dachte an Helene Wazlawik, an ihre kryptischen Äußerungen und die Angst, doch noch ins Gefängnis geschickt zu werden, die sie ihr Leben lang umgetrieben hatte. Und an die Holzperlenkette, die sie eben als Lebensversicherung betrachtet hatte. Vor wem hatte sie sich schützen wollen? Vor den Max-Trostbergs? Oder vor Kilian, ihrem unfreiwilligen Mitwisser? Irgendetwas passte an dieser Geschichte nicht. Und Bosch fragte sich nicht zum ersten Mal, was er übersehen hatte.

»Und Sie haben diese Geschichte von Kilian?«, fragte er.

»Der Gute hat gern ein Bier über den Durst getrunken.«

»Kilian hat Ihnen erzählt, dass Stefanie Max-Trostberg eine Mörderin ist?«, fragte Bosch ungläubig. »Warum?«

»Wir waren zeitweise Geschäftspartner«, sagte Kuhn. »Wenn von meiner Seite auch nicht ganz freiwillig.«

Bosch begriff. Wieder löste sich ein Rätsel. Ein ängstliches Kindermädchen und ein betrunkener Gärtner hatten Nikolaus Kuhn also ohne es zu wollen zum Teilhaber einer der angesehensten internationalen Galerien gemacht.

Ich habe Ende der achtziger Jahre als armer, aber ehrgeiziger Student angefangen, in der Galerie zu arbeiten. Leopold war der Eigentümer, er brauchte eine Hilfskraft. Ein paar Jahre später hat er mich zum gleichberechtigten Teilhaber gemacht.

Kuhn hatte sein Wissen jedenfalls gut an Leopold Max-Trostberg verkauft. Fast war Bosch versucht, das Geschick dieses Mannes zu bewundern. Doch er war ein Mörder. Und Bosch wollte nicht darauf wetten, dass er selbst die nächsten Stunden überlebte. Er beschloss, auf Zeit zu spielen.

»Aber Caroline ist tot«, sagte Bosch. »Und Sie haben bestimmt noch immer Kunden für den Nachlass von Leopold Max-Trostberg. Wo sind die Bilder?« Wertvolle Kunstwerke brauchten einen perfekt klimatisierten Aufbewahrungsort.

Kuhn hob die Pistole, musterte sie, spielte ein wenig damit. Dann blickte er Bosch scharf an. »Ich dachte, Kilian hätte sie bei seiner Herumkramerei gefunden«, sagte er. »Irgendwo muss es ja ein Depot in der Villa geben.«

So viel Vertrauen hatte Leopold Max-Trostberg in seinen hoffnungsvollen jungen Kompagnon also nicht gehabt. Eine Teilhaberschaft hatte er ihm zugestanden, seine dunklen Geschäfte aber weiter selbst abgewickelt. Und Kuhn hatte nichts dagegen tun können. Weil er den Bestand nicht kannte.

Ich nehme an, es gibt in der Galerie keine alten Bestandslisten mehr?

Ich fürchte, nein.

Und alle in Frage kommenden Werke sind verkauft.

Ich fürchte, ja.

Bosch dachte an den Tag, an dem Kuhn ihn zum ersten Mal besucht hatte. Er war nervös gewesen, hatte Kilian vor der Villa im Auge behalten und war schließlich sogar hinübergelaufen. Angeblich, damit Kilian nicht aus Versehen Wertsachen entsorgte. Die Kisten mit den Kleidern, den Alben und dem Säbel standen vor Boschs innerem Auge.

Der Säbel.

Er hatte Kuhn in seiner Galerie danach gefragt.

Auf Trödel achte ich nicht.

»Haben Sie Kilian Moser ermordet?«, fragte Bosch.

Kuhn hob die Brauen, wollte schon verneinen, doch dann schien er sich anders zu besinnen. Es machte keinen Unterschied mehr. »Kilian hat irgendwie Wind von meinen Geschäften mit Caro bekommen«, sagte er. »Von da ab wollte er einen Anteil. Nur, der Idiot hatte keine Ahnung vom wahren Wert der Bilder. Irgendwann hätte er uns verraten.«

Wir waren zeitweise Geschäftspartner, wenn von meiner Seite auch nicht ganz freiwillig.

»Kilian hat Sie erpresst?« Bosch war fassungslos.

»Und wie«, sagte Kuhn. »Er wurde immer unersättlicher.«

»Sie haben Kilian die Kehle durchgeschnitten«, sagte Bosch. »Dafür haben Sie extra den Säbel mitgenommen.«

»Das brauchte ich gar nicht«, sagte Kuhn. »Kilian hatte jede Menge wertvollen Trödel in seine Gärtnerei geschleppt, um ihn zu verkaufen. Der Säbel steckte in einer Kiste.«

Eine Windböe fuhr den Weg entlang, zerrte an Boschs dünnem Anzug. Wenn Kuhn ihn nicht umbrachte, wie den armen Kilian, würde er über kurz oder lang erfrieren.

»Hat Kilian Caroline Max-Trostberg getötet?«, fragte Bosch. »Er hat behauptet, er hätte sie tot aufgefunden.«

Kuhn nickte. »Das stimmt«, sagte er. »Caro und ich hatten einen ernsthaften Streit. Steffi war schon eine Weile tot, und Caro hat nicht mehr eingesehen, warum sie den Handel mit mir fortsetzen sollte. Ich hatte nichts mehr gegen sie in der Hand, also habe ich mich auf die Suche gemacht.« Er breitete die Arme aus. »Sie hätte ohnehin nichts damit anfangen können. Einen Lukas Cranach kann man nicht unter Kleinanzeigen oder im Internet verkaufen.«

»Sie haben nach einem Kunstdepot in der Villa gesucht?«

»Klar«, sagte Kuhn. »Dabei hat sie mich erwischt, wir sind in Streit geraten, sie ist auf den Dachboden gerannt und ich hinterher.« Er verstummte und zuckte die Schultern. »Da ist so eine steile Treppe, auf der ist sie ausgerutscht und hat sich wohl das Genick gebrochen. Ich habe sie dann nach oben getragen und dort liegen gelassen.«

»Aber Kilian hat behauptet –«

»Ja gut, vielleicht hat sie noch gelebt, als ich gegangen bin«, sagte Kuhn. »Aber ob sie sich nun das Genick gebrochen hat oder erfroren ist ... Kilian hat jedenfalls Angst gehabt, dass man ihn beschuldigt, und die Sache mit irgendeinem Balken erfunden, an dem sie sich gestoßen haben soll.« Er machte eine Pause. Dann sagte er resigniert: »Ich habe jedenfalls kein Depot gefunden.« Er spielte mit der Pistole, schien darüber nachzudenken, ob er Bosch jetzt gleich erschießen oder ihm noch eine Galgenfrist einräumen sollte. Dann hob er plötzlich den Kopf und blickte Bosch an. »Das wär's, lieber Freund.«

Boschs Herz machte einen Satz. Kuhns Ankündigung war so überraschend gekommen, dass er keinen Fluchtweg sah. Er trat einen Schritt zurück, strauchelte, kam vom Weg ab und geriet mit dem rechten Fuß in ein Erdloch. Mit rudernden Armen versuchte er, das Gleichgewicht zu halten, doch der weiche Boden gab unter ihm nach, und sein Gewicht tat das Übrige. Bosch knickte um, ein schneidender Schmerz fuhr wie mit einem Messer durch sein Bein, und er spürte, wie sein Knöchel brach. Im nächsten Augenblick lag er zwischen Geröll und toten Ästen auf der Erde, hilflos wie ein Lamm auf der Schlachtbank, und konnte nur noch zu seinem Henker aufsehen.

Kuhn, der inzwischen die Pistole entsichert zu haben schien und auf Bosch zielte, hielt in der Bewegung inne. Für ein paar Sekunden begegneten sich ihre Blicke. Die des Mörders und die des Opfers. Dann ließ Kuhn die Pistole sinken. Ein trockenes Klicken, und er steckte die Waffe in die Tasche. Die Hinrichtung schien aufgeschoben zu sein.

Bosch hielt seinen Knöchel, in dem es jetzt pochte und pulsierte. Ihm war übel. Gleichzeitig spürte er die kalte Nässe des Waldbodens von unten durch seine Hose dringen. Er hatte den Sommer am Wolfgangsee überlebt. Was hatte er mit diesem letzten Jahr, das ihm geschenkt worden war, angefangen?

»Anna wird mich suchen«, sagte er verzweifelt.

»Auf dem Gaisberg?« Kuhn schien sich zu amüsieren.

»Anna sucht hier in der Gegend nach ihren Kindern«, sagte Bosch. »Bevor sie die nicht gefunden hat, wird sie nicht aufgeben. Ich kenne sie.«

Kuhns Miene war unergründlich. Und auf einmal hatte Bosch einen Verdacht. Stefanie hatte die Zwillinge doch auf dem Gewissen, und auch das hatte Kuhn zur Erpressung genutzt.

»Sie wissen, wo die Kinder sind«, sagte er.

»Nein«, erwiderte Kuhn, und Bosch erkannte, dass er die Wahrheit sagte. »Das weiß ich wirklich nicht.« Es klang, als wollte er noch etwas hinzusetzen, aber dann schwieg er.

»Aber ...?«

Kuhn seufzte. »Die Kinder sind vor ein Auto gelaufen«, sagte er. »Es war ein Unfall.« Er zeigte irgendwo den Berg hinunter. »Da unten, am Gaisberg. Ich war dabei, aber ich habe den Wagen nicht gefahren.«

»Wer dann?« Bosch konnte es nicht fassen.

»Ein alter Bekannter«, sagte Kuhn. »Er hat sich für den Nachlass von Leopold interessiert. Aber wie wir beide ja wissen, lieber Freund, sind die fraglichen Kunstwerke verschollen.« Er schüttelte den Kopf. »Er wollte mir nicht glauben, ist gewalttätig geworden, ich musste mich wehren, er ist kopflos ins Auto gesprungen ...« Er zuckte die Schultern. »So ist es passiert. Es war ein Unfall. Kilian hat die beiden Leichen irgendwo begraben. Zufrieden?«

Zufrieden?

»Die Holzperlenkette«, sagte Bosch leise.

Vielleicht hatte Helene Wazlawik die Kette bei Kilian gefunden. In einer schwachen Stunde. Oder sie hatte ihn dabei beobachtet, wie er die Kinder begraben hatte.

Zu kalt für die Kinder am Boden.

Helene Wazlawik hatte die toten Kinder gesehen.

Wo kann ich die Kinder finden, Frau Wazlawik?

Beim Grünzwerg.

Beim bösen Grünzwerg.

»Ich bin ein Idiot«, murmelte Bosch.

»Ja, das sind Sie«, sagte Kuhn. »Und ich fahre jetzt zurück.« Er warf Bosch einen betrübten Blick zu. »Schade.«

Für einen irren Moment fühlte Bosch sich erleichtert.

Nun würde er doch nicht erschossen werden.

Aber im nächsten Augenblick begriff er die Worte. Kuhn wollte ihn hier einfach seinem Schicksal überlassen. Ein perfekter Mord war der, der nicht als solcher erkannt wurde. Und diesen würde niemand erkennen. Der Professor Hans Bosch würde nur ein weiterer dummer Wanderer sein, der mit seinem Hund in unwegsames Gelände geraten und sich den Knöchel gebrochen hatte. Schlecht ausgerüstet, zu dünn angezogen, ohne Handy und ohne jemandem zur Sicherheit die Route und die geplante Rückkehr zu hinterlassen. Und das alles vor einem angekündigten Kälteeinbruch. Es würde also nur ein tödlicher Bergunfall werden, wie so viele andere jedes Jahr.

»Es tut mir leid, lieber Freund«, sagte Kuhn.

Bosch gab keine Antwort.

Kuhn drehte sich um und ging den Weg, den er gekommen war, hinunter. Ein paar Minuten später konnte Bosch das Starten des Wagens hören und dann das Motorengeräusch, das immer leiser wurde, bis es endlich ganz erstarb.

Bosch streckte sein verletztes Bein aus, ließ sich auf die Seite fallen und schloss die Augen.

Nein, nicht einschlafen.

Er wusste, dass er aufstehen und in Bewegung bleiben musste, um nicht auszukühlen. Aber er konnte sich nicht rühren. Mit aller Kraft kämpfte er gegen die drohende Ohnmacht an. In seinem Knöchel wühlten hundert Messer. Die Kälte kroch von unten durch das dünne Leinen seines Sommeranzugs. Er zog das verletzte Bein an, um eine Position zu finden, in der er sich hochstemmen konnte.

Bei der ersten leichten Belastung wurde ihm schwarz vor Augen. Er rang nach Atem und ließ sich wieder zurücksinken. Das hatte alles keinen Sinn. Wenn nicht bald Hilfe kam, ihn irgendwer fand, würde er die nächsten Stunden nicht überleben.

Bosch lauschte in den Wald hinein.

Es war totenstill. Nein, es war ruhig und friedlich. Auf einmal kam Bosch die Erde warm und weich und verlockend vor. Und er war so müde. Warum sollte er sich noch quälen? Seine Glieder waren so schwer wie Blei. Sein Kopf fühlte sich wie mit Watte gefüllt an.

Nur eine kleine Pause.

Bis es mir ein wenig besser geht.

Er schloss die Augen und spürte dabei sein Lächeln.

FÜNFZEHN

Benjamin Green fuhr langsam die Gaisbergstraße hinauf.

Der Asphalt war von einer dünnen grau-weißen Decke überzogen, aber mit dem kleinen Allrad kamen sie gut voran. Hin und wieder begegnete ihnen ein Auto mit eingeschalteten Scheinwerfern, manchmal eine Gruppe Wanderer im Gänsemarsch am Straßenrand, mit gesenkten Köpfen und tief ins Gesicht gezogenen Kapuzen. Während Green, vorgebeugt und das Lenkrad mit den Händen umklammernd, sich auf die Straße konzentrierte, saß Anna auf dem Beifahrersitz und hielt nach dem Professor Ausschau. Sie konnte sich zwar nicht vorstellen, dass er sich allein an den Abstieg gemacht hatte, aber bei ihm konnte man nie wissen. Vielleicht war er noch bei gutem Wetter aufgebrochen und von Regen und Hagel überrascht worden.

Die Straße zog sich in langen Kurven den Berg hinauf. Auf der linken Seite wechselten sich Felswände mit Wald und Bäumen ab, rechts fiel das Gelände steil zur Stadt hin ab. Bei klarem Wetter bot sich von hier immer wieder eine spektakuläre Aussicht über Salzburg und die angrenzende Bergwelt. Heute ging die Sicht kaum über das Bankett hinaus.

»Wir hätten die Polizei anrufen sollen«, sagte Anna.

Nach dem Essen und dem Tee waren ihre Lebensgeister zurückgekehrt. Vom langen Liegen auf dem harten Holzboden tat ihr Körper noch immer weh, aber ihr Geist war wach.

»Professor Bosch sitzt sicher in diesem Gasthaus«, sagte Green. »Sie machen sich umsonst Sorgen. Wir holen ihn ab, und dann sind wir alle beruhigt.« Er warf ihr einen Seitenblick zu und schenkte ihr ein Lächeln.

»Sicher«, sagte Anna und wunderte sich.

Wer hatte denn von einer Gefahr für den Professor gesprochen und darauf gedrängt, sich auf diese Expedition zu machen? Langsam war sie sich nicht mehr sicher, ob es nicht besser gewesen wäre, einfach zu Hause auf die Rückkehr des Professors zu warten. Vielleicht hatte er beim Spaziergang einen Kollegen von der Universität getroffen und war mit ihm in ein Restaurant in der Stadt zum Abendessen mitgefahren. Nein, sagte sie sich gleich darauf, das war unmöglich. Der Professor war ja nicht allein unterwegs. Und ehe er selbst etwas aß, würde er seinen verwöhnten Köter nach Hause bringen und ihn füttern.

Anna kuschelte sich tiefer in ihre dünne Strickjacke.

Am liebsten hätte sie einen Schluck Wodka gehabt, um sich innerlich zu wärmen. Sie hätte etwas Dickeres anziehen sollen, aber ihre Wintersachen lagerten im Keller ihrer Wohnung. So hatte sie nur die Kleidung, die sie seit zwei Tagen trug. Seit sie auf die Idee gekommen war, sich in die Villa einzuschleichen. Bei dem Gedanken, was passiert wäre, wenn Benjamin Green nicht zufällig die offene Haustür bemerkt hätte, wurde ihr ganz anders. Dann läge sie jetzt wahrscheinlich bewusstlos auf dem Dachboden. Genau wie Caroline Max-Trostberg.

Und irgendwann hätte Kilian auch ihre Leiche gefunden.

Erst jetzt fiel Anna auf, dass sie Kilian das letzte Mal bei ihrem Besuch in der Gärtnerei gesehen hatte. Nicht, dass sie großen Wert auf eine Begegnung legte. Immerhin hatte sie mehrere Flaschen Bier mit ihm geleert und ihm ihr Herz ausgeschüttet. Er hatte zugehört, und erstaunt hatte sie festgestellt, wie nahe ihm das Schicksal von Marlene und Moritz ging. Irgendwann war er mit der Stirn auf den Tisch gefallen und eingeschlafen. Anna hatte nicht lange gezögert und den Schlüssel für die Villa von seinem Bund gestohlen.

Warum war Kilian nicht in der Villa gewesen?

Er hätte sich über die offene Haustür sicher aufgeregt.

Und Anna wegen des Schlüssels zur Rede gestellt.

Anna warf Green einen Seitenblick zu. »Woher wussten Sie, dass die Tür zur Villa nicht abgeschlossen war?«

»Ich habe den Gärtner gesucht«, sagte Green sofort. »Ich

wollte ihn bitten, mir die Villa zu zeigen. Ich besuche die Schauplätze für mein neues Buch.« Er setzte sich gerade hin und umfasste das Lenkrad fest mit beiden Händen. »Wir fahren jetzt die Straße bis zur Spitze hinauf. Mehr können wir nicht tun. Vielleicht hat Professor Bosch den Bus verpasst und geht zu Fuß. Oder er hat einen späteren Bus genommen. Möglicherweise hat ihn ja auch dieser, wie heißt er, Kuhn mitgenommen.«

»Glauben Sie, Herr Kuhn ist bei diesem Wetter auf den Berg gefahren?«, fragte Anna zweifelnd. Sie glaubte das nicht, und deswegen waren sie ja hier.

Dann saßen die Männer wohl in der Gaststube, redeten miteinander und hatten die Zeit übersehen. Bei dem Gedanken entspannte sie sich etwas und widmete ihre Aufmerksamkeit wieder dem Straßenrand und den Bushaltestellen, an denen der Professor warten konnte, wenn er einen Teil des Weges zu Fuß gemacht hatte, um dem Hund seinen Spaziergang zu gönnen.

Sie passierten das ehemalige »Hotel Kobenzl«, das wie ein dunkler Schatten unterhalb der Straße über der Stadt zu hängen schien. Anna lehnte sich in ihrem Sitz zurück.

Benjamin Green spähte durch die Windschutzscheibe, brauchte anscheinend seine ganze Konzentration. Eine Weile fuhren sie schweigend dahin, und das einzige Geräusch im Wagen war der Takt der Scheibenwischer. Einmal kam ihnen in einer Kurve ein Auto entgegen, das auf der glatten Fahrbahn ins Rutschen geriet, hin und her schleuderte und sie nur knapp verfehlte. Anna drehte sich nach dem Wagen um, aber sie sah nur noch die roten Rücklichter, die schwankend um die nächste Straßenbiegung verschwanden. Es war wohl nichts passiert.

Der Schneefall wurde immer dichter. Flocken tanzten im Licht der Scheinwerfer und verdichteten sich zu einer undurchdringlichen weißen Wand. Hin und wieder tauchte ein Straßenschild aus dem Gewirbel auf, Buchstaben leuchteten und verschwanden wieder im Niemandsland. Es kam Anna fast wie ein Wunder vor, dass Green den Wagen auf der Straße hielt und jede Kurve sicher fand und nahm.

Als sie endlich die Zistelalm erreichten, lag bereits eine zentimeterdicke Neuschneedecke über der Landschaft. Anna wusste, dass sie kaum einen Tag halten würde, die Sonne würde sie binnen Stunden schmelzen lassen. Nur jetzt, an diesem Abend, war der Schnee eine ernste Gefahr für die sommerlich ausgerüsteten Besucher auf dem Berg.

Wie den Professor.

Auf dem Parkplatz standen nur noch ein paar Autos.

Die Fenster des Gasthauses leuchteten warm und einladend. Vor dem Eingang verbreiteten große Laternen, in denen weiße Kerzen brannten, ihren goldenen Schein. Zwei Frauen rauchten unter dem Vordach, traten von einem Bein auf das andere, um sich zu wärmen, und lachten miteinander.

Anfang September erinnerte die Stimmung an den Advent.

»Ich laufe schnell hinein«, sagte Anna.

Sie wartete Greens Antwort nicht mehr ab, sondern sprang sofort aus dem Auto und schlug die Beifahrertür wieder zu. Nach der Wärme im Auto traf sie die scharfe kalte Luft wie ein Schwall Eiswasser. Sie hüllte Annas Körper ein und jagte Schauer über ihren Rücken.

Anna schlug die dünne Strickjacke eng um ihren Körper und hastete auf den Gasthof zu. Sie hörte noch, wie der Schnee unter den Reifen knirschte, als Green den Wagen wendete und langsam hinter ihr herfuhr. Dann stapfte sie entschlossen zum Eingang des Gasthauses. Der pulverige Schnee stäubte auf und drang von oben in ihre leichten Sommerschuhe, wo er auf ihren nackten Füßen sofort zu kalten Rinnsalen schmolz.

Anna hatte bereits den halben Weg über den Vorplatz zurückgelegt, als sie aus dem Augenwinkel eine Bewegung wahrnahm. Ein Schatten löste sich aus den Büschen, die den Vorplatz zu den parkenden Autos abgrenzten, und schoss auf sie zu. Im nächsten Augenblick sprang der Hund des Professors an ihr hoch, winselte und stieß ihr seine Schnauze immer und immer wieder ins Gesicht.

Anna wich überrascht zurück und hätte fast das Gleichgewicht verloren. Aber in den Schreck mischte sich Erleichterung. Sie hatten den Professor gefunden.

»Ist ja schon gut«, sagte sie und versuchte vergeblich, die stürmische Begrüßung abzuwehren. »Schon gut, lass das!«

Doch der Hund wollte gar nicht mehr von ihr ablassen. Sein Fell war nass und klebte an dem schmalen Körper, sodass Anna die Rippen sehen konnte. Er zitterte vor Kälte.

Anna bekam ein mulmiges Gefühl.

»Wo ist der Professor?«, fragte sie.

Der Hund setzte sich hin, legte den Kopf in den Nacken und heulte wie ein Wolf. Dabei wedelte sein Schwanz durch den Schnee und hinterließ eine fächerförmige Spur.

»Bleib bloß hier sitzen«, warnte Anna ihn.

Anna lief die letzten Meter zum Gasthaus, drängte sich an den rauchenden Frauen vorbei und riss die Eingangstür auf. Warme Luft und Gesprächsfetzen schlugen ihr entgegen. Hektisch sah sie sich um, überlegte schon, wohin sie sich zuerst wenden sollte, als eine Kellnerin, ein Tablett mit gebrauchtem Geschirr in den Händen, neben ihr stehen blieb.

»Kann ich Ihnen helfen?«, fragte sie.

»Ich suche einen Herrn«, sagte Anna. »Etwas kräftiger, und er hat einen Hund dabei.« Sie zeigte mit der Hand die Größe des Hundes. »Vielleicht hat er sich auch mit einem anderen Mann hier getroffen.« Wenn Kuhn tatsächlich heraufgefahren war und Bosch gefunden und aufgehalten hatte.

Die Kellnerin überlegte kurz, dann nickte sie. »Ja«, sagte sie. »So ein Gast war hier – etwas stärker und mit einem großen Hund.« Sie nickte wieder. »Ich habe dem Hund noch Wasser gebracht. Der Herr ist aber schon vor einer ganzen Weile weg. Er wollte zum Bus.«

Annas Herz sank. »Schon vor einer ganzen Weile?«, fragte

sie. Dann war der Professor schon länger am Gaisberg unterwegs. Jetzt war sie überzeugt, dass ihm etwas zugestoßen war. »Sind Sie ganz sicher? Um wie viel Uhr war das?«

»Die genaue Uhrzeit weiß ich nicht, hier ist viel zu viel los«, sagte die Frau. »Aber ich habe den Herrn selbst abkassiert. Er hat gesagt, dass er den Bus nehmen will.« Sie stemmte das Tablett auf die Schulter. »So, ich muss dann mal weitermachen.«

»Hat sich nicht jemand nach ihm erkundigt?«, fragte Anna schnell. Möglicherweise hatte Herr Kuhn ja den Professor irgendwo aufgelesen. »Vielleicht, als er schon weg war?«

»Nicht bei mir, tut mir leid.«

»Gut, dann … vielen Dank«, sagte Anna resigniert.

Die Kellnerin schenkte ihr noch ein nettes Lächeln und machte sich mit ihrer Last wieder auf den Weg.

Schweren Herzens verließ Anna den Gasthof.

Der Hund lauerte direkt vor der Tür.

Kaum hatte er Anna entdeckt, sprang er schon wieder wie wild an ihr hoch. Sie musste sich mit aller Gewalt befreien. Doch dann hatte sie eine Idee. Holten Hunde nicht immer wieder Rettung für ihre in Not geratenen Führer? Dass der Hund hier herrenlos herumstreunte, konnte nur bedeuten, dass der Professor irgendwo hilflos zurückgeblieben war. Anna bezweifelte zwar, dass dieses dumme Tier, das die meiste Zeit seines Lebens auf der Straße verbracht hatte, von irgendwelchem Nutzen sein konnte, aber einen Versuch war es wert. Sie beugte sich zu dem Hund hinunter, packte sein Halsband und rüttelte fast brutal daran, um seine Aufmerksamkeit zu bekommen. Tatsächlich setzte sich der Hund und fixierte sie mit seinen stechenden Augen.

»Wo ist dein Herr?«, fragte Anna, wobei sie jedes Wort einzeln betonte. Verstand der Köter ihre Absicht, oder wollte er nur sein Futter von ihr? »Such den Professor, such, such, such.« Sie ließ das Halsband los.

Der Hund starrte sie nur dümmlich an.

Jetzt hörte sie eine Autotür schlagen, und als sie den Kopf in Richtung des Geräuschs wandte, sah sie, dass Benjamin Green den Wagen in der Einfahrt abgestellt hatte und auf sie zukam. Er hatte eine Wachsjacke übergeworfen. Engländer verließen wahrscheinlich nie das Haus ohne so ein Teil.

»Was ist los?«, rief Green schon von Weitem.

Anna richtete sich wieder auf. »Der Professor war hier«, rief sie, »aber er ist schon vor längerer Zeit gegangen.«

Green hatte sie erreicht. »Oh my goodness«, sagte er und blickte auf den vor Kälte zitternden Hund hinunter. »Aber der gehört ihm, oder?« Er tätschelte den breiten Schädel des Hundes. »Oh, you puppy, you.«

Anna hatte schon gehört, dass Engländer verrückt nach Hunden waren, aber die Ruhe, die Green ausstrahlte, verunsicherte sie. Immerhin befand sich der Professor vielleicht in Lebensgefahr. Doch auch der Hund schien sich keine Sorgen zu machen, denn er schaute mit hündischer Ergebenheit zu Benjamin Green auf.

»Poor puppy«, sagte Green, fasste in eine der tiefen Jackentaschen und zog eine kleine Packung Kekse heraus. »Nur Shortbread«, erklärte er Anna, riss die Folie auf und verfütterte den Inhalt an den gierig schlingenden Hund.

Anna, die sich keine Sorgen um die Diät des Hundes, sondern um ihren Arbeitgeber machte, verlor die Geduld.

»Ich rufe jetzt die Polizei«, sagte sie.

Green gab dem Hund den letzten Keks. »Das dauert zu lange«, sagte er, obwohl er es war, der die Suche gerade verzögerte. »Bis jemand hier ist, ist es dunkel, und man kann nicht mehr suchen.« Er musterte den Hund. »Wie heißt er?«

»Hund«, sagte Anna, die wusste, dass Green recht hatte.

»Wie bitte?«

»Der Köter hat keinen Namen«, sagte Anna. »Aber wenigstens hat er ja jetzt einen vollen Bauch, nicht?«

»Und Vertrauen«, sagte Green. »Hunde brauchen Vertrauen, sonst lehnen sie eine Zusammenarbeit ab.«

»Was heißt das in dieser Situation?«

Green gab keine Antwort, blickte nur auf den Hund hinunter, der seinen Blick erwiderte. Es sah aus, als fände eine stumme Zwiesprache zwischen ihnen statt. Dann wandte Green sich um und ging langsam in Richtung Straße, wobei er den Hund nicht aus den Augen ließ. Der Hund folgte ihm, und Anna blieb nichts anderes übrig, als es ihm gleichzutun.

Als sie am Straßenrand ankamen, hatte der Hund Green bereits überholt. Er senkte den Kopf und schnüffelte in den Spuren, die Bergschuhe und Autoreifen im Schnee hinterlassen hatten. Auf einmal blieb er stehen und wedelte aufgeregt mit dem Schwanz. Doch dann irrte er wieder ziellos herum, fand sichtbar keine Spur seines Herrn. Sollte er denn überhaupt eine gesucht haben, dachte Anna ärgerlich.

»Wir verlieren nur kostbare Zeit«, sagte sie.

»Professor Bosch ist in ein Auto gestiegen«, sagte Green und zeigte auf die Stelle, an der der Hund gewedelt hatte. »Dort verliert sich sein Geruch.«

»Gott sei Dank«, sagte Anna. »Dann ist er längst zu Hause.« Sie zog ihr Handy aus der Tasche und tippte mit zitternden Fingern die Festnetznummer im Kutscherhaus. Während sie wartete, fügte sie hinzu: »Wahrscheinlich ist ihm der Hund einfach weggelaufen. Dann wird er sich freuen.«

Doch das Telefon läutete und läutete und niemand hob ab. Anna versuchte zur Sicherheit noch die Mobilnummer. Auch diese ohne Erfolg. Der Professor blieb verschollen. Langsam steckte sie das Handy in die Tasche und blickte Green an.

»Und jetzt?«, fragte sie leise.

Green fasste das Halsband des Hundes. »Jetzt machen wir uns auf die Suche«, sagte er. »Ich glaube, der Hund ist hierher zurückgelaufen, weil er seinen Herrn hier verloren hat. Also – wenn das Auto nicht bis in die Stadt hinuntergefahren ist, dann ist der Professor noch in der Nähe. Vielleicht sucht er auch gerade mit Herrn …?«

»Kuhn«, sagte Anna. »Den Hund.« Das klang plausibel.

»Ich gehe allein weiter«, sagte Green. »Warten Sie im Gasthaus auf mich.« Sein Ton duldete keine Widerrede.

Green wirkte, als hätte er ein Ziel vor Augen und als wollte er sie jetzt loswerden. Anna fiel ein, dass er diese Suche unbedingt durchgesetzt hatte. Aber nach den nervenzerrenden Stunden, die hinter ihr lagen, wusste sie nicht, was das Stichwort für seinen Entschluss gewesen war.

»Ich komme mit«, sagte Anna. Ihre Füße waren inzwischen gefühllos von dem kalten Wasser in den Schuhen. Sie waren beide zu dünn angezogen, hatten bestimmt nicht mehr als eine halbe Stunde, ehe es auch für sie gefährlich wurde. Ein Engländer kannte die Lage am Berg nicht. »Gehen wir.«

»Allein bin ich schneller.«

»Nein, wir gehen zusammen – oder ich rufe die Polizei.«

Green kniff den Mund zusammen, doch dann nickte er. »Na schön«, sagte er. »Wir beginnen einfach mal dort drüben.« Er zeigte auf den Wald auf der anderen Seite der Straße.

Auf der Straße blies ein schneidender Wind.

Green und Anna stemmten sich gegen die Böen.

Das war Wahnsinn, dachte Anna nach wenigen Minuten und bereute bereits, das Angebot, im Gasthaus zu warten, nicht angenommen zu haben. Dieser verrückte Engländer und sie würden vor Kälte sterben. Aber jetzt übernahm der Hund die Führung. Er lief zügig voran, hob immer wieder den Kopf und witterte in den starken Wind, suchte mit hoher Nase. Plötzlich bog er in eine schmale, verschneite Straße ein, die den Hang hinaufführte. Der frisch gefallene Schnee hatte sich in Reifenspuren gelegt, verwischte aber schon fast die Konturen. Der Hund lief zügig weiter, Green folgte ihm.

Anna mühte sich hinterher.

Der lockere Schnee stäubte vor ihren dünnen Schuhen auf und stach wie mit Eisspitzen in ihre bloßen Knöchel. Ihr Gesicht glühte von der Anstrengung und der Kälte. Und sie verlor Meter für Meter auf Green und den Hund, deren Silhouetten stetig undeutlicher wurden. Die körperliche Anstrengung ließ ihre Beine immer schwerer werden, und mit der Zeit ging Anna die Luft aus.

Warum wartete Green nicht auf sie?

Er musste wissen, dass sie es so nicht schaffte.

Irgendwann konnte Anna nicht mehr weiter.

Als sie am Beginn eines Pfades, der weiter den Berg hinaufführte, angekommen war, musste sie stehen bleiben, um wenigstens Atem zu holen. Dabei blickte sie zu der Wand aus wirbelnden Schneeflocken hinauf, hinter der sich der Bergwald verbarg. Wenn der Hund sie nicht in die Irre führte, dann war der Professor irgendwo dort oben. Wenn er nur der Fährte eines Hasen folgte, dann würden Green und sie sich dort oben ebenfalls verlieren. Wenn sie dann nicht mehr zurückfanden, würden sie die Nachtstunden nicht überleben. Jetzt konnte sie Green nicht mehr sehen.

Wahnsinn, es ist der reine Wahnsinn.

»Herr Green!«, schrie sie. »Warten Sie doch!«

Aber sie erhielt keine Antwort.

Und dann dämmerte ihr eine Erkenntnis.

Green hat mich zurückgelassen.

Er hatte sie von Anfang an nicht mitnehmen wollen. Anscheinend verfolgte er eigene Pläne, von denen sie nichts wusste. Erst als sie darauf bestanden hatte, ihn zu begleiten, hatte er nachgegeben. Und sich wohl entschlossen, sie eben später loszuwerden. Und zwar für immer. Anna biss die Zähne zusammen. Was hatte Green in der Villa gemacht?

Ich besuche die Schauplätze für mein neues Buch.

Ja, genau, dafür brauchte man nicht unbefugt in ein Haus einzudringen, sondern konnte einfach um Zutritt bitten. Und dann schloss man nicht eine Tapetentür auf, um in das ehemalige Reich der Dienstboten einzubrechen.

Nein, Green hatte auch etwas gesucht.

Es hat ihn nur überrascht, dass ich da war.

Und jetzt verfolgte Green den Professor und hatte sie zurückgelassen, weil sie bei seinem Vorhaben störte.

Weil er keine Zeugin braucht.

Wenn ihr Verdacht stimmte, dann war der Professor in größerer Gefahr als bisher. Und sie hatte diesen Engländer auf seine Spur geführt! Sie, Anna, war verantwortlich, wenn ihm etwas passierte. Sie dachte an ihre Kinder. Und in dieser feindlichen Umgebung, vielleicht am Ende ihres Lebens, gestand sie sich die Wahrheit ein.

Marlene und Moritz waren tot.

Die Zwillinge würden nie mehr zu ihr zurückkehren.

Im Grunde hatte sie es immer gewusst. Sie hatte ihre Kinder allein im Gastgarten zurückgelassen, war zu ihrer lustigen Freundesrunde zurückgekehrt und hatte die beiden vergessen. Die Schuld am Tod von Marlene und Moritz traf auch sie.

Anna spürte ein Brennen hinter den Augenlidern, aber sie wischte die Tränen mit dem Handrücken weg. Für die Zwillinge konnte sie nichts mehr tun. Die Schuld für den Tod des Professors durfte sie nicht auch noch auf sich laden.

Na warte, Green, du Verbrecher.

Anna nahm alle Kräfte zusammen und stapfte weiter durch den sich immer höher auftürmenden Schnee. Nun hatte sie eine Mission, und die verlieh ihr neue Kraft. Schneeflocken hängten sich in ihre Wimpern, behinderten ihre Sicht, sie blinzelte sie einfach weg und hetzte weiter.

Nur keine Zeit verlieren.

Anna hielt den Blick vor sich auf den Boden geheftet, damit sie nicht stolperte oder vom Weg abkam. Nach einer Weile entdeckte sie Spuren im Schnee. Die von einem Auto und die eines Mannes und eines Hundes. Anna frohlockte, sie hatte die beiden fast eingeholt, würde als Erste beim Professor sein. Wenn er denn dort oben lag. Und wenn er noch nicht erfroren war.

Oder lief sie am Ende genau an ihm vorbei?

Anna blieb stehen und rief: »Herr Professor!«

Zunächst antwortete ihr nur die körperlose Stimme des Windes. Doch dann hörte sie hinter der Schneewand das Bellen des Hundes. Und noch etwas. Anna lauschte angestrengt.

Ein Motorengeräusch.

Da kommt ein Auto von oben herab.

Hatte sie schon Halluzinationen?

Anna starrte den Waldweg hinauf. Sie brauchte nicht lange zu warten, dann sah sie auch schon die roten Rücklichter eines großen Wagens, der im Schritttempo rückwärtsfuhr. Direkt auf sie zu.

Sie stolperte an den Wegrand, damit sie nicht überfahren wurde. Der Fahrer hatte das Gesicht über die rechte Schulter gewandt, aber Anna stand auf der Fahrerseite. Er schien sie in dem dichten Schneefall nicht sehen zu können.

Es war eine dunkle Limousine, ein Mercedes.

Anna bückte sich und spähte in das Innere.

Ehe sie erkennen konnte, wer am Steuer saß, hörte sie über sich am Berghang aufgeregtes Gebell. Der sonst so bedächtige Hund war außer sich, klang ganz anders als sonst. Annas Herz machte vor Schreck einen Satz.

Green hatte den Professor gefunden.

Was hatte sie sich nur eingebildet? Ein Glück, dass er vorausgeeilt war und nicht auf sie gewartet hatte. Wenn der Professor dort oben im Schnee lag, dann brauchte er Hilfe.

Das Bellen des Hundes wurde leiser, klang auf einmal unsicher. Dann verstummte es ganz. Was war da los?

Anna warf noch einen letzten Blick auf den Mercedes, der inzwischen zum Stehen gekommen war. Der schwere Wagen schien sich festgefahren zu haben, denn die Räder drehten sich heulend auf der Stelle. Schnee und Erde spritzten auf, und das Heck des Autos tanzte hin und her. Aber der Fahrer stieg nicht aus, um eine Matte unter die Antriebsräder zu legen. Geradezu hysterisch gab er immer noch mehr Gas.

Anna hatte keine Zeit, ihm zu helfen.

Sie drehte sich um und hastete den Berg hinauf. Von wo war das Gebell des Hundes gekommen? Nur noch das Mahlen der Autoräder war zu hören. Nach zwei Wegbiegungen verstummte auch dieses Geräusch. Der Schneefall hatte nachgelassen, und Anna konnte ihre Umgebung jetzt gut erkennen. Eine Schneeschicht rutschte von einem Tannenzweig und schlug vor ihren Füßen auf dem Boden auf. Für Sekunden hing ein Vorhang aus Eiskristallen in der Luft. Der Wind wehte Anna Schneestaub ins Gesicht. Sie blieb stehen und wischte sich über die Augen. Dann blickte sie den Hang hinauf. Wo war Green?

»Green!«, schrie sie.

Der Wald blieb stumm.

»Green, wo sind Sie? Wo ist der Professor?«

Anna lauschte angestrengt.

Auf einmal vernahm sie vom Berghang her keuchende Atemzüge. Sie wurden lauter und lauter. Dann hörte Anna auch schon Tritte, die sich im Laufschritt näherten. Im nächsten Augenblick sah sie Benjamin Green den Waldweg herabstürmen.

»Green!«, schrie sie aus Leibeskräften.

Der Engländer wurde langsamer, aber er blieb nicht stehen. Schnell wandte er den Kopf, blickte sich hektisch um. Dann hatte er sie erspäht und deutete wild gestikulierend hinter sich.

»Professor Bosch!«, brüllte er. »Schnell, Hilfe!«

Er war schon fast an Anna vorbeigerannt, als diese sich von dem Schreck erholte hatte und hinter ihm herrufen konnte: »Wo laufen Sie denn hin? Green?«

Im Laufen drehte sich Green um. »Das Schwein!«, schrie er. »Kuhn – da unten, der Mercedes!« Dann war er auch schon nur noch ein immer kleiner werdender Umriss am Abhang.

Anna kämpfte sich den Berg hinauf.

Sie konnte den Professor schon von Weitem am Wegrand liegen sehen. Auf seinem dicken Körper kauerte wie auf einem Bett reglos der Hund, die Schnauze auf Boschs Brust gepresst. Kummervoll blickte er Anna entgegen und winselte leise. Er hatte seinen Herrn gefunden. Aber es war zu spät.

Mühevoll überwand Anna die letzten Meter, dann ließ sie sich neben dem Professor auf die Knie fallen. Sie legte zwei

Finger auf seine Halsschlagader. Der Puls war schwach, aber zu fühlen. Vor Erleichterung wurde ihr schlecht. Nie, so meinte sie, war ihr mehr nach einem Schluck Wodka gewesen.

Der Hund hob den Kopf und jaulte leise.

Sie kraulte ihn. »Das hast du fein gemacht«, sagte sie.

Schnell stand Anna auf und zog ihr Handy aus der Tasche. Sie drückte die Notruftaste, und als sich eine beruhigende Männerstimme am anderen Ende der Leitung meldete, sandte sie die Ortungskoordinaten. Es schneie nicht mehr, sagte der Mann, der Hubschrauber sei unterwegs. Sie solle unbedingt beim Verletzten bleiben und die Rettungsmannschaft einweisen.

Anna drückte die Austaste.

In diesem Augenblick knallte ein Schuss.

Der Hund fing an zu bellen.

Vor Schreck ließ Anna das Handy zu Boden fallen, hob es aber sofort wieder auf und sah sich panisch um. Wieder ein Schuss. Das kam von unten. Dort, wo der Mercedes war.

Kuhn – das Schwein.

Anna hatte begriffen. Der Professor hatte noch mit Green gesprochen und ihm gesagt, dass Kuhn ihn in diese Lage gebracht hatte. Und nun hatte Kuhn auf Green geschossen.

Anna war hin- und hergerissen.

Sie musste beim Professor bleiben.

Aber wenn Green verletzt ist?

Wenn er Hilfe braucht?

»Du bleibst hier«, beschwor sie den Hund.

Der Hund legte den Kopf auf die Brust seines Herrn.

Anna drehte sich um und rannte, so schnell sie konnte, den Berg hinunter. Wenn sie ins Stolpern geriet, fluchte sie, aber sie fing sich immer wieder und schlitterte weiter.

Benjamin Green, ich habe Ihnen Unrecht getan.

Bitte mach, dass ihm nichts passiert ist.

Bitte mach, dass Green am Leben ist.

Endlich sah sie den Mercedes vor sich. Er stand noch immer an derselben Stelle, an der er sich festgefahren hatte. Nur das Motorgeräusch war verstummt. Die Fahrertür war offen, und ein Mann stand regungslos daneben und starrte auf etwas Großes, Dunkles auf dem Boden zu seinen Füßen. Es war ein Mensch. Er lag mit dem Gesicht nach unten im Schnee.

Annas Herz fing an zu rasen. Sie blieb stehen, versuchte, möglichst flach zu atmen. Sie wollte nur noch weg.

Aber der Mann neben dem Mercedes hatte sie gehört. Er drehte sich zu ihr um. In der Hand hielt er eine Pistole.

Es war Benjamin Green.

SECHZEHN

Die Bäume in Aigen verloren langsam ihr letztes Laub. Die Vögel waren nach Süden gezogen, und nur die Schreie der Krähen erfüllten noch den Park der Villa Max-Trostberg.

Hans Bosch, der sechs Wochen lang sein Bein nicht hatte belasten dürfen, hatte endlich vor zwei Wochen einen Gehgips bekommen. Damit war er zwar noch nicht wirklich mobil, für ein paar Schritte im Park oder für eine gemächliche Runde mit seinem Hund in dem verwilderten Nachbargarten reichte es aber schon. Ins Institut fuhr er jetzt mit dem Taxi, denn das Wintersemester hatte begonnen. Die Tage vergingen wie immer. Aber nur fast.

Denn Anna war nicht mehr da.

Gleich nach seiner Rückkehr aus dem Krankenhaus, als er sich bei ihr für seine Lebensrettung bedanken wollte, hatte sie sich von ihm verabschiedet. Seltsamerweise schien ihr der Abschied von seinem Hund schwerer zu fallen als von ihrem Arbeitgeber. Bosch hatte immer gedacht, dass sie das Tier nur als Aufgabe hütete und nicht besonders mochte.

Bosch hatte Annas Beweggründe verstanden.

Ich weiß, dass ich meine Kinder nicht mehr wiedersehe und dass ich endlich abschließen muss. Und ich will die Familie Max-Trostberg endlich loswerden. Und ihre Villa.

Deswegen, so dachte Bosch, hätte Anna ihre Stelle im Kutscherhaus nicht aufgeben müssen. Die Villa Max-Trostberg war ohnehin dem Untergang geweiht, das Todesurteil gefällt. Es hatte sich kein Käufer für das alte Bauwerk gefunden. Man scheute wohl die Kosten und Mühen, sollte das historische Gebäude unter Denkmalschutz gestellt werden. Nun wurde es abgerissen. Die mit dem Abbruchbescheid geschaffenen Fakten hatten auch allen Spekulationen um ein geheimes Raubgut-Depot ein Ende bereitet.

Zwei Wochen lang hatten Möbelpacker Bilder, Teppiche und Antiquitäten aus dem Haus geschleppt und in riesige Umzugswagen mit Berliner Nummernschildern verladen. Was den Transport nicht lohnte, lag aufeinandergetürmt in einem Baucontainer und wartete auf den Abtransport zur Müllhalde.

Vor ein paar Tagen waren die Bagger aufgefahren.

Zunächst hatten sie Hecken und alte Bäume ausgerissen, die im Weg standen und die Großzügigkeit des Grundstücks beeinträchtigten. Dann war ein roter Bagger mit einer Schaufel, die wie eine riesige Klaue an einem langen Arm aussah, angeliefert worden. Seit dem Vortag fraß sich nun der neue Bagger vom Dachstuhl abwärts durch das Mauerwerk. Wie ein Riesenmaul verbiss sich seine Schaufel in Dachsparren und Zwischendecken, in Fenstern und Balkonen und zerrte seine Beute zu Boden. Für kurze Zeit würden die Außenmauern noch wie ein hohler Zahn dastehen, dann waren die Villa Max-Trostberg und ihre wechselvolle Vergangenheit Geschichte. Im Park würden moderne Baukörper mit teuren Wohnungen entstehen.

An diesem Nachmittag Ende Oktober saß Bosch auf seinem Sofa und blätterte durch die Alben, die ihm Kilian an jenem nun schon so fernen heißen Sommertag mitgegeben hatte. Anna hatte die abgeschabten Bände in ein Bücherregal gestellt – Bosch konnte froh sein, dass die Alben nicht im Altpapier gelandet waren –, und so hatte er selbst fast darauf vergessen. Erst die Suche nach einer Beethoven-Biografie hatte die Sammlung von Schwarz-Weiß-Fotos an diesem Morgen wieder zutage gebracht. Nun betrachtete er die Aufnahmen einer vergangenen Welt, die nicht geeignet waren, seine gedrückte Stimmung zu heben. Das Dröhnen der Bagger, das Reißen der Holzböden und das Splittern des alten Glases, all die Geräusche, die den Todeskampf der wunderbaren Villa begleiteten, machten Bosch melancholisch.

Immer wieder musste er an die Menschen denken, die durch den Kauf des Kutscherhauses in sein Leben getreten waren und es so schnell wieder verlassen hatten.

»Soll ich Tee kochen?«, fragte eine junge Frauenstimme von der Tür. »Ich habe auch einen Gugelhupf gebacken.«

Bosch blickte auf. »Danke, Johanna, vielleicht später.«

Johanna Wazlawik, in einem viel zu großen pinkfarbenen Pullover, schwarzen Leggins und riesigen Plüschhausschuhen, die vorne in einem Tigerkopf endeten, nickte und verschwand wieder in der Küche. Kurze Zeit nach seinem Besuch war Helene Wazlawik eines Morgens tot auf ihrem Sofa gelegen. Der Arzt hatte einen Herzinfarkt festgestellt, kein Wunder bei der Krankengeschichte. Johanna hatte Bosch angerufen.

Ich dachte, ich sage Ihnen, dass Oma tot ist, wo Sie doch der Einzige waren, der sie mal besucht hat.

Das tut mir leid, Johanna.

Johanna hatte am Telefon geschwiegen, wie sie es bei ihrem anonymen Anruf getan hatte. Diesmal hatte Bosch geduldig gewartet. Dann war es aus ihr herausgebrochen.

Ich habe ganz viel Geld gefunden, in Omas Matratze. Oma hat die Scheine da drin eingenäht. Was mache ich denn jetzt?

Behalten Sie das Geld, Johanna.

Aber es ist eine halbe Million!

Ihre Großmutter hat das Geld redlich verdient.

Professor Bosch?

Ja, Johanna?

Könnte ich vielleicht ein paar Tage zu Ihnen ziehen?

Aus ein paar Tagen waren inzwischen fast zwei Monate geworden, in denen Johanna in der kleinen Mansarde unter dem Dach wohnte, den Haushalt schmiss und mit dem Hund herumtollte. Und es sah nicht so aus, als hätte sie vor, demnächst auszuziehen. Bosch, der nie den Wunsch nach eigenen Kindern verspürt hatte, ertappte sich dabei, wie er zunehmend väterliche Gefühle für das Mädchen entwickelte.

Bosch versuchte, den Baulärm aus dem Park zu ignorieren, während er die Seiten der Alben umblätterte. Da waren die alten Familienfotos, die Dascha aus Russland mitgebracht hatte. Aus einem anderen, in dem Fotos von Männern in Uniform und einem jungen Leopold Max-Trostberg im Maßanzug vor dem Eiffelturm zu sehen waren, fiel ein vergilbtes Stück Papier, eine Werbeanzeige aus einer Tageszeitung. »Die schönsten Führer-Bilder bei Max-Trostberg in der Galerie in der Salzburger Altstadt«. Bosch legte den Zeitungsausschnitt zurück und klappte das Album zu.

Das nächste Album war aus Leder mit Goldschnitt und enthielt alte Pressefotos von den Salzburger Festspielen. Viel Prominenz aus Politik und Kunst, und immer wieder Leopold Max-Trostberg. Im Festspielsommer 1988 tauchte zum ersten Mal auch Nikolaus Kuhn auf. In der linken Hand hielt er ein Champagnerglas, den rechten Arm hatte er um die Schultern eines jungen Mannes mit schwarzem Haar, dunklen Augen und hohen Wangenknochen gelegt. Beide lachten mit dem Übermut der Jugend in die Kamera.

Bosch hatte Benjamin Green an jenem heißen Augusttag im Pavillon des »Café Tomaselli« eine Frage gestellt.

Die Galerie wird von Max-Trostbergs Partner weitergeführt. Von Nikolaus Kuhn. Kennen Sie ihn?

Benjamin Green hatte geantwortet: *Nein, tut mir leid. Der Name sagt mir überhaupt nichts.*

Benjamin Green und Nikolaus Kuhn hatten sich nicht nur gekannt, sie waren offenbar auch befreundet gewesen. Und das seit über dreißig Jahren. Sie waren – alte Bekannte.

Die Kinder sind vor ein Auto gelaufen. Es war ein Unfall. Da unten, am Gaisberg. Ich war dabei, aber ich habe den Wagen nicht gefahren.

Wer dann?

Bosch versuchte, sich an Kuhns Worte zu erinnern.

Ein alter Bekannter. Er hat sich für den Nachlass von Leopold interessiert. Aber wie wir beide ja wissen, lieber Freund, sind die fraglichen Kunstwerke verschollen. Er wollte mir nicht glauben, ist gewalttätig geworden, ich musste mich wehren, er ist kopflos ins Auto gesprungen …

Bosch konnte sich die Szene lebhaft vorstellen. Er wusste

nicht, woran sich der Streit entzündet hatte, aber wahrscheinlich hatte Kuhn auch seinen geheimnisvollen alten Bekannten mit einer Waffe bedroht. Sodass dieser in Todesangst geradezu kopflos die Bergstraße hinuntergerast war. Und die Kinder überfahren hatte. Tatsächlich war ja ein Auto an jenem Allerheiligentag aufgefallen, wie Anna ihm mit Blick auf die Aussage einer Zeugin erzählt hatte.

Ein englisches Auto.

So eines, wie die Queen fährt.

Hatte die Frau eine englische Automarke gemeint oder die auffälligen englischen Kennzeichen, die auch die Queen brauchte?

Boschs Herzschlag beschleunigte sich.

»Ich bin wirklich ein Idiot«, sagte er.

Benjamin Green fuhr ein englisches Auto, einen Mini Countryman. Nicht auszuschließen, dass es vor fünfzehn Jahren ein Land Rover gewesen war. Green lebte in England, sein Auto war dort zugelassen. Sein Wagen brauchte also eine gelbe Nummerntafel – heute wie damals.

Ich bin erst einmal in Salzburg gewesen.

Benjamin Green hatte Anna das Leben gerettet, ja. Aber warum war er überhaupt in der Villa herumgewandert? Wer, der nur auf den Spuren eines Schriftstellers wie Stefan Zweig wandelte, betrachtete eine offene Haustür als Einladung, einzutreten? Und die Tür hatte nicht offen gestanden, sondern war nur unverschlossen gewesen. Man musste schon auf die altmodische Türklinke drücken, um das festzustellen.

Anna hatte behauptet, schon bei ihrem Eintritt das Gefühl gehabt zu haben, nicht allein gewesen zu sein. War Green an dem Tag ebenfalls im Haus gewesen? Nein, Kuhn hatte sie niedergeschlagen, sie hatte ihn bei seiner Suche nach den verschwundenen Kunstschätzen gestört.

Später war Benjamin Green durch die Villa gewandert. Einfach neugierig? Oder auch auf der Suche nach etwas?

Etwa Max-Trostbergs Schriftverkehr mit Stefan Zweig?

Bosch hatte seine Sicht der Geschehnisse auf dem Gaisberg bei der Polizei zu Protokoll gegeben, auch Kuhns Worte zum Unfalltod der Kinder von Anna Bachmann. Green hatte behauptet, in Notwehr geschossen zu haben. Augenzeugen hatte es keine gegeben, aber seine Aussage passte zu der von Bosch, ergänzte sie geradezu. Kuhn hatte versucht, Bosch zu töten. Green musste also davon ausgehen, dass seine Begegnung mit ihm lebensgefährlich war. Auch eine Erklärung für die Tatsache, dass er die Pistole aus der Villa Max-Trostberg griff- und schussbereit in der Jackentasche mit sich herumgetragen hatte, war Green glatt über die Zunge gegangen. Er habe die Waffe erst Stunden zuvor auf dem Dachboden gefunden – Frau Anna könne das bezeugen –, sie aus Sicherheitsgründen eingesteckt und hätte sie ganz bestimmt umgehend bei der Polizei abgegeben, wenn Frau Anna ihn nicht mit ihrer Sorge um Professor Bosch angesteckt und damit davon abgehalten hätte. Zu zweit hätten sie sich auf die Suche nach Professor Bosch gemacht, und sowohl er als auch Frau Anna hätten darüber die Pistole vergessen. Bis er in die Mündung von Kuhns Pistole habe blicken und sich seines Lebens erwehren müssen. Nein, er sei kein geübter Schütze, aber in solchen Momenten denke man nicht darüber nach, nicht wahr?

Case closed.

Green war am nächsten Tag abgereist.

Oder geflüchtet?

Mit Nikolaus Kuhn war der letzte Mitwisser vom Schicksal der beiden Kinder gestorben. Wie praktisch für Green.

Nein, falsch, falsch, falsch.

Bosch schlug das Album zu und warf es auf den Boden. Ihm war schlecht. Er hatte das Gefühl, als wäre diese Lösung zu einfach. Kuhn hätte doch ohnehin weiter geschwiegen. Benjamin Green musste Annas Telefonat mit Kuhn mitgehört und gewusst haben, dass der Galerist auf den Gaisberg fahren wollte. Am Ende hatte der Engländer wohl gar nicht nach ihm, Bosch, gesucht, sondern einfach die Waffe, die Gelegenheit und das Motiv gehabt, seinen alten Bekannten und Komplizen Kuhn aus dem Weg zu räumen. Und dafür musste es noch andere Gründe geben als diesen lang zurückliegenden Verkehrsunfall.

Bosch setzte sich mühsam auf. Vom langen Stillhalten taten ihm die Knochen weh. Und er konnte nicht gut denken. Was, zum Teufel, hatte Benjamin Green in der Villa gesucht, als er quasi über Anna auf dem Dachboden gestolpert war?

»Alles okay?«, fragte Johanna von der Tür aus.

»Ja, warum?«

»Ich hab was krachen gehört«, sagte Johanna.

»Mir ist das Album runtergefallen. Aber – Johanna?«

»Ja?«, fragte sie.

»Ich möchte ein wenig rausgehen, ich brauche Luft.«

»Dann geh ich mit«, sagte Johanna und grinste. »Nicht dass Sie uns noch hinfallen und sich was brechen.«

Kurz darauf spazierten beide den Weg zur Villa hinauf – oder zumindest zu dem, was davon übrig war. Die Zwergin war nun vom Abrissstaub bedeckt, totes Laub sammelte sich vor ihren Pantoffeln und bereitete den beiden Lämmern ein weiches Bett. Ihre moosigen Augen folgten Bosch und Johanna, bis sie mit einigem Sicherheitsabstand vor der Baustelle bei dem Schuttcontainer stehen blieben und dem Zerstörungswerk des Baggers zuschauten. Neben dem Bagger stand ein Lastwagen, der schon halb mit Schutt gefüllt war.

»Echt schade, was?«, sagte Johanna.

Bosch, auf seine Krücke gestützt, nickte nur.

Der Baggerarm hob die Schaufel und ließ sie von oben in eine Zimmerdecke krachen. Staub wirbelte hoch, und mehrere Wände fielen in sich zusammen. Rote und grüne Fetzen von dem, was einmal Seidentapeten gewesen waren, flatterten durch die Luft wie Fahnen. Die Schaufel kratzte den Schutt zusammen und warf ihn auf den bereitstehenden Lastwagen.

Johanna trat an den Baucontainer und spähte in das darin

befindliche Chaos. »Vielleicht ist da noch was Brauchbares drin«, sagte sie hoffnungsvoll. »Eine Gratin-Form oder so. Unsere Küche ist nicht so toll ausgestattet.«

»Johanna, bitte, dann kaufen wir das.«

»Ach, schauen Sie mal – Kinderzeichnungen.« Johanna hängte sich über den Rand des Containers und angelte nach ein paar zerknitterten Malblättern. »Da – ist doch gar nicht schlecht, oder? Steffi hat das gemalt. Süß, ein Mops!«

Bosch wandte ihr das Gesicht zu. »Steffi war nicht süß, glaub mir«, sagte er und dachte an Helene Wazlawik und den kleinen August. »Leg das bitte zurück, gleich.«

Aber Johanna hatte schon das nächste Bild ins Visier genommen. »Ey, das ist echt schwer«, keuchte sie und versuchte, ihre Beute zwischen ein paar zerbrochenen Brettern herauszuziehen. »Nun helfen Sie mir doch mal.«

»Johanna, ich weiß wirklich nicht …«

Sie blickte ihn über die Schulter an. »Bitte.«

Bosch seufzte und packte, so gut das mit einer freien Hand ging, das andere Ende des Bildes. »Das ist eine Metallplatte«, sagte Bosch und zog mit aller Kraft.

Die Platte glitt zwischen den Holzstücken hervor. Es war ein schwärzliches Ölbild, von Kinderhand gemalt und durch die unsanfte Behandlung von Kratzern gezeichnet.

Johanna legte das Bild auf den Boden, und gemeinsam betrachteten sie es. Es war der Versuch der Darstellung einer Muttergottes mit einem Jesuskind. Ein ungewöhnliches Motiv für eine Kinderzeichnung. Auch die Farbgebung war ungewöhnlich. Das Schwarz verlieh dem Bild etwas Dämonisches.

Johanna bückte sich und fuhr mit dem Zeigefinger über einen der Kratzer. »Das ist eine Messingplatte oder so.«

Bosch beugte sich vor und musterte das Bild genauer. Konnte ein Kind ein derartiges Bild entwerfen? Woher kannte es diesen klassischen Bildaufbau? Auf einmal wurde ihm heiß.

Mit dem Gummi-Fuß seiner Krücke fing er an, vorsichtig Schicht für Schicht von dem Schwarz abzutragen. Zutage kamen leuchtende Farben und ein melancholisches Madonnengesicht mit einem goldenen Heiligenschein.

Das ist eine übermalte Ikone!

Der Lastwagen neben der Villa wurde gestartet, Bosch nahm es nicht wahr. Er hörte Benjamin Greens Stimme. Darja war auf der Flucht aus Russland ein ganzes Vermögen mitgegeben worden.

Darunter Schmuck und eine Ikone. Ich weiß, das ist ungewöhnlich für eine jüdische Familie, aber die Ikone war angeblich ein Geschenk der Zarenfamilie.

Dies war Darjas Ikone.

»Johanna, gib mir mal das Bild«, sagte er heiser.

Sie blickte ihn erstaunt an, tat aber wie geheißen, hob die schwere Metallplatte vom Boden auf und stützte sie auf der Ecke des Containers ab. »Und jetzt?«, fragte sie.

Bosch betrachtete das Kunstwerk eingehend, den Heiligenschein, die Kratzer, die scharfe Bildkante. Dann hatte er keinen Zweifel mehr. Die Ikone war aus reinem Gold, die bunten Farben nur oberflächlich und zur Tarnung aufgetragen. Diese Ikone hatte niemals kirchlichen Zwecken gedient. Sie war der Versuch, der geliebten Tochter ein Vermögen auf eine lange und gefährliche Reise mitzugeben, vor dem Räuber möglicherweise zurückschreckten.

Der Lastwagen setzte piepsend zurück.

Benjamin Green war nach Salzburg gekommen, um die Ikone zu suchen. Irgendwie musste Nikolaus Kuhn davon erfahren haben. Hatten die beiden Geschäftsfreunde darüber gestritten, als sie sich damals am Gaisberg getroffen hatten? Vielleicht hatte Green Kuhn verdächtigt, die Ikone seiner Großmutter gefunden zu haben, und die Herausgabe gefordert. Und Kuhn? Hatte wohl an jenem Allerheiligentag zum ersten Mal von diesem Goldschatz erfahren. Und die Gelegenheit und den abgelegenen Ort genutzt und versucht, sich den rechtmäßigen Eigentümer vom Hals zu schaffen. Möglicherweise hatte Kuhn an dem Tag, an dem er in der Villa auf Anna gestoßen war, ja auch schon die Suche nach einem Kunstdepot, das vielleicht gar nicht existierte, aufgegeben und war der Spur des Goldes gefolgt.

Es konnte so gewesen sein.

Oder auch ganz anders.

»Vorsicht!«, rief Johanna und riss Bosch beiseite.

Der Lastwagen fuhr rückwärts haarscharf an ihm vorbei. Der Fahrer blickte in den Rückspiegel, Bosch hatte im toten Winkel gestanden, war ganz in Gedanken gewesen.

Green und Kuhn hatten vergeblich die goldene Ikone gesucht. Dabei hatte sie wahrscheinlich die ganze Zeit vor ihren Augen gehangen. Gut getarnt unter der schwarzen Farbschicht, die ein kleines Mädchen ihr verpasst hatte.

»Können die nicht aufpassen?«, schimpfte Johanna.

»Das brauchen sie nicht«, sagte Bosch. »In ein paar Stunden ist hier sowieso alles nur noch Schutt.« Er drückte die schwere Goldplatte an die Brust. »Ich glaube, wir gehen lieber zurück und essen deinen Guglhupf.« Er drehte sich um und hinkte, in der einen Hand den Griff der Krücke, in der anderen die Ikone, zum Kutscherhaus zurück.

Während Johanna in der kleinen Küche hantierte und mit dem Geschirr klapperte, setzte sich Bosch wieder auf das Sofa.

Er stellte die Ikone neben sich und kratzte vorsichtig mit dem Daumennagel über die stumpfe schwarzgraue Oberfläche. Dabei stellte er fest, dass es sich bei der Farbe nicht, wie auf den ersten Blick angenommen, um Öl handelte, sondern wohl eher um Tusche, die mit einer pastösen Masse vermischt worden war. Was Stefanie Max-Trostberg da angerührt hatte, würde vielleicht ein Restaurator feststellen können. Die Farbe war jedenfalls in langen warmen Sommern unter dem Dach der Villa ausgetrocknet, hatte ihre Elastizität verloren und fiel schon bei oberflächlichem Kratzen in Krümeln ab. Bosch fühlte sich an seine Schulzeit erinnert, als er im Zeichenunterricht Papier erst mit bunten Wachskreiden bemalen und anschließend mit schwarzer Wachskreide überdecken musste.

Wenn man dann auf der Oberfläche kratzte, entstand ein Bild, dessen wie zufällig freigelegte Farben leuchteten.

»Tee oder Kaffee?«, rief Johanna aus der Küche.

»Egal«, rief Bosch zurück.

Nach und nach kam hinter der Madonna mit dem Kind eine Landschaft zum Vorschein. Im Hintergrund war nun eine russisch-orthodoxe Kirche zu sehen, mit von goldenen Kreuzen gekrönten Zwiebeltürmen.

Bosch konnte sich eines Lächelns nicht erwehren.

Schon das Wenige, was er von der Darstellung sah, bestätigte seine Vermutung. Dies war wirklich nur auf den ersten Blick eine Ikone, eine nicht besonders gut gemachte Täuschung. Zu der Zeit, auf die die Darstellung der Muttergottes hindeutete, hätte man den Hintergrund in Gold gehalten, als Sinnbild für den Himmel. Das konnte der Schöpfer dieses Werkes jedoch nicht tun, wollte er nicht auf die kostbare Unterlage hinweisen. Auch fehlte die Beschriftung der Figuren – russisch, griechisch oder altslawisch –, die bei Ikonen unabdingbar war. Erst durch die Beschriftung wurde eine christliche Ikone zu einer Ikone. Dieser Maler hatte einer anderen Religion angehört, oder er hatte in der Eile vor der Flucht keine Zeit für eine detailreiche Darstellung gehabt.

Draußen auf der Baustelle hupte ein Lastwagen.

»Tee ist bekömmlicher«, rief Johanna.

Ein Mann brüllte Kommandos. Dann spürte Bosch das Rütteln einer Baggerschaufel, die über Gestein schrammte.

»Tee geht auch«, rief Bosch zurück.

Was sollte jetzt mit der Goldplatte geschehen?

Auf einmal erhob sich im Park lautes Geschrei, der Bagger verstummte und es herrschte absolute Stille, die nach dem stundenlangen Lärm geradezu gespenstisch wirkte.

Johanna kam, ein Küchentuch in der Hand, hereingerannt. »Ich glaube, da draußen ist etwas passiert«, rief sie.

Bosch wandte den Blick widerwillig von der Ikone ab. Was kümmerten ihn Probleme bei den Abrissarbeiten?

Im ehemaligen Park herrschte noch immer Ruhe.

»Ich geh mal raus«, sagte Johanna und warf sich das Tuch über die Schulter. »Vielleicht braucht jemand Hilfe.«

Bosch wollte schon erwidern, dass schon genügend Leute auf der Baustelle herumliefen, doch dann schoss ihm ein Gedanke durch den Kopf. Was, wenn die Arbeiter auf einen weiteren wertvollen Fund gestoßen waren? Ihn mit dem Bagger ausgegraben und dabei beschädigt hatten?

»Moment noch«, sagte er schnell, angelte nach seiner Krücke und stemmte sich vom Sofa hoch. »Ich komme mit.«

Kurz darauf standen sie gemeinsam auf der Terrasse und blickten zu den Resten der Villa hinüber. Wo noch vor wenigen Minuten geschäftiges Treiben geherrscht hatte, war nun kein Mensch mehr zwischen den Trümmern zu sehen. Stattdessen hatten sich alle Arbeiter bei dem Lastwagen mit der mit Schutt gefüllten Ladefläche versammelt, der sich jetzt rückwärts auf halbem Weg zur Einfahrt befand. Daneben stand der Bagger mit auf den Boden gesenkter Schaufel.

»Oh Gott«, sagte Johanna. »Die haben einen überfahren.«

Bosch konnte nur wortlos nicken.

»Und den Zwerg haben sie auch geschreddert«, sagte sie.

»Was?« Bosch blickte zu der Stelle hinüber, an der vor Kurzem noch die Schäferin gestanden hatte – und traute seinen Augen nicht. »Das darf doch nicht wahr sein!«

Die wertvolle Barockfigur, die Jahrhunderte mehr oder weniger unbeschadet überstanden hatte, lag, in zahllose Steinbrocken geborsten, unter dem linken Hinterrad des Lastwagens. Auch die Lämmer waren auf den ersten Blick verschwunden, auf den zweiten erkannte Bosch ihre Überreste zwischen Erdbrocken auf der Baggerschaufel. Anscheinend hatte man beschlossen, nach der Zerstörung der Zwergenfigur die ganze hinderliche Beetdekoration kurzerhand mit zu entfernen.

»Solche … solche Vandalen«, entfuhr es Bosch.

Die Arbeiter umstanden schweigend das Loch, das der Bagger gerade ausgehoben hatte, und starrten auf die schwarze Erde. Ein Mann nahm seine Kappe ab, die anderen folgten.

»Was ist denn da los?«, fragte Johanna.

Bosch zuckte die Schultern.

»Die haben was gefunden, oder?«, sagte Johanna.

Bosch nickte. »Scheint so«, sagte er.

»In Aigen gibt's römische Fundamente«, sagte Johanna.

Ein Mann mit gelbem Helm und grüner Steppjacke, vielleicht der Bauleiter, hob ein Handy ans Ohr und lief, während er telefonierte, hektisch auf und ab.

»Was haben die da?« Johannas Stimme war nicht ganz fest.

»Das werden wir gleich sehen«, sagte Bosch und hinkte los.

Doch ein Arbeiter, der die Bewegung auf der Terrasse bemerkt hatte, hob den Arm und machte Abwehrbewegungen.

Bosch blieb stehen. »Was ist denn los?«, rief er hinüber.

»Wir brauchen die Polizei!«, rief der Arbeiter zurück und zeigte auf den Mann mit dem gelben Helm, der noch immer in sein Handy sprach und dabei wild gestikulierte. »Bleiben Sie, wo Sie sind! Hier liegen Menschenknochen!«

Epilog

In der Nacht hatte es geschneit.

An diesem kalten Sonntagmorgen stapfte Bosch durch den verwilderten Garten des kleinen Nachbarhauses. Sein Knöchel schmerzte noch hin und wieder, doch die Sonne, die gleißend auf der zauberhaften Winterlandschaft lag, hatte ihn ins Freie gelockt. Sein Hund tobte ausgelassen durch die frisch gefallene weiße Pracht und wälzte sich immer wieder darin. Noch eine Woche bis Weihnachten, und man hätte dem Hund kein schöneres Geschenk machen können. Helene Wazlawiks einstiger Garten war jetzt die einzige Möglichkeit, ihn frei und ohne Gefahr, sich zu verletzen, laufen zu lassen.

Denn hinter dem kleinen Haus breitete sich dort, wo einst die Villa Max-Trostberg umgeben von ihrem alten Park gestanden hatte, eine weiße hügelige Mondlandschaft aus. Der Schnee bedeckte gnädig eine Wüste aus Schutt, Glasscherben und rostigen Nägeln. Das prachtvolle schmiedeeiserne Einfahrtstor mit dem geflügelten Drachen war abmontiert und wohl in ein Depot gebracht worden, damit die Baufahrzeuge ungehindert zufahren konnten. Doch die hohen, schlanken Sandsteinsäulen mit den Urnen zeigten an den Kanten bereits deutliche Beschädigungen.

Die Grube, über der sich einst das Rosenbeet mit der Zwergin befunden hatte, war mit einer Stahlplatte abgedeckt worden. Tagelang hatten Männer und Frauen in weißen Overalls darin nach Spuren gesucht und die Erde gesiebt. Am Ende hatten sie die fast vollständigen Skelette zweier Kinder, eines Jungen und eines Mädchens, im Volksschulalter freigelegt.

Die Polizei hatte Bosch noch einmal einvernommen und ihn eingehend zu Nikolaus Kuhns Behauptungen bezüglich des Unfalltods der Bachmann-Zwillinge befragt. Ein DNA-Vergleich hatte jeden Zweifel beseitigt. Nach fünfzehn Jahren hatte man Annas Kinder gefunden.

Wo Anna steckte, wusste Bosch nicht. Vielleicht würde sie sich, wenn mehr Zeit vergangen war und es ihr besser ging, eines Tages bei ihm melden. Er hoffte es sehr. Dann konnten sie die Ereignisse der letzten Monate noch einmal Revue passieren lassen und endlich abschließen.

Denn Bosch würde nicht in seinem Kutscherhaus bleiben.

Vielleicht stand in spätestens zwei Jahren eine moderne Wohnanlage auf dem weitläufigen Grund, und Parkplätze – oder womöglich ein Spielplatz – befanden sich an der Stelle des Rosenrondells. Doch Bosch würde immer das Rauschen der alten Bäume, die es nun nicht mehr gab, im Ohr haben. Und immer, wenn er den Weg zum Gartentor hinunterging, würde er den Blick der moosigen Augen der Zwergin im Rücken spüren. Er wollte nicht den Rest seines Lebens neben einem Grab wohnen.

Manchmal dachte Bosch an Kilian, der die Leichen vom Fuß des Gaisbergs in den Park der Villa Max-Trostberg hatte schaffen müssen. Kein Wunder, dass ein Gärtner mit einer Schubkarre voll Laub – oder was immer er für den Transport verwendet hatte – nicht aufgefallen war, zumal der Weg nur wenige Minuten dauerte. Später hatte er einfach dem naiven Professor im Kutscherhaus beiläufig erzählen müssen, dass die alte Barockfigur schon seit Jahrzehnten an dieser Stelle stand.

Wütendes Gebell schreckte ihn aus seinen Gedanken. Der Hund pflügte kläffend durch den Schnee, und Bosch sah ein Eichhörnchen hastig den Stamm einer Birke hinaufklettern.

Er spürte, wie sich ein Lächeln auf seinem Gesicht ausbreitete. Er steckte die Hände in die Taschen seines Lammfellmantels und folgte dem Eichhörnchen, das behände durch die von der Wintersonne golden überglänzten Äste turnte, mit Blicken. Dabei fiel ihm die goldene Ikone ein.

Daschas Ikone lastete auf seinem Gewissen, denn sie war noch immer in seinem Besitz, obwohl er sie zur Sicherheit ins Institut gebracht hatte. Frau Happel wusste, dass er für die Ikone ein Gutachten zur Provenienz erstellen sollte. Die

Sekretärin hatte einen verächtlichen Blick auf die Reste der naiven Übermalung geworfen und das schwere, hässliche Ding in seinem Arbeitszimmer zwischen zwei Regalen versteckt.

Was das Problem nicht löste.

Zunächst hatte Bosch versucht, Benjamin Green zu kontaktieren. Dazu hatte er Jane Lexington, seine Londoner Galeristin, angerufen. Jane, die alles für ihre erfolgreichen Künstler tat, hatte sich sofort bereit erklärt, ihm zu helfen.

Doch Ben Greens gab es in England wie Sand am Meer, und der einzige Literaturwissenschaftler dieses Namens, der sich nachweislich mit Stefan Zweig beschäftigte, lehrte an der University of Glasgow und stand kurz vor der Emeritierung. Jane hatte sogar ihre guten Kontakte zur Polizei spielen lassen und sich nach einem Benjamin Green, auf den ein schwarzer Mini Countryman zugelassen war, erkundigt. Ebenfalls vergebens – es hatte sich wohl um einen Leihwagen gehandelt.

Bei Darja Leonidowna Max-Trostberg war sie fündig geworden.

Dascha hatte ein Lebenszeichen hinterlassen, als sie im April 1938 mit dem Schiff von Calais kommend über Dover in England eingereist und dort registriert worden war. Doch ab da verlor sich ihre Spur. Wohin sie weitergefahren und wo sie vergeblich auf ihren Ehemann gewartet hatte, ließ sich nicht mehr feststellen. Wenn es dazu Dokumente gegeben hatte, dann waren sie längst verloren. Sollte Dascha, so gab Jane zu bedenken, während des Krieges tatsächlich für den englischen Geheimdienst gearbeitet haben, dann hatte sie außerdem bestimmt einen neuen, weniger auffälligen Namen angenommen. Abgesehen davon, dass Benjamin Green etwas von einer erneuten Heirat erzählt hatte. Für einen neuen Namen sprach auch, dass Daschas Tod in keinem Sterberegister aufschien.

Bosch hatte sogar daran gedacht, seinem Sammler in St. Petersburg zu schreiben, der inzwischen sechs weitere Bilder von ihm gekauft hatte. Aber hatte Ben Green nicht behauptet, die Bankiersfamilie Abramow aus der Nähe von St. Petersburg sei einem Pogrom zum Opfer gefallen? Die Ikone einfach den Erben der Max-Trostbergs zu überlassen schien ihm nicht recht.

Bosch konnte einen Seufzer nicht unterdrücken.

Deprimiert ließ er seinen Blick über die verschneiten Büsche wandern, die überall wucherten. Obwohl das bescheidene Häuschen zur Liegenschaft der Villa Max-Trostberg gehörte, war die Pflege des Grundstücks offensichtlich nicht Kilians Aufgabe gewesen.

Efeu rankte sich an den Stämmen der alten Bäume hinauf, Strauchwerk bedeckte den halben Garten. Dort, wo sich wohl einst Beete befunden hatten, lagen auf den ehemaligen Wegen noch ein paar morsche Planken. Eine rostfleckige Wellblechhütte, wie man sie für Gartengeräte verwendete, duckte sich windschief unter der Schneelast.

Bosch drehte sich um und betrachtete das kleine Haus, das nun zwischen den blattlosen Ästen geradezu schutzlos vor seinen Augen lag. Hier hatte Helene Wazlawik, das allzeit getreue Kindermädchen, gelebt und geschwiegen. Über ein grausames kleines Mädchen, über die Familientragödie ihrer Herrschaft und das Schicksal zweier vermisster Kinder. Nach ihrem Auszug war das Haus für immer leer gestanden.

Warum eigentlich?

Bosch blickte sich nachdenklich um.

Der Hund lief aufgeregt wedelnd und die Nase in der Spur, die die Pfoten eines Tieres im Schnee hinterlassen hatten, an dem rostigen Maschendrahtzaun entlang, der den Grund eingrenzte. Jetzt, wo die Büsche kein Laub mehr trugen, wurde erst ersichtlich, wie groß das Grundstück war. Es umfasste mindestens zweitausend Quadratmeter und musste, auch abzüglich der Abrisskosten für das kleine Haus, Millionen wert sein. Hatten die Erben die Liegenschaft schon verkauft? Davon musste wohl ausgegangen werden. Aber warum hatte Leopold Max-Trostberg – oder zumindest seine Witwe – das nicht schon längst getan? Selbst wenn man den Anstieg der

Bodenpreise in Salzburg in Betracht zog und den Grund als Spekulationsobjekt ansah, hätte man das Haus mit ein wenig Renovierungsaufwand doch vermieten oder zumindest weiter als Personalwohnhaus nutzen können.

Doch nur die schweigsame Leni hatte hier leben dürfen.

Bosch wandte seine Aufmerksamkeit erneut dem Haus zu.

Eine unberührte Schneeschicht lag wie ein dicker Schal um die Fundamente, ließ das Haus verwunschen und wie in sich selbst versunken wirken. Die Mauern waren grau von den Ablagerungen der Jahre, die Farbe der hölzernen Fensterkreuze abgeplatzt. Die rostfarben gestrichene Eingangstür mit dem schlierigen Glasfenster und der alten Eisenklinke stammte sicher wie das ganze Häuschen noch aus den fünfziger Jahren.

Bosch ließ den Blick zu dem spitzen Dach hinaufwandern.

Eine dicke Schneehaube lag darauf, doch die Rohre, die von den Dachrinnen herabführten, glänzten kupferfarben in der winterlichen Morgensonne. Auch die Holzkonstruktion unter den Dachüberhängen sah stabil aus und vor allem – neu.

Boschs Forscherdrang erwachte.

Wenn das Dach erst vor Kurzem erneuert worden war, dann war es wahrscheinlich undicht geworden. So weit, so unverdächtig. Doch warum war Helene Wazlawik nicht in den Genuss eines gut isolierten Daches gekommen? Warum hatte Caroline Max-Trostberg ein siebzig Jahre altes, kaum erhaltenswertes Haus neu eindecken lassen?

Bosch spürte ein Kribbeln im Nacken.

Auf einmal hatte er das Gefühl, als läge die Erklärung für die dunklen Vorgänge in der Villa, ja, die Antwort auf all seine Fragen hinter dieser schlichten Holztür.

Er blickte sich nach seinem Hund um, doch der war gerade dabei, ein Loch in den Schnee zu buddeln, als gälte es, sich durch den Erdmittelpunkt bis nach Australien durchzugraben.

Bosch stapfte durch den Schnee zur Eingangstür.

Er legte die Hand auf die Klinke, spürte den stechenden Schmerz des gefrorenen Eisens auf der Haut und drückte die

Klinke herab. Die Tür war wie erwartet verschlossen. Bosch steckte die Hand in die wärmende Manteltasche und kämpfte mit sich. Es war nur eine Frage der Zeit, bis die Bagger auffuhren und auch dieses Haus dem Erdboden gleichmachten. Wen konnte es stören, wenn er vorher noch einen kurzen Blick in sein Inneres warf?

Wo kein Kläger, da kein Richter.

Und wie weiter?

Bosch drehte sich wieder um.

Der Hund schnüffelte jetzt zwischen den ehemaligen Beeten, balancierte auf den Brettern, näherte sich der rostigen Wellblechhütte. Dort konnte er sich verletzen.

»Hund!«, rief Bosch. »Geh da weg.«

Der Hund hob kurz den Kopf, wedelte und lief weiter.

Die Gartenhütte!

Ungeachtet der Messerstiche, die seine schnellen Schritte durch seinen Knöchel sandten, hastete Bosch durch den Schnee. Im Vorbeigehen packte er seinen Hund am Halsband und schubste ihn unsanft beiseite.

»Such das Eichhörnchen«, sagte er. »Such, such.« Dann humpelte er weiter zur Wellblechhütte.

Bosch musste erst mühsam Eis und Schnee wegkratzen, ehe es ihm gelang, die Tür so weit aufzuschieben, dass er sich hindurchzwängen konnte. Wobei ihm wieder bewusst wurde, dass er dringend abnehmen sollte.

In dem Lichtstrahl, der von draußen in das Innere fiel, erkannte er ein Durcheinander von Gartenstühlen, leeren Töpfen, Spritzflaschen mit Düngemittel und Gartengeräten. Es roch faulig nach feuchter Erde. Bosch überlegte kurz, dann entschied er sich für eine Hacke mit vom vielen Gebrauch durchgebogenem Stiel, die an der Blechwand lehnte.

Wenn schon, denn schon.

Bosch packte die Hacke, die schwerer war, als er erwartet hatte, und stapfte damit den Pfad zurück, den seine Schuhe im Schnee hinterlassen hatten. Vor der Eingangstür zögerte er kurz, doch dann setzte er die Hackenspitze zwischen Türblatt und Türrahmen an und warf sich gegen den Stiel.

Es brauchte nur ein paar Hebelbewegungen, dann sprang die Tür bereitwillig auf, und er hätte fast das Gleichgewicht verloren. Jetzt gab es kein Zurück mehr.

Bosch setzte die Hacke ab.

Na los, wenn schon, denn schon.

Bosch betrat das Haus, die Hacke nahm er zur Sicherheit mit. Auch wenn ihm sein Verstand sagte, dass er in einem verlassenen Haus nicht auf Gegenwehr treffen würde – sein Instinkt drängte ihn zur Flucht und ließ sich nicht so leicht beruhigen. Es war schließlich sein erster Einbruch.

Der Flur war eng und fensterlos. Die Luft war kühl und roch erstaunlich frisch.

Auf dem Boden lag ein abgetretener Fleckerlteppich, an einer Wand stand eine Kommode, darüber hing ein stockfleckiger Spiegel. In einer Ecke stand ein Holzstuhl mit einem Haufen weißer Leintücher.

Auf der rechten Seite öffnete sich eine Tür zu einer schilfgrünen Küche, die seit den siebziger Jahren wohl nicht mehr verändert worden war. Linker Hand führte eine steile Holztreppe zu den Dachzimmern, die sicher nur Mansarden waren. Eine Kellertür konnte Bosch nicht entdecken. Das hatte er auch nicht erwartet, denn die Haustür lag ebenerdig.

Aigen wurde von sumpfigen Wiesen beherrscht. Kleine Einfamilienhäuser waren daher zum Schutz vor eindringendem Wasser nicht unterkellert und konnten stufenlos betreten werden, herrschaftliche Häuser wie die Villa Max-Trostberg waren über das Straßenniveau hinausgebaut, verfügten über ein Souterrain, in dem sich meist die Küche und die Wirtschaftsräume befanden, und eine Eingangstreppe.

Bosch gegenüber führte eine Tür, die in Richtung Gaisberg und damit nach Norden lag, bestimmt in die sogenannte Speis, die, stets kühl und trocken, in den alten Häusern als Lagerraum für Lebensmittel und Kühlschrank zugleich diente.

Bosch stützte sich auf den Stiel der Hacke – in seinem Knöchel, den er in den letzten Minuten zu stark belastet hatte, pochte der Schmerz – und blickte sich enttäuscht um.

Was hast du denn erwartet, du Idiot?

Draußen bellte fröhlich der Hund. Wenn dies hier alles vorbei war, würden sie wegziehen. Der Bauträger, der die Wohnanlage im Park errichtete, hatte bereits wegen des Erwerbs des Kutscherhauses angefragt. Sie würden aufs Land ziehen und endlich die Ruhe zum Malen und …

Bosch stutzte und kniff die Augen zusammen.

Die Tür zur Speis unterschied sich nicht von den anderen Zimmertüren, hatte jedoch am oberen Rand ein eingelassenes Gitter, das sich auf- und zuschieben ließ. Es war ein einfaches Lüftungssystem, doch die Gerüche der gelagerten Lebensmittel konnten so ungehindert ins Haus dringen. Was in Zeiten von Sauerkrautfässern, hausgemachtem Apfelessig und Schwarzgeräuchertem sicher nicht immer angenehm war.

Und wenn dort keine Lebensmittel gelagert wurden?

Vorsichtig lehnte Bosch die Hacke mit dem Stiel gegen die Wand und durchquerte den kleinen Flur. Sein Blick streifte die weißen Betttücher, die auf dem Stuhl in der Ecke lagen.

»Ich bin ein Idiot«, zischte er.

Ohne sich weiter zu besinnen, öffnete er die Tür.

Der Anblick raubte ihm den Atem.

»So ein Idiot«, wiederholte Bosch.

Der Raum, den er für eine kleine Speisekammer gehalten hatte, erstreckte sich über die ganze Rückseite des Hauses. Der Boden war nachträglich verlegt worden, relativ neu und aus unversiegeltem Holz, und auch die Wände hatten einen sauberen atmungsaktiven Anstrich. Unter der Decke waren Oberlichter aus satiniertem Glas eingelassen, die Helligkeit spendeten, aber weder direkte Sonneneinstrahlung noch schädliches UV-Licht einfallen ließen. Die nach Norden ausgerichtete Lage des ungeheizten Raumes garantierte bestimmt eine Temperatur zwischen vierzehn und einundzwanzig Grad und – so dachte Bosch grimmig – wahrscheinlich sogar die optimalen fünfundvierzig Prozent Luftfeuchtigkeit.

Auf der einen Seite stapelten sich große Holzkisten und Pappkartons bis fast unter die Decke. Ein paar kleinformatigere Kisten lagen auf einem Stahlregal.

Keine Rollen, natürlich nicht.

Weiße Leintücher umhüllten aufrecht stehende Bilderrahmen in allen Größen und Formaten, die von geschäumten Styroporblöcken auf Abstand voneinander gehalten wurden.

Hier lagerten die Kunstschätze, für die so viele Menschen erpresst und ermordet worden waren und nach denen andere verzweifelt gesucht hatten, bereit, alles für sie zu riskieren.

Das bescheidene Häuschen war das beste Versteck, das Leopold Max-Trostberg hätte finden können. Für Helene Wazlawik, die ihre Zuverlässigkeit bereits dadurch bewiesen hatte, dass sie einen Mord deckte, war es nur ein Herrschaftsgeheimnis mehr, das es gegen Geld zu hüten galt.

Wie ferngesteuert ging Bosch auf das erste Gemälde zu, das sich unter einem der Laken verbarg, und hob den Stoff an.

Eine mediterrane Landschaft, im Stil des Impressionismus gemalt, kam zum Vorschein. Grüne Gärten und Felder mit Blumen und Zypressen, graue Felsen, dahinter das leuchtend blaue Mittelmeer unter einem wolkenlosen Sommerhimmel. Der Rahmen hatte eine Echtgoldauflage und war allein Tausende wert. Sein einstiger Besitzer hatte dieses Bild geschätzt und geliebt.

Paul Cézanne – das ist ein Cézanne.

Bosch ließ die weiße Stoffecke wieder fallen, als hätte er einen Blick auf etwas Verbotenes geworfen.

Leopold Max-Trostbergs geheimes Bilderdepot.

Das Raubgut.

Das Mordgut.

Nachwort

Liebe Leserin, lieber Leser,

dieses Buch ist ein Roman. Handlung und Personen sind frei erfunden. Und doch spiegelt die Geschichte, die hier erzählt wird – so wie alle guten Geschichten –, die Wirklichkeit wider. Raubkunst und Kunstwäsche sind keine von mir erfundenen Begriffe. Raub bezeichnet im juristischen Sinn das Wegnehmen von Eigentum unter Androhung oder Anwendung von Gewalt. Kunstwäsche ist eng mit Geldwäsche verwandt.

Um die Geschäfte Leopold Max-Trostbergs nachvollziehen zu können, müssen wir gedanklich in die erste Hälfte des letzten Jahrhunderts zurückkehren. In den von den Nationalsozialisten besetzten Ländern wurde systematisch geraubt, gestohlen und geplündert. Für prominente Sammler, aber vor allem zur Finanzierung der Kriegsmaschinerie. Christliche Klöster, jüdische Familien, Schlösser oder Museen – niemand war vor den perfekt organisierten Raubzügen sicher.

Nach dem Krieg wurde, bei allen lobenswerten Bemühungen zur Restitution, nur ein verschwindend kleiner Teil der Beute zurückgegeben. Jahrelange Nachforschungen, ja Prozesse zur Klärung der Eigentumsverhältnisse begünstigten ein weiteres Verbrechen – die Kunstwäsche.

Der lange Zeitlauf ermöglichte es privaten Sammlern und staatlichen Institutionen, die im Besitz geraubter Kunstwerke waren, sie nicht mehr herauszugeben. Kunstschätze verschwanden für Jahrzehnte in Depots, es wurden doppelte Bestandslisten geführt oder Ansprüche so lange angezweifelt, bis die Öffentlichkeit sich an die Präsentation der Werke im Museum gewöhnt hatte und sie für rechtmäßig hielt oder die rechtmäßigen Erben aufgaben. Daneben wurde fleißig Kunstwäsche betrieben, das heißt, die Herkunft der Kunstwerke wurde durch fingierte Eigentumsübertragungen oder das Einschalten von Zwischenhändlern verschleiert, bis niemand mehr den Weg der Werke zurückverfolgen konnte.

Aus illegalem wurde legaler Besitz.

Eine besonders unrühmliche Rolle spielte die Zusammenarbeit mit Kunsthändlern, die sich zu Zeiten des Nationalsozialismus bereichert hatten und nun diversen staatlichen Institutionen ihre blutbefleckte Beute überließen – im Gegengeschäft zu der Möglichkeit, einen Teil davon weiterhin ungehindert zu veräußern. Leopold Max-Trostberg in diesem Roman war einer von ihnen. Interessierte Leser werden zahlreiche wissenschaftliche Literatur zu diesem Thema finden. Ich habe bewusst auf eine Bibliografie verzichtet. Sie würde den Rahmen eines Kriminalromans sprengen.

Unsere Geschichte spielt im Salzburger Stadtteil Aigen, dem »himmlischen Aigner Thal«, in dem ich selbst seit Jahrzehnten lebe und in dem ich die lange Tradition der Komponisten und Maler, der Dichter und Schriftsteller fortsetze, die sich in dieser ehemaligen Künstlersommerfrische zu ihren Werken haben inspirieren lassen. Alte Bäume, weite Wiesen und geschichtsträchtige Häuser prägten einst den Stadtteil. Nach und nach wird diese Kulturlandschaft, die in Zeiten des Klimawandels auch eine Naturressource für künftige Generationen darstellt, vernichtet. In seinem Vorwort zu Helene Karrers Buch »200 Jahre Villenbau in Aigen« schreibt der Salzburger Professor Franz Fuhrmann bereits im Jahr 1990, dass mit der zunehmenden Verbauung »eine Grenze erreicht ist, die, was Standort, Größe und Form betrifft, nicht mehr überschritten werden darf«.

Die Villen in Aigen sind unter den Namen ihrer einstigen Eigentümer bekannt. Und so steht die Villa Max-Trostberg in diesem Roman pars pro toto für all die wunderbaren Bauwerke, die zum kulturellen Erbe der kommenden Generationen gehören und heute unwiederbringlich zerstört werden.

»Doch lässt sich kein Wandel erwarten«, so Professor Fuhrmann in seinem Vorwort, »wenn gesellschaftliche Einsicht und politischer Wille versagen.«

Zum Bilderdepot des Leopold Max-Trostberg hat mich das heruntergekommene kleine Haus inspiriert, das nur wenige Gehminuten von meinem Heim entfernt steht und in dem der Kunsthändler Cornelius Gurlitt zweihundertachtunddreißig Bilder – viele davon unter Raubkunst-Verdacht und darunter Werke von Claude Monet, Auguste Renoir, Édouard Manet und Pablo Picasso – jahrzehntelang vor den Augen der Öffentlichkeit versteckt hielt. Vielleicht hätte ich wie unser Held Hans Bosch einmal nachsehen sollen …

Liebe Leserin, lieber Leser, Kultur und Integrität zeigen sich auch daran, wie wir mit dem Eigentum und dem Erbe anderer Menschen umgehen – mit den Kunstschätzen einer vergangenen wie mit der Umwelt einer kommenden Generation.

Viel Freude beim Lesen wünscht Ihnen
Ihre Ines Eberl

Salzburg-Aigen, am 02.02.2020

Weitere Kriminalromane von Erfolgsautorin Ines Eberl:

Auch als eBook erhältlich

Salzburger Totentanz
ISBN 978-3-89705-796-8

Jagablut
ISBN 978-3-89705-965-8

Totenkult
ISBN 978-3-95451-065-8

Teufelsblut
ISBN 978-3-95451-253-9

Blunzengröstl
ISBN 978-3-95451-547-9

Boandlkramer
ISBN 978-3-7408-0048-2

Kletzenbrot
ISBN 978-3-7408-0170-0